“2019 · 北京文艺论坛”论文集

北京市文学艺术界联合会 / 编
孟繁华 / 学术统筹

广西师范大学出版社
· 桂林 ·

目 录

文艺创造与城市想象：中华人民共和国成立七十年的北京文艺

2019·北京文艺论坛

文艺评论与城市文化建构

2019 北京青年文艺评论人才读书研讨班

文艺创造与城市想象：中华人民共和国成立七十年的北京文艺

2019 · 北京文艺论坛

大江大河波澜处

——北京文学七十年的文学史贡献

孟繁华

北京文联成立于1950年5月，比共和国的成立晚了不到一年。因此，讨论北京文学七十年，某种意义上也就是讨论当代中国文学七十年。北京是当代中国的政治、文化中心，当然毋庸置疑也是中国当代文学的重镇。从七十年的当代文学发展历史看，重大的文学事件、文学活动几乎都发生在北京，这当然与北京作为首都的地位有关；另一方面，北京是“五四”新文化运动的发祥地，这个伟大的传统一直深刻地影响着百年来的北京作家，他们内心强烈的国家民族关怀，参与社会公共事务的热情，使北京的文学气象宏大，视野高远。可以说，北京文学为当代中国文学史做出了其他地域不能替代的特殊贡献。当然，在一篇文章中充分地讲述北京文学的贡献是不可能的，但“观水有术，必观其澜”，孟子的这句话，我们可以理解为，要讲出一条大河的历史，一定要看其转折处；要讲出北京文学的文学史要义，一定要看其波澜处。

共和国成立初始，散居全国各地的大批优秀作家聚集北京，或从事专业创作，或担任文学领导职务。丰厚的文学人才资源在北京构筑起了独特的文学气氛。共和国的成立使所有的作家欢欣鼓舞，他们沉浸在一种前所未有的氛围中。但是，北京文学在共和国成立的最初几年，整体上相貌平平，无惊人之举。北京文学做出的最初重要贡献，是1956年“双百”方针提出之后，文学创作确实出现了突破教条主义的新面貌，这可以称作是中国文学的“解冻”时期。值得注意的是，首先突破禁区的并不是在文学界已经确立了地位的资深作家，而是在四五十年代之交成长起来的青年作家。这些作家成长的社会环境，接受的思想信仰、文学影响，都与理想主义有关，他们的“不成熟”使他们还能够直面现实中国的复杂性。他们以年轻的狐疑眼光对现实发出了质疑。因此，这种写作现象可以称为五十年代的“青春写作”。主要表现在两个方面：一是对外部世界或社会生活做出反映的，可以称作是“干预生活”的创作；一是走进人性深处，表达年轻人对爱情的理解，并以此维护个人情感价值的创作。前者有刘宾雁的《在桥梁工地上》《本报内部消息》，王蒙的《组织部新来的青年人》、李国文的《改选》、刘绍棠的《田野落霞》等，后者有宗璞的《红豆》、邓友梅的《在悬崖上》等。

史称“干预生活”的创作，更多的是要使文学重新担负起社会批判的职责，揭露生活流弊，这一现象是对文学界流行的“无冲突论”的纠偏，使文学一度衰微的批判性再次得到彰显。1956年第4期《人民文学》发表了刘宾雁的报告文学《在桥梁工地上》，作者受到苏联作家奥维奇金“干预生活”观念的影响，并翻译过介绍过他访问中国的演讲稿《谈特写》。奥维奇金认为：“特写，是文学的一种战斗的体裁”，“它可以帮助党做另外一件事，即跑到很远的生活深处起侦察兵的作用”。刘宾雁学习了奥维奇金的这一方法。[①]《人民文学》负责人秦兆阳为《在桥梁工地上》写的“编者按”和“编者的话”对这篇作品给予了很高的评价，他说：“我们期待这样尖锐提出问题、批评性和讽刺性的”，“像侦察兵一样，勇敢地去探索现实生活里的问题”的作品，其观点也是来自奥维奇金。不久，《人民文学》又发表了《本报内部消息》及续篇。这些作品在文学界引起了强烈的反响；1956 年第 9 期《人民文学》发表了王蒙的短篇小说《组织部新来的青年人》。这是一篇充满青春气息的小说，主人公林震以年轻人的单纯、理想和浪漫走进了“组织部”。他看到了曾经尊敬的上级和同事对工作和人生的态度，在他狐疑不解的目光中，“组织部”处理日常工作的效率极低，形式主义猖獗。这使一个年轻人的内心充满焦虑不安，但他没有能力改变这一切。年轻人的想象和现实形成了鲜明的反差。《组织部新来的青年人》被认为是“干预生活”的代表性作品，小说发表不久便引起了激烈的论争。半个多世纪之后，历史证明这是王蒙创作的最好的短篇小说之一。

“爱情小说”的代表性作品是宗璞的《红豆》。小说用追忆的方式叙述了女大学生江玫和学物理的男青年齐虹的爱情故事，小说写得缠绵缜密，语言带有知识分子的鲜明特点，特别是对江玫心理活动的细致描摹，在当时说来别具一格。故事讲述了爱情与革命的冲突，已经成为“党的工作者”的江玫在回顾个人情感历程的时候，想要表现的是个人情感与历史进程的一致性，在革命尚未成功的年代，她理智地选择了革命道路而放弃了个人爱情。这与“革命加恋爱”的小说模式并不相同，《红豆》表现的是在两者出现矛盾的时候，革命青年应

---

① 奥维奇金：《谈特写》，《文艺报》1955 年七月号。

该坚持正确的政治道路而放弃个人情感。因此，江玫是带着检讨和反省的姿态回忆自己的情感历史的。但有趣的是，这一主观愿望在小说中并没有彻底实现。对爱情如诗如画和缠绵悱恻的动情追述，甚至使叙述者忘记了检讨与反省的最初动因。当年，一些青年大学生读过小说之后，甚至到颐和园寻找江玫与齐虹定情的确切地点，从一个侧面表达了《红豆》的爱情描写的感人和成功。因此，对江玫爱情的同情与批判的立场产生了裂痕。当年姚文元在批评《红豆》时也发现了这一点，他说：小说“留给我们的主要方面不是江玫的坚强，而是她的软弱，不是成长为革命者后的幸福，而是使我们感到了一种无可奈何的痛苦，仿佛参加了革命以后就一定得把个人的一切都牺牲掉，仿佛个人生活这一部分空虚是永远没有东西填补得了。作者通过江玫的口说：‘我不后悔。’然而通篇给我们的印象却是后悔，是江玫的永生伴随着她的悔恨，同齐虹断绝关系后无法补偿的痛苦……是一个手中握着‘已经被泪水滴湿了的’悔恨终身的女性形象”。①

二十世纪五十年代的青春写作，是北京作家对中国当代文学史的重要贡献。那些涉世未深的作家，以那个时代特有的单纯情感，表达了他们对社会生活和情感生活的真实想法。在新旧交替的时代，一方面，他们真诚地热爱、拥抱刚刚到来的新时代；另一方面，他们又天真地坚持自己对生活和情感的态度。他们努力地将不可能统一的二者统一起来，其写作难度可想而知。当然，时代不允许他们的天真莽撞，他们不久就遭到了激烈的批判。他们被认为是“修正主义的思

① 姚文元：《文学上的修正主义思潮和创作倾向》，《人民文学》1957年第11期。

潮和创作倾向”，被质疑“干预生活”“写真实”的实质。[①] 因此“干预生活”和表现人性、人情、爱情的创作在一段时间里被认为“创作上的逆流”而成为禁区。二十多年之后，这些作品作为“重放的鲜花”重新面世。

也是在 1956 年，浩然发表了他第一篇成功的短篇小说《喜鹊登枝》，为此他曾努力过七年。当时新婚姻法刚颁布不久，文艺界出现了一批配合宣传新婚姻法的作品。这些作品基本是青年男女恋爱，父母反对，领导支持，最后终成眷属的“小二黑”套式。浩然却根据自己对生活的认识和对文学的理解，写出了一个老人拥护新婚姻法，支持和帮助女儿自由恋爱，建立美满婚姻的新鲜故事。在那个时代，《喜鹊登枝》的清新之风令人耳目一新。浩然是一位有巨大争议的作家，但浩然肯定是一位书写当代中国农村生活成就卓著的作家。《艳阳天》《金光大道》等对阶级斗争夸大的书写，确实存有问题，文学史家和批评家对此有大量评价，但责任是否都应作家浩然来负，或者浩然应该负有怎样的责任，还需更深入的研究。对历史的情感记忆不能替代对历史合理的评价。2008 年他去世的时候，李敬泽称其为“最后的农民和僧侣”，这个“僧侣”当然是文学的僧侣。

当然，中国当代文学史还必须记述的，是 1961 年第 1 期《北京文艺》发表的吴晗的历史剧本《海瑞罢官》。作者吴晗是著名的历史学家，时任北京市副市长。1961 年 1 月，《海瑞罢官》由北京市京剧团公演，毛泽东观看后接见了北京京剧团团长马连良，祝贺他演出成

---

① 李希凡：《所谓“干预生活”、“写真实”的实质是什么？》，《人民文学》1957 年第 11 期。

功。但随后《海瑞罢官》的命运急转直下。因为《海瑞罢官》,中国社会历史的方向改变了。我们后来在《胡乔木传》中看到了这样的叙述:“上海《文汇报》发表的一篇文章搅乱了胡乔木的心绪。这就是1965年11月10日登了两个整版的姚文元的《评新编历史剧〈海瑞罢官〉》。这篇文章断定《海瑞罢官》‘是一株毒草’,把《海瑞罢官》中写到的明朝正德至万历年间的‘退田’‘平冤狱’等内容与二十世纪六十年代初的所谓‘单干风’‘翻案风’等联系起来,认为‘是当时资产阶级反对无产阶级专政和社会主义革命的斗争焦点’,‘《海瑞罢官》就是这种阶级斗争的一种形式的反映’。文章指责剧作者吴晗的用心是为帝国主义者和地富反坏右‘翻案’。”作者吴晗1969年在狱中自杀,家破人亡。

1958年1月杨沫的长篇小说《青春之歌》出版,这是当代文学史上第一部描写学生运动和知识分子思想改造的长篇小说。是“十七年文学”的“八大经典”之一。《青春之歌》讲述的虽然是知识分子话语,是小资产阶级知识分子如何在共产党的指引下成长为一个共产主义者的思想和精神历程。与《沉沦》《莎菲女士的日记》《财主的儿女们》相比,虽然后者也是知识分子的真实表白,但后者的沉重、痛苦、犹疑恰好证实了知识分子的可疑、动摇、卑微和不洁。对于一个追求精神解放和充满神性向往的革命者来说,那应该是自觉改造的。也正是在这样的意义上,《青春之歌》在当代文学史上具有经典性的地位。

1977年,是粉碎“四人帮”后的第一年,也是黑暗与黎明交替之际。人们心中积郁已久,但坚冰尚未打破。这时,第11期《人民文学》发表了刘心武的《班主任》,一文既出,石破天惊。《班主任》开启了一个新的话语时代,无论它的内容还是叙事方式,都可以看作是五四启蒙主义文学的延续。作品深刻地揭示了社会的精神危机，当这一危机通过幼小心灵的紧张来表达时，就更具有冲击和震撼力。而这一揭示本身也传达了知识分子"以文入世"传统的恢复，社会理想人格将在知识分子的想象中重新设定。那是一个曙色初临但又情况不明的时代，它蕴含的新的历史信息使它成为一部当之无愧的、具有划时代意义的作品。文学史有两种经典，一种是文学经典，是经过时间检验的、已经留下来还会传下去的优秀作品，这类经典不受时间限制；另一种是"文学史经典"，所谓"文学史经典"，未必是文学经典，但文学史必须要讲授，如果不讲授，一个时代的文学史就无法开始。《班主任》就是这样的"文学史经典"。

七八十年代之交是文学急速发展的时代，也是北京文学人才辈出的时代。1978 年第 7 期《北京文艺》发表了张洁的处女作《从森林里来的孩子》，该小说获得了 1978 年全国优秀短篇小说奖。1979 年第 11 期《北京文艺》发表了张洁的《爱，是不能忘记的》，小说一出，名动天下。这是一部理想主义的爱情颂歌和挽歌，是对理想爱情的无声言说和向往。张洁以极大的勇气探寻并揭示了人在情感领域的隐痛，开启了将对人的关怀诉诸个人情感领域的先河。《爱，是不能忘记的》没有获全国小说奖，但它给张洁带来的声誉已经写进了中国当代文学史。作为北京的专业作家，张洁也是中国目前唯一因《沉重的翅膀》《无字》两次获得茅盾文学奖的作家。

八十年代初期，当汪曾祺重新以小说家身份亮相时，他那股清新飘逸、隽永空灵之风让文学界耳目一新。1980 年第 10 期，《北京文艺》刚刚改名为《北京文学》，便发表了汪曾祺的《受戒》。然后汪曾祺连续发表了《黄油烙饼》《异秉》《岁寒三友》《天鹅之死》《大淖记事》《七里茶坊》《鸡毛》《故里杂记》《徙》《晚饭花》《皮凤三楦房子》等小说。《受戒》不在于作者对佛门佛事的探讨，而是传达出东方日常生活的情调，传达出普通人对生活的乐观态度。那白描的笔致和简约的语言，也教科书般地影响了当代小说的创作。更重要的是，通过《受戒》，当代小说接续了“京派小说”特别是沈从文的传统，现代文学的遗风流韵在当代有了回响。由于当时文学界对《受戒》评价的犹豫不决，1980 年的全国优秀短篇小说奖没有授予《受戒》。1981 年的全国优秀短篇小说奖授予了汪曾祺的《大淖记事》。《大淖记事》当然也是一篇优秀的小说，是带有明确的汪氏风格的小说。但实事求是地说，《大淖记事》在艺术性上不如《受戒》更浑然天成。将全国优秀短篇小说奖授予《大淖记事》，可以看作是对《受戒》和汪氏风格的追认。

《受戒》的发表并非顺风顺水。李清泉后来有过这样的追忆：“我不仅面对着《受戒》，还面对着作者的一纸短简，其中说，发表它是需要胆量的。这话由作者说和由别人说，作用迥异。但我还是心地平静毫不犹豫地签发了。我手里拿着《受戒》也不是不认真端详，无奈正面看，反面看，斜侧着看，倒过来看，怎么也产生不出政治联想，看不出政治冒犯，反而觉得这次就是鼓足了胆量也白扯。当然，我们心里还存在着一个心照不宣的体验，那便是对于‘左’的演绎法的恐惧，但那却完全不在于你的作品有无毛病和毛病的性质是什么，它的厉害在于它可以任意解释、随时找出所需要的罪名。它的另一个厉害还在于你只能匍匐在地、候旨、不容分说。因此这又与胆量大小无干，与求一条万全之策，来个事先防备是无济的。当时依我看来，产生这种情况的条件，虽不能说完全消失，却也消失了不少，它不仅不该再有，也不很可能再有，万一再有自然又是一场大灾难，又何惜一身。"[1]每每读到这里,内心总会涌起极大的感动和激动。李清泉是著名编辑,著名的文学工作组织者,但他更是一个沐浴着现代霞光的知识分子。他的勇气、见识和胆量,今天看来竟恍如隔世。对于《受戒》获《北京文学》年度优秀作品奖,他说:"我无意说这是十分权威的认定,倒是说如果不是反映甚佳,没有这样一个舆论基础,平白无故也是摆不上去的。一个人需要在温煦晴和中生存,对于多灾多难的文艺来说,评奖之兴起也是有一点化戾气为祥和的意思在内。"[2]

林斤澜先生是与汪曾祺齐名的短篇小说作家。1981 年第 7 期《北京文学》发表的林斤澜的《头像》,在当时也是振聋发聩之作:"这是一块黄杨树顶,上尖下圆。留着原树皮,只上尖下圆地开出一张脸来。原树皮就像头发,也可以说是头巾从额上分两边披散下来。这脸是少妇型的长脸。老麦当然立刻看出来,那比例是不写实的。头发或者头巾下边露出来的尖尖脑门,占全脸的三分之一。弯弯的眉毛,从眉毛到下边的眼睛,竟有一个鼻子的长度。我的天,这么长这么长的眼皮呀。眼睛是半闭的。这以下是写实的端正的鼻子,写实的紧闭的嘴唇。这是一个沉思的面容。没有这样的脑门和这样长长的眼皮,仿佛思索盘旋不开。森林里常有苍老的大树,重重叠叠的枝叶挂下来,伞盖一般笼罩下来,老树笼罩在沉思之中。这个少妇头像,是沉思的老树的精灵。"在 1981 年,林斤澜就有这样的笔法,实在是令人叹为观止。如果说汪曾祺的小说是抒情的,那么林斤澜的小说就是象征的。那时的青年新锐批评家黄子平说:"林斤澜是为现时代写作的作家。他的小说不仅取材于当代现实生活,贴近着现实生

---

① 李清泉:《关于〈受戒〉种种》,《北京文学》2000 年第 3 期。
② 同上。

活，而且熔铸了与同时代人相通的真情实感。说到底，他那独特的艺术风格也不完全是由作家本人的主观体验决定的，仍然是此时此地现实生活的产物。对于真正的作家，新形式只能是新的生活内容的必然结果。因此，一个扎根于现实生活的作家，他的艺术独特性是不容漠视的。如果同时代人不能阐明这一独特性，那就不仅表明，某种理解生活的角度、方式被忽略，同时也说明，进入作家独特的艺术视野的这一部分现实，却是我们的盲点。时间会给有生命力的艺术品以应有的报偿，时间却不会原谅买椟还珠、错失良机的人，他们不善于及时地珍视寂寞的探索者的劳动，把成败得失的点滴经验吸收到同时代人的文学发展中来。”①汪曾祺的《受戒》和林斤澜的《头像》这两篇小说的重要性，就在于它们在那个时代改变了小说创作的整体格局，不同风格、不同写法的小说都获得了合法性的地位。《北京文学》率先发表了这样的小说，开一代先河，功莫大焉。

1988 年北京批评家发起了“伪现代派”的讨论。这个讨论可以看作是 1982 年徐迟发表的《现代化与“现代派”》以及冯骥才、李陀、刘心武在《上海文学》上发表的史称“小风筝”的关于现代派争论的继续。不同的是，黄子平的《关于“伪现代派”及其批评》更深入也更学术化地讨论了这一问题。“伪现代派”的说法最早是在文学界私下交谈和座谈会上提出的，使用者以某种现代派作为参照，指责中国的现代派并不是真正的现代派。黄子平从“伪现代派”的由来和所指谈起，认为这是一个充满了歧义的术语，背后蕴含着某种根深蒂固的僵化观念，“命名”本身有明确的“施暴”性。“一方面或多或少地歪曲了作品，另一方面则显示自身执着的价值标准。”最后黄子平指出：

① 黄子平：《沉思的老树的精灵》，《文学评论》1983 年第 2 期。

“伪现代派”不是一个经过深思熟虑的理论概念，而是处于开放和急剧变动的文学过程中产生的，被许多“权力意愿”认为是顺手、便利的批评术语。二十年之后的2008年，洪子诚非常赞赏地说：“这个缠绕不清的问题，经他在中西、古今等关系的层面上讲得这么清楚，也揭示了论争中问题的症结。”[①]黄子平作品发表后，李陀在《北京文学》第四期发表了《也谈“伪现代派”及其批评》。文章从一个“声明”开始：“我过去和现在都不赞成中国人搞什么‘现代派’或‘现代主义’，理由很简单，跟在人家屁股后面跑没意思，没劲。”李陀强调的是“‘现代小说’不等于‘现代派’”：“中国文学应该以‘现代小说’为建设目标……现代小说和西方现代派小说有某种联系，或者应该有某种联系。就我们中国现代小说来说，就是注意吸收、借鉴西方现代派小说中有益的技巧因素或美学因素。”这场关于“现代派小说”的争论，经过这次发酵，再次引起了新一轮讨论。这是北京文学界在八十年代发起的有较大学术影响的一次讨论。

八十年代的北京文学可以说占尽风光。从1978年张洁的《从森林里来的孩子》获全国优秀短篇小说奖以来，先后有邓友梅的《陶然亭》《那五》，母国政的《我们家的炊事员》，理由的《中年颂》，锦云、王毅的《笨人王老大》，陈建功的《丹凤眼》《飘逝的花头巾》，汪曾祺的《大淖记事》，林斤澜的《头像》，柯岩的《癌症不等于死亡》，刘恒的《天知地知》，陶正的《逍遥之乐》，张洁的《条件尚未成熟》，董保存的《毛泽东和蒙哥马利》，李鸣生的《中国863》，刘庆邦的《鞋》等，先后获全国优秀中、短篇小说奖或鲁迅文学奖。获其他各种奖项的不计其数；没有获全国大奖但产生全国影响的作品如王蒙的《风筝飘带》，

---

① 洪子诚：《有生命热度的学术——“我的阅读史”之乐黛云》，见《文艺争鸣》2008年第10期。

汪曾祺的《受戒》，陈建功的《辘轳把胡同9号》，宗璞的《我是谁》，刘庆邦的《走窑汉》，徐小斌的《对一个精神病患者的调查》，刘震云的《单位》，荆永鸣的《外地人》等。这些作品无论对作者还是对当代文坛，都意义深远重大。

改革开放四十年来，北京先后涌现出了王蒙、汪曾祺、林斤澜、宗璞、邓友梅、刘绍棠、从维熙、谌容、李陀、张洁、霍达、凌力、张承志、陈建功、史铁生、郑万隆、刘恒、邹静之等一大批文坛著名作家。

史铁生是“知青文学”重要的作家。在《遥远的清平湾》中，史铁生笔下的陕北山村的生活不再沉重无比，虽然仍旧贫困，却因其日常化叙述的温馨而充满了诗意，民间的幸福感和对小小愿望的追求以及陌生人的亲情，都重新让叙述人向往无比，对“清平湾”一声悠长的叹喟，道出了史铁生对历史的无限感慨。那如诗如画的梦幻遥想，缓释了他重返城市而缺乏准备的内心恐慌。这种怀旧式的情调也恰好证实了知青一代的精神处境。他们再也没有悲壮可言，几番失落，欲说还休，知青的“英雄”末路不期而至。史铁生陆续创作的《命若琴弦》《我与地坛》《务虚笔记》《我的丁一之旅》等，已成为当代文学经典之作。

张承志的《骑手为什么歌唱母亲》发表于1978年，是“文革”结束后较早的书写知青的短篇小说。小说显示了张承志不同的气象和格局。控诉的泪水在文坛汪洋恣肆，他却独自在草原深处为额吉感动并为她祈祷，他在那里完成了精神的蜕变。因此，“歌唱母亲”是他感动至深的文化信念的宣喻，是一个“骑手”拥有了强大的内心力量的告白。从那个时代开始，他就成了一个“敢于单身鏖战”的作家。也正是在这样的意义上，《骑手为什么歌唱母亲》于作者来说才重要无比。他陆续创作的小说如《黑骏马》《北方的河》《老桥》《金牧场》

《心灵史》《以笔为旗》等,成为几代读者的必读之书。张承志的丰富和复杂,被后来的批评界称为“张承志难题”。

刘恒的《狗日的粮食》,写尽了一个农民家庭贫困交加的日常生活。在传统的“农村题材”小说中,一个历史观是不容置疑的:中国农村和广大农民已经找到了通往未来的道路,在这条道路上,他们将实现自己的梦想。但《狗日的粮食》中,这个历史观遭到了质疑,杨天宽一家一直为粮食而困扰,饥饿是他们挥之不去的梦魇。刘恒对中国农村思想路线的检讨所达到的高度,至今仍给人以巨大的启发。刘恒陆续创作的《伏羲伏羲》《苍河白日梦》《白涡》《贫嘴张大民的幸福生活》等,是当代文学中的重要作品。郑万隆的《老棒子酒馆》是“寻根文学”的先声之一。一个东北汉子带有初民状态的活法和强悍性格,以及小说的新写法,都给文坛带来了新的气象。陈三脚以及《陶罐》中的赵捞子、《狗头金》中的王结实,就如此生动地留在了那个时代。

著名儿童文学作家曹文轩荣获“国际安徒生文学奖”,为北京文学界带来了殊荣。谢冕先生指出:在曹文轩身上,我们“能看到一种精神,这种精神既有北大的独立思想,也有正义和善良。不管文坛风云如何变幻,他始终不为潮流所动,一直坚持自己对文学的信念,并且身体力行。曹文轩教授用自己的努力,自己的坚持,数十年磨一剑,以唯美的文学理念和写作手法,不断地挑战自己的写作高度,今天终于结出了硕果,这是对曹文轩老师勤奋的奖赏,也是对中国文学的奖赏”。

他们的文学成就不仅写进了不同版本的文学史,重要的是他们有力地昭示后来者的文学方向:他们是中国文学巨大的变革势力,他们是中国文学的守成力量,他们对文学的神圣感没有改变。正因为有了过去的他们，当下北京文学才如此地纷繁和丰富。

作协、高校、鲁迅文学院、北京老舍文学院、北京十月文学院以及文学专业研究机构、各大文学专业出版社、文学报刊、文学网站等，汇集了北京文学生产、评论的主要力量。这些机构的设立，是举国办文学的实例。如果是这样的话，在北京、在中国，文学从来就不是个人的事情。作家进高校是新世纪文学的一大景观。包括莫言、余华、格非、刘震云、阎连科、苏童、梁晓声、欧阳江河、西川等在内的著名作家，先后入驻或调入清华大学、北京语言大学、北京师范大学、中国人民大学等。这些作家入驻大学，不仅为大学带来了浓重的文学气氛，同时带来了新的活力和多种可能性。入驻高校的作家大多是国内外著名作家，他们在高校的存在，不只是一个象征，也是一个真实和巨大的影响；在北京各大文学机构任职的作家，是北京文学重要的力量。他们虽然业余写作，但因自己的创作影响奠定了在文学界的地位。徐坤、李洱、邱华栋、宁肯、温亚军、凸凹、徐则臣、付秀莹、计文君、王凯、石一枫、马小淘、刘汀等，已经成为北京乃至中国文学的中坚力量；文学批评是北京文学重要的组成部分，现代文学馆在京的历届客座研究员李云雷、杨庆祥、岳雯、霍俊明、饶翔、刘大先、陈思、徐刚、丛治臣、宋嵩等，形成了北京文学批评的新势力，当然也是中国文学批评新势力的一部分。他们以新的批评视野和新的文体形式表达着他们对当下中国文学新的理解。

近年来，特别值得提及的是青年作家石一枫的小说创作。石一枫引起文学界广泛注意，是因为他近年来创作的中、短篇小说，尤其是几部中篇小说。这几部作品，从不同的角度深刻揭示了当下中国社会巨变背景下的道德困境，用现实主义的方法，塑造了这个时代真实生动的典型人物。我们知道，道德问题应该是文学作品主要表达的对象。同时,历史的道德化、社会批判的道德化、人物评价的道德化等,是经常引起诟病的思想方法。当然,那也确实是靠不住的思想方法。那么,文学如何进入思想道德领域,如何让我们面对的道德困境能够在文学范畴内得到有效表达,就使这一问题从时代的精神难题变成了一道文学难题。因此我们说,石一枫的小说是敢于正面强攻的小说。《世间已无陈金芳》甫一发表,文坛震动。在没有人物的时代,小说塑造了陈金芳这个典型人物;在没有青春的时代,小说讲述了青春的故事;在浪漫主义凋零的时代,它将微茫的诗意幻化为一股潜流,在小说中涓涓流淌。这是一篇直面当下中国精神困境和难题的小说,是一篇险象环生又绝处逢生的小说。小说中的陈金芳,是这个时代的"女高加林",是这个时代的青年女性个人冒险家。此后,石一枫一发不可收。他每一部中长篇小说的发表,都会在文坛引起反响。北大中文系曾举办"五大文学期刊主编对话石一枫"活动,就是他影响力的一个表征。

八十年代北京文坛群星璀璨,各种文学潮流都有领袖人物和代表性作品,北京文学在国内的地位可见一斑。九十年代以后,文学的语境发生了变化,但这个变化并没有影响北京作家对文学试图重新理解和书写的努力,北京作为文学生产、传播以及评论的中心地位并没有被颠覆。不同的是,在这个真正的文学领域,那种单一的、"宏大"的社会历史叙事,正被代之以具体的、个性的、丰富的、复杂的,以及宏大和边缘等共同构成的多样文学景观。多样化或多元化的文学格局,不仅仅是一种理想,而且已经成为一种现实。他们共同面对当下中国的生活,共同享用来自不同方面的艺术资源,但由于个人阅历、知识背景、取资范围以及对文学理解等因素的差异,他们的作品所呈现出来的面貌可以说是千姿百态各有风骚。社会生活的急速变化,使北京作家不再简单地面对高端意识形态风云,而是普遍放低了观察和想象视角,对日常生活,特别是对普通人日常生活的关注,对变革时代心灵苦难的关注,成为一种创作的常态。

由于篇幅限制,除小说之外的其他艺术领域,本文尚未涉及,比如阮章竞、张志民、食指、北岛、顾城、芒克、多多、海子、骆一禾、西川、臧棣等的诗歌创作;老舍、苏叔阳、高行健、李龙云、邹静之等的剧本创作;吴晗、邓拓、翦伯赞、宗璞、周晓枫等的散文创作,以及在京的中直和部队作家的创作。如果用“大北京”的概念描述的话,他们的文学成就也应该在这里得到叙述。

总体说来,北京作家诚实的思考和写作,使他们成为当代中国最引人瞩目的文学力量。今天的北京,已经成为像圣彼得堡、巴黎、伦敦、布拉格一样的文学之城。文学在社会生活结构中的地位虽然发生了变化,但我们看到的依然是燃烧不熄的文学之火,在北京的天空构成动人的风景,这就是北京乃至中国文学曾经的历史和有无限可能的未来。

慎终如始，不失重心

刘庆邦

这么重要的论坛，本来应该写个稿子的，但是没有写，因为手上在写小说，我觉得小说可能有一些排他性，我写小说的时候，任何别的稿子都不想写，都不愿意插进来。如果要写一个新的稿子，可能会比较严谨，可能会比较周到。写稿子的同时也可能会显得拘谨，不写稿子有不写稿子的好处，可能会比较自由一些，有一些即兴的想法能说出来。

我的发言还是跟我的写作一样，从感性出发，从个人出发，也是从内心出发，也就是说，不是从理论出发，不是从他人出发，也不是从外表出发。今天我选择的题目是“慎终如始，不失重心”。“慎终如始”是老子的语录，完整的说法是“慎终如始，则无败事”，意思是说，一件事情如果从一开始做到第一，就不会失败，没有说把一件事情做到第一就一定会成功，他说“则无败事”，把一件事情从开始做到底就不会失败。我从个人出发，也从我自己第一篇小说来讲起，我的第一篇小说是 1972 年写的，为什么会想写一篇小说呢？当时我在煤矿带宣传队,在宣传队里谈了恋爱,宣传队解散之后要重新去当工人,这时候我有一点不甘心,想自己除了有体力劳动还想有一点脑力劳动,除了有物质生活还想有一点精神生活,除了有外在的生活还要有一些内在的生活,更重要的是想显示一下自己还有写作的能力,想写了拿给女朋友看,就选择了写小说。1972 年,小说写完了以后拿给女朋友看,女朋友很赞赏,说“好,不错,挺好的”。恋爱继续走下去。很可惜 1972 年刊物都停了,没有地方发表,没舍得扔,小说一直在箱子里放着,一直到 1976 年粉碎“四人帮”,1977 年革命刊物开始创办,我就把这个稿子拿出来重新看看,就近寄给了《郑州文艺》,当时发一篇小说是要外调的,经过外调证实这个作者政治上没什么问题,这篇小说就发表在《郑州文艺》1978 年第 2 期头条的位置。我得到很大的鼓励,从那时就开始写,这么几十年来光是短篇小说就写了三百多篇,最近刚出了十二卷本的短篇小说集《编年》,上海出了六卷,河南出了六卷。回忆起来,当时在写作的时候,第一没地方发表,第二没有稿费,第三更谈不上什么奖,也没有宣传,跟职称、职务都没有挂钩,更不可能改成影视。现在不得了,不但发表阵地很多,而且有稿费,还得这奖得那奖,有时候还可能改成电视剧,会得到各种荣誉。这样我就想到我们的写作现在面临这么多,会不会受到很多外来因素的影响?会不会使我们的创作初衷有所改变?回忆一下,我觉得这个是难点。我们每个人都有名利之心,我愿意承认自己也有名利之心,因为名跟荣誉是连着的,物跟物质生活是连着的,很难做到一点名利之心都没有。现在的情况是,不但征集发表了,还要找大的、最有影响力的刊物发,而且希望能发在大刊物头条的位置。在稿费上,哪本刊物稿费高,作者就愿意把自己的稿子给哪本刊物。为什么《北京文学》发的文章多?因为他们给的稿费高。还有很多奖,现在的奖数不过来有多少。小奖比如我得北京文学奖十余次，得了小奖还想得大奖，得不到大奖有时候会觉得很失望，也感到很失落。我觉得这些情况都会影响到文艺创作的初衷，当我们回顾起来，当我们意识到这一点的时候，我们要警惕，名利之心不可怕，但是不要为名利之心所左右，要保持自己的定力。

我发言的题目后一句叫“不失重心”，要慎终如始，不失重心，不能失去我们的重心，一旦失去重心，违背了我们创作的初衷，我们很可能就写不出好东西。我们的重心是什么呢？我觉得我们的重心跟我最开始写作的动机是一样的，就是爱，如果我的第一篇作品已经得到了爱，现在的写作也应该始终保持爱。爱心可能会扩大一些，比如说，最初是为了爱别人，或者被爱，现在我们要爱国，爱我们的祖国，要爱人民，还要爱亲人、爱自然，等等。始终保持我们对人类的爱，对事业的爱，对各方面的爱，使我们的创作不离初衷，我们的初衷是一样的，要贯彻到底，要慎终如始，就像开始一样的爱。

今天的大题目是文艺创作七十年，还有关于北京的城市想象，我来北京四十多年，北京接纳了我，拥抱了我，我也开始写一些关于北京的小说。前些年我写了一个系列，叫“保姆在北京”，通过保姆这个切入点，以保姆的视角来写城市、写北京，写了十几篇，后来出了一本书，叫《找不着北》。以后还会继续写北京，一边写一边学习。

歧路徘徊：怀旧风中的北京城市想象

解玺璋

古今中外,关于北京的书写可谓汗牛充栋。如果说这些书写都是基于作者对北京的“想象”,并非完全没有道理。很多时候,北京似乎并非现实的“存在”,而是人们“想象”的结果。当然,这种“想象”不是凭空产生的,而是建立在观察、体验的基础之上,即便是妄想、臆想、梦想、乱想,也有自己的现实性根基。因而,讨论这种现实性,也许可以帮助我们更好地理解关于北京城市的某种想象。

近年来,关于北京城市想象,比较突出的是怀旧风。从荧屏、微博、微信到各种出版物,随处可见人们对老北京的思念。最近,我写过一篇名为《遥远的北京》的短文,所表达的也是“忍看‘老北京’日渐消失”的情绪。这种情绪积蓄已久,渐渐成为一种痼疾,不能不影响到我的“北京城市想象”。由此可见,讨论怀旧风中的北京城市想象,首先是一种自我反思和清理。

怀旧风中的北京城市想象有以下几个特点:

其一是厚古薄今,喜旧厌新。怀念老北京的安详、美好,怀念小胡同、四合院，怀念昔日的邻里关系，怀念老北京的小吃，等等，是怀旧风中北京城市想象最突出的特点。这些不是不值得怀念、不应该赞美，怀念和赞美是必要的，也是合情合理的。但所有的怀念和赞美都不应过分，而应是适度的、有分寸的、实事求是的。当下，怀旧风中的北京城市想象就很过分，无实事求是之意，有哗众取宠之心。老的、旧的，未必就是好的。四合院固然很美，住着也很舒适，但能住这种四合院的有几人？如果说五六十年代还有些高知、文人、名家住这种四合院，那么，经过“文革”，这种情况已不复存在，像点样的四合院都归了高官富商，绝大多数北京人住的不过是大杂院而已。而且，六七十年代以后，人口增加，住房面积缩小，特别是 1976 年唐山地震之后，北京到处盖地震棚、小厨房，或为儿女结婚在原住房之外接出一间半间的，大杂院也早已面目全非，不是昔日的景象了。电视剧《贫嘴张大民的幸福生活》对北京人的居住状况有很具体生动的表现，有人可能以为是艺术夸张，实际状况比这要严峻得多。我们车间的一位师傅，家里六七口人，住八平方米的房子，睡觉“拉抽屉”，一张床分为三层，你能想象吗？一年四季，洗衣做饭都在院里，冬天手上都是冻裂的血道子。他们改善居住条件的唯一希望就是拆迁，这样的北京民居难道有什么可以留恋的吗？

还有一个情况，也是怀旧风想象常常有意无意忽略的，即昔日的北京并非都是想象中美轮美奂的四合院，内城的东城、西城也许稍多一些，外城的崇文、宣武就差得多，和宣武比崇文就更差了。内城的情况也不一样，皇城周围比较好，离皇城越远则越糟，到城厢一带就更糟了。清军攻占北京，八旗被安排在内城，上三旗与下五旗的居住条件也是不一样的。后来，汉族官员也有在内城建造府邸的，但大多也在皇城周围，为上朝方便而已。有一次，在上海与近代史学者姜鸣聊天，他谈到对北京的印象，形容为一片灰蒙蒙的屋顶围绕着一片金碧辉煌的屋顶，这种色彩搭配并无美感可言。事实上，北京历史上就是一个以皇权为中心和官本位突出的城市，这一点严重影响了当下的北京城市想象。有人写道：每天清晨，看到红墙黄瓦，就想到自己的幸福童年。莫非是把自己想象成皇亲国戚、王子王孙的后裔了吗？而这样的人在北京绝非少数，有这种攀附心理的人就更多了。好像你住在北京，就是皇家亲戚了，吃的、用的动辄就是宫里出来的，或者皇上、太后用过的、喜欢的。那又怎么样呢?!

雪后在微信上看到一句话："有雪的北京就成了北平。"这是怀旧风中北京城市想象表现出来的另一种倾向。民国固有很好、很值得向往的一面，但绝非有些人所想的那样，凡是民国的就是美好的。我收到过许多朋友转发的民国老照片，都说是美到如何如何的程度，我相信这样的人没在那种环境中生活过。有过直接生活体验和感受的人绝不会这样看。这么说吧，近些年来，为了写《张恨水传》，我翻看了一些民国旧报纸，诸如《世界日报》《世界晚报》《新民报》之类，其中有很多社会生活的报道，那时的生活环境和条件有很多不尽如人意的地方，此处难以细说，特别是 1928 年民国政府迁都南京，北京改为北平之后，北平的总体趋势是日益衰败的，所谓民国时北平的美好，更多的是一种臆想，而臆想背后则有着更为复杂的情感。

这里需要说明的是，老北京的民居，以及一些老照片、老物件，或有审美价值、文化价值，欣赏可以，但要恢复、回去，不仅做不到，也是不应该的。

其二是自恋情结，以"天子脚下"自居，有一种天生的优越感或道德优势。随着大规模的拆迁，向远近郊迁徙，由思念故土、老宅、生活了几十年的胡同而爱屋及乌式地怀念昔日的邻里关系、社会环境，诸如胡同里的亲情、老北京人讲礼儿、老北京人热心、老北京人大气、老北京人开通，等等。这几年看了一些所谓年代剧，大致都是这套嗑儿。没有人怀疑老北京人具有乐善好礼的好品性，然而，恐怕也没有人怀疑所有的人群都有自己的优秀品质。因而，在歌颂老北京人品质优秀的同时，把当下北京社会环境的恶劣归结为胡同环境的消失和外地人大规模进京是没有道理的。首先，所谓老北京人，并不是一个封闭的、僵死的、凝固的群体，哪些人算老北京，哪些人不算老北京？至今恐怕也没有一致的说法。民族血统的纯正就是一种妄念，何况一个地域的人群？通常我们把三百多年前入主北京的满族人视为老北京，但居住在北京内城的八旗能有多少人口？且不说清末已不禁止满汉通婚，民国之后，内城亦成为满汉杂居的格局，有多少非满族人口移居北京？1949 年以后，北京更接收了大量的外来人口，当时北京市人口两百多万，如今已发展为两三千万，很多来自天南海北的人都已融入北京人这个群体，他们的品质、性情也会体现在北京人身上。所以说，老北京人的品质是集合了全国各地诸多人群的品质形成的，所谓纯粹的老北京其实也是一种妄念。而且，任何一个人群的形成，都曾经历过旧成员离开与新成员进入的复杂过程，人群和人群之间的交换在历史和现实中都是客观存在，一点也不奇怪，因此，北京日新月异发展变化至今，特别强调和赞美所谓“老北京人”的道德优越感，倒显得有点小气，少了北京应有的大气和包容。

再有，人的道德感是会受到环境的制约和影响的。由于时间的过滤，当下人们在想象胡同、大杂院的邻里关系时，多是温馨与友善的记忆，这当然不是真实情况的全部，而是人们在想象中不断筛选的结果。人的记忆是有选择功能的，选择记住的往往都是对自己有利的。恰恰是新的居住环境邻里关系的冷漠，使得人们向往昔日邻里关系的美好。但这是需要寻找新的办法来解决的问题，比如社区自治的探索和实验，就是新的群体关系建设的方向，更是提升国民素质的大好时机，仅仅怀旧是没有用的。而且，新的邻里关系中法律、权利界限更加清晰，这是昔日大杂院里的居住环境不能比拟的，也是不可想象的。《贫嘴张大民的幸福生活》写到当时的邻里关系，虽然刘恒是以揶揄、反讽的态度对待之，但已包含着谬赞的成分。八十年代看过两部电视剧，《大马路，小胡同》和《带后院的四合院》，则深刻揭示了老北京居住环境下人与人之间为争夺有限空间而表现出来的“恶”。在寸土必争的大杂院里，难有温馨与友善，有的只是斤斤计较和诡秘狡诈。当然，这种“恶”很大程度上是环境造成的，居住环境的改善，生存空间的扩展，也会改善和扩展人的心胸。遗憾的是，在关于北京的城市想象中，却很少有这方面的内容。

其三就是跟风，赶时髦。弘扬传统文化，复兴传统文化，是社会发展进程中的客观需求，没有什么不好。特别是传统文化在我们这里长期以来一直受到不公正的待遇，泼脏水连孩子一起泼掉的情况并非个别现象，精华糟粕的两分法亦显得简单、生硬和粗暴，现在有一点矫枉过正也是可以理解的。但不加分析地盲目认同、盲目推崇，效果不见得就好，有时就是剃头挑子一头热，比如有人津津乐道的北京的老例儿、老礼儿，如何适应新的时代、新的生活，似乎很少有人考虑过。你说得天花乱坠，现实生活中有多少是被人们遵奉实行的？恐怕很少，即便提倡者也未必能够践行一二。再举一个很小的例子，比如小吃中的豆汁儿，现在被一些人和一些节目说得神乎其神，即便是有些名人也好这口，不过是以俗为雅，说到底，只是穷人果腹的一种食物而已，尽管有人喜欢，但生活中想喝豆汁儿的人毕竟是少数。其实，如何看待新旧文化的碰撞和嬗变，周有光先生的意见，是要拥有“从世界看中国”的眼光，这样的眼光是发展的眼光、向前看的眼光，也是批判、审视、反思的眼光，有了这样的眼光，才能跳出“老北京”的局限，看到新北京的未来。

百余年前的先贤似乎也比我们看得清楚，最近读黄遵宪的作品，有几句诗就说得很好，引来作为结尾：

俗儒好尊古，日日故纸研；
六经字所无，不敢入诗篇。
古人弃糟粕，见之口流涎；
沿习甘剽盗，妄造丛罪愆。
黄土同抟人，今古何愚贤？
即今忽已古，断自何代前？

他说的是写诗，其实又何止于写诗。希望我们不要成为他所批评的见到古人抛弃的糟粕也流口水的人。

孤绝的漂泊境况与“侨寓”困局的突破

——徐则臣小说创作论

韩春燕　薛　冰

二十世纪的中国社会经历着由传统农业文明向现代工业文明的过渡与嬗变，在这一过程中，现代化浪潮的涟漪不自觉地浸润着传统的乡土社会。“文学‘再现’‘生活’，而‘生活’在广义上则是一种社会现实，甚至自然世界和个人的内在世界或主观世界，也从来都是文学‘模仿’的对象。”①进入新世纪以来，在社会转型的大背景下，人类的生产生活方式变得丰富多样，精神世界呈现出更复杂、更多元的特征。文学作为“生活”的“再现”也随之产生互文性的变化。面对着更迭着的社会形态和环境，文学作品如何书写当下城市与乡村的碰撞中人类的生存现状，如何阐释面对急遽的变化时，人类内在心灵的困囿与怅惘，如何走出“身陷图圄”的精神迷局，如何构建“焦躁”的当下与过去、未来的联系……都是写作者面临的普泛性的难题。而

---

① 勒内·韦勒克、奥斯汀·沃伦：《文学理论》（新修订版），刘象愚、邢培明、陈圣声、李哲明译，浙江人民出版社，2017 年，第 83 页。

徐则臣作为“七〇后作家的光荣”，以平视的姿态介入现实生活，深入挖掘内在的精神向度，正视一代人的文化性状，以其对当代人心灵孤绝漂泊状态的观照和对现代化的“侨寓”过程中人与城乡困境的深邃思考，以及突破困局、找寻出路的省思成为“中坚代”作家中卓尔不凡的存在。

一 “去乡”的困囿与怅惘

“京漂”系列被公认为是徐则臣小说中最出色的创作，也是使他收获奖项与荣誉的重要创作。其中《跑步穿过中关村》《啊，北京》《我们在北京相遇》《伪证制造者》《把脸拉下》等中篇小说都是上乘之作。漂泊无依的生存遭际以及精神样貌是“京漂”系列小说中揭示的普遍现实生态。尽管出生、成长于乡村，徐则臣表示“我还是更愿意写一写城市，因为生活在其中，它是我最基本的日常生活，贴近发肤和血肉。我所遭遇的生活与精神疑难，是一个出门撞见城市的人必然面对的问题”。[①] 既然要在城市书写中勘探时代问题，就须依傍于有现代品格的城市语境作为背景。北京作为中国的政治、经济和文化中心，是体现中国现代性的具象空间。它所具有的高度发达的物质文明与新鲜前卫的精神文明对于乡村人，特别是乡村的年轻人来说，具有天然的吸引力。在这种吸引力的催使下，大批蠢蠢欲动的“异乡人”蜂拥而至，“流动着的北京”成了徐则臣“京漂”小说叙事生

① 徐则臣：《别用假嗓子说话》，河南文艺出版社，2015 年，第 207 页。

产的现实背景。也许是徐则臣曾经在北京无户口、无编制的主体漂泊经验，让他注意到这一群散在城市“灰色”地带谋生谋爱的小人物。“京漂”系列中，徐则臣笔下的许多人物被设定为伪证制造者、盗版光碟或假古董贩卖者、房产中介公司职员、自外地来北京求学的学生等城市的边缘人物。他们飞蛾扑火般地自乡村来到城市，身体漂泊在城市与故乡之间，灵魂漂泊在理想与现实之间，祈望在大城市的罅隙中寻求安身立命的一席之地。

徐则臣在“京漂”系列里设置的边缘人物，几乎都已不是传统意义上面朝黄土背朝天的乡村进城者，他们大多是或多或少受过教育、在城市中从事着与文化相关工作的人物形象，譬如在书店打工的王一丁（《西夏》），在北京大学求学的康博斯和在食堂工作的“诗人”班小号（《三人行》），中学教师居延（《居延》），等等。在《啊，北京》和《我们在北京相遇》中，边红旗自称“绝对的民间诗人”，拿起笔时是“诗人边塞”，放下笔后却是个伪证制造者和贩卖者。边红旗原是苏北小镇的中学语文教师，在当地也算小有名气，老婆是小学美术教师，两个人就这样安安稳稳地过着温馨和睦的小日子。后来的“日子有些别扭”，一方面由于当地政府削减教师工资，另一方面日复一日的生活使边红旗的文学创作空间趋于逼仄，找不到写诗的灵感，加之一起长大、年龄相仿的伙伴们陆续离开小镇去闯世界，边红旗躁动的心终于按捺不住了，不顾妻子反对，毅然决然地辞职来到了北京。然而北京火热的外表下又是令人想象不到的冰冷。来投靠的所谓远房亲戚，见面后才真正了解到也不过是租住在平房里、吃着馒头咸菜、靠蹬三轮车为生的劳苦人。自己在求职过程中因外地人身份屡屡碰壁，最终只能放下知识分子的自尊与矜持，臣服于现实面前，也干起了靠蹬三轮车维持生计的营生。而后又在偶然间结识了朋友小唐，跟着他踏进了制造、贩卖伪证的行列,在被警察围追堵截的提心吊胆中困顿地生活着。一面是乡村中学语文教师,人们眼中的“精英知识分子”,一面是游走在道德与法律边界的“二道贩子”;一面是多年以来作为教师,教书育人、传道授业解惑的成就感,一面是找不到自我认同和他人认同的迷惘感;一面是积极投身城市文化建设的雄心壮志,一面是温饱还不得以满足,更遑论实现理想的糟糕境遇……身份的裂变、心理的落差、理想与现实的对立等种种矛盾并置于边红旗一人身上,在这个立体的人物形象上熔铸了城市化进程中的冲突感与悖论感,也通过作品中这种撕扯的张力而赋予读者更繁复、更多义的解读空间。

值得注意的是,“京漂”系列小说的收尾方式似乎总让人感到措手不及,但又在措手不及中引人深思,有论者指出这是“没有结局的结局”。[①] 尽管在叙述过程中徐则臣尽力让这些小人物之间用友情和爱情来互相拥抱取暖,但结尾处却总含蕴着些许残忍的凉意——如敦煌在被女朋友告知怀孕的电话声中被戴上手铐(《跑步穿过中关村》),子午就在与女朋友领证的当天遭杀害(《天上人间》),姑父在儿子考上清华大学之时再次锒铛入狱(《伪证制造者》),等等。这些叙事的“留白”,与其说是徐则臣在暗合“社会达尔文主义”的残酷现实,毋宁说是他在理性与感性的博弈下,悲观地直面灵魂漂泊无所皈依的境况,对这些人物染以在劫难逃的宿命论的色彩。

然而,无论是边缘人物群像,还是知识分子标本叙写,徐则臣在他们身上都印刻着当代人面对现实时共通的无力感——个体的命运

---

① 参见傅逸尘:《没有结局的小说与“漂泊者”的命运及状态——读徐则臣中短篇小说记》,《南方文坛》2014 年第 1 期。

像浮萍一样悬置在时代洪流之中，个人的理想和努力在与社会现实劈面相迎后被打得粉碎，“那种没有被规训和秩序化的蓬勃的生命力”在无法得到认同感的心理状态下日趋黯淡。在城市坚不可摧的阶级壁垒面前，“无根性”的漂泊焦虑与在城市中的困囿与怅惘贯穿人物精神的始终。当拼搏与自省都不足以给他们带来安全感后，他们选择了逃离，逃回记忆中的“乌托邦”，试图找寻精神上的动能支撑。小人物的命运就这样被放置在徐则臣的放大镜下，从而聚焦出时代症候下个体精神的隐痛点。

二 “归乡”的伤逝与寄寓

“侨寓文学”的命名最早可以追溯到二十世纪二十年代。鲁迅在其选编的《中国新文学大系・小说二集》序中明确提出：“凡在北京用笔写出他的胸臆来的人们，无论他自称为用主观或客观，其实往往是乡土文学，从北京这方面说，则是侨寓文学的作者。但这又非如勃兰兑斯所说的‘侨民文学’，侨寓的只是作者自己，却不是这作者所写的文章，因此也只见隐现着乡愁，很难有异域情调来开拓读者的心胸，或者炫耀他的世界。”[①]对于当时的这些“侨寓文学”的作者来说，故乡之于北京是乡村与城市的距离，而今许多乡土文学的作者往往来自乡村，现居地并非自己的故乡，虽然其作品产生于城市，但实际上创作出的文学作品多会介入故土的人、物、事。即便是以

① 鲁迅：《〈中国新文学大系・小说二集〉序》，《鲁迅全集》第六卷，人民文学出版社，1981年，第247页。

城市生活为题材的文学作品,其中也照见着故乡模糊的背影。徐则臣出生、成长于江苏东海,大学毕业后在淮阴师范学院任教,后考入北京大学中文系攻读硕士学位,硕士毕业后,供职于《人民文学》杂志社至今。由苏北到北京的求学和工作经历,成了徐则臣之于“侨寓”的切身体验。

侨寓者离乡,而后归乡找寻精神原乡是“侨寓”母题书写的题中之义。“住在城市,并不意味着你就是一个城市人。中国的城市化更像是一个简单地掠夺和抛弃乡村的过程,一路走一路吞并和摈弃,大跃进式的城市化,好像把农民和耕牛赶进筒子楼里就算完成了。一大批身心离散、精神动荡的人出现了。他们以不同的方式从小地方拥向城市,成为城市人、半个城市人或者城市里匆忙的过客,每个人带着各自的背景,让中国的城市变得无比复杂,乡村和小城镇被人为地、生硬地嵌进了城市里。在这个意义上,可以说,中国的城市有一半非城市性;或者说,中国的城市有一半的乡土性;或者说,理解中国的城市,必须以理解中国的乡村为前提,抛开中国的乡村去理解中国的城市是片面的。”①为了更深入地探寻“城市的乡土性”,徐则臣在自己的文学版图中设定了与北京相对望的另一极——由花街、运河和石码头组成的表述空间。

与贾平凹笔下的棣花老街、莫言笔下的高密东北乡和苏童笔下的香椿树街一样,“花街”并不单单是徐则臣地缘意义上的故乡,他在写作中赋予了它更多使他心安的情感使命:“这个乌托邦容纳了我所表达出的一切看到的、听到的、闻到的、想到的、感觉到的、触摸到的,以及由此导致的想象和虚构;包括了我的世界观、人生观;囊括了我

① 徐则臣:《别用假嗓子说话》,第207页。

的理想主义和被关乎的西绪福斯；还有我将要表达和永远也表达不出来的属于我的东西。”①比起北京的孤傲与冷漠，这个“邮票大小的故乡”更为亲切、平易近人。晴好阳光下湿润明亮的石码头，波光粼粼的运河和来往如梭的船只，花街上矮小的青砖瓦房和林立的商铺构成了另一个热气腾腾的烟火人间，槐花树的香甜气息、晨昏中的鸡鸣狗吠、傍晚时间随微风飘荡的炊烟都是根植在徐则臣记忆深处的故乡密码。“花街”虚构空间的建构远离城市的喧嚣，但它却是在现代化进程中乡土表征的聚集地——传统的乡村形态、乡土文化与乡村伦理在现代文明的冲击中是否还有与之抗衡的力量？在远离乡村和土地的过程中，出走的少年们在历尽沧桑后，精神信仰与理想主义将安放何处？这些都是徐则臣在“故乡”系列小说中嵌入的对人与城乡关系的进一步关注和思考。

短篇小说《夜归》叙述了一个父亲在大年夜晚上接儿子一家三口从车站回家的故事。在有限的篇幅内，文中的“儿子”以知识分子返乡者的“他者视角”看到了家乡（县城）的发展近况：河流填平了，田地里建起了房子，楼房、商厦、店铺拔地而起，二十年前就读的高中如今变成了霓虹闪烁的商场，脚下的路由沙子路变成了柏油路，乡亲们出行的交通工具不再是自行车和三轮车，而是变成了带空调的豪华中巴……变化了的故乡到处充斥着现代化印迹的陌生感。然而在与父亲的对话中，儿子心中泛起的对故乡的回忆仍旧熟悉与温暖。风雪夜里与父亲二人抽着烟驾着牛车的交心、家门口老母亲等待与守候的身影、一家人团聚着过年的温馨等，都是在都市丛林体验里不常感受的安适、从容和慰藉。

① 徐则臣：《一个人的乌托邦》，《滇池》2006 年第 11 期。

作为中国乡土文学的两大主要流派，由鲁迅开拓的“写实传统”与由沈从文、废名等人开拓的“抒情／诗性传统”，至今仍是乡土小说创作的重要承继来源。近百年前，鲁迅开启现代文学中“归乡”原型模式书写①，其作品大多是返乡者对乡村现状尖锐的控诉和挞伐，这在同样是“归乡”题材的“故乡”系列小说创作中是罕见的。但与此同时，“在与现代社会相比较时，静止是乡土社会的特点，但是事实上，完全静止的社会是不存在的，乡土社会不过比现代社会变得慢而已”。② 这也意味着，在现代化的催生下，徐则臣笔下的故乡也并不如沈从文笔下的“湘西世界”和汪曾祺笔下的庵赵庄那样清丽脱俗。徐则臣虽伤逝于故乡的现代化变故，然而更重要的是对人性偏颇的宽容处理，与在含混的城市化方向中对“理想主义”的提纯。“故乡”系列中麻婆与修鞋匠老默生死相守的尘缘往事（《花街》），七奶奶与汝方凄美又辛酸的爱情“童话”（《忆秦娥》），老猎手老杜不肯交出最后一杆土枪的倔强（《最后一个猎人》），范小兵为坚持成为伞兵梦想豁断牙的热情（《伞兵与卖油郎》）……如此种种对世间真情的呵护与对苦难的隐忍，是唯独在“花街”空间中才寄托着的朴素与温意的执守。徐则臣在意的“俯拾和整理故乡的记忆”，让流浪归来的人们有了精神寄寓的场域。就此而言，如果说“京漂”系列小说中小人物的日常是其“写实主义”的创作立场，那么在“故乡”系列中，氤氲着的理想寄寓则是在“写实”的底色上又点染了“诗性”的亮色。

作家个人成长的“侨寓”轨迹是个逐渐远离故乡的过程，不仅仅是生活地点的迁徙，更是精神血缘上的淡化和疏离。永存于心中的

---

① 参见钱理群、温儒敏、吴福辉：《中国现代文学三十年》（修订本），北京大学出版社，2016 年，第 38 页。

② 费孝通：《乡土中国》，人民出版社，2015 年，第 95 页。

乡间记忆为徐则臣提供了独特的观察世界的角度——“在水路之间，在现代边缘”。[①] “故乡”系列是城市化过渡阶段的存在状态，当城市对乡村的攻城略地还未完全打破传统的乡村布局和形态时，当先进的文化观念还不足以影响古意盎然的地域文化风貌时，徐则臣笔下故乡的守常与新变正记录着中国城市化的进展，并成了一代“半路人”的心灵驿站，正在影响且将持续影响青年人的价值选择。从抚慰漂泊的灵魂和疗救精神疾苦的角度来讲，“故乡”系列小说的意义就在于拨开现实迷雾，随理想主义的精神指向挺进诗意的远方。

三　突破困局——“到世界去”

“去乡”时无法得到自身身份和价值的双重体认，于是在“归乡”中找寻心灵寄托和慰藉，同时又难以跨越在与故乡割离后的心理鸿沟，就这样徘徊在“去乡”与“归乡”之间孤绝的漂泊状态中。徐则臣敏锐地捕捉到了当下的“侨寓”困局，难得的是，徐则臣在作品中勇于走出困局的突围和试探——到世界去。在某种程度上，徐则臣“到世界去”的文本探索为当代中国人拯救失落的信仰、寻求精神的出路提供了某种可能。历时六年完成的《耶路撒冷》便是例证。

百年前，鲁迅在《孤独者》和《在酒楼上》等短篇小说中，塑造了在“五四”新文化运动退潮时期做出不同精神抉择的新型知识分子形象。魏连殳在经过正面与世俗的反抗后，走上了不屈服的自我戕害

---

① 徐则臣：《把大师挂在嘴上》，上海文艺出版社，2011 年，第 191 页。

之路;吕纬甫在获得了生存机会的同时也逐渐失去了自己的反抗精神,走上了一条委曲求全的自我压抑之路;“我”在“出走-归来-再出走”的行踪中放弃了彷徨与摇摆,坚定着自我的信念……尽管这是特定历史时期,鲁迅对有着“启蒙自觉”的知识分子的精神困境的反思,但在主题层面上已经渗透到中国人深层次的文化心理,大范围上是对现代化进程中人类普遍的精神危机的观照和自省。自此,知识分子的出逃与堕落、坚守和隐忍一直延续到了新世纪。徐则臣一面承继着“出走-归来-再出走”的“归乡”模式叙写,一面又在其中注入了在现代化时代语境下对“侨寓”困局的思索和突围。《耶路撒冷》聚合了“出走”与“归来”的情节,使城市陷入“介入-被出走-再介入”的循环,揭示了从乡村“出走”一代城市寄居者的“西西弗斯”难题。小镇青年怀揣对大城市生活的向往跑出乡村,却在城市的纷繁驳杂中迷了路,一次次经历精神挫败,成了“在而不属于”的多余人。于是回到故乡,企图对迷茫着的精神信仰进行重塑和朝拜。在精神原乡中得不到自我救赎的,便开始了新一轮的漂泊——到世界去。

“到世界去”,是徐则臣小说创作中诸多作品潜在的关键词,《夜火车》《这些年我一直在路上》《沿着铁路向前走》《长途》《小城市》等作品,都一以贯之地沿循着不断出走的叙述立意。只不过《耶路撒冷》无论在作品的体量、主题的意蕴还是作家的用心方面,更能代表这些“到世界去”作品的旨归与神髓。在地理意义上,耶路撒冷位于死海边缘,历史上的巴以冲突使得这个命途多舛的城市饱经沧桑,同时,这里是基督教、犹太教、伊斯兰教三大亚伯拉罕宗教的圣地,被誉为“和平之城”,仅仅是“耶路撒冷”四个字便有着浓重的宗教意味和神秘色彩。然而在通读整篇小说后,其作为宗教圣城的神圣性被消解为个人对生命内在信念的执守,它不在遥远的中东,它不必依靠繁缛的宗教礼节和秩序来维护至高无上的权威，它只存在于小说中每一个人的心中，是个体信仰的意象与隐喻。耶路撒冷是一个多重所指的能指符号，就像初平阳在小说最后一章解释他为什么执意要去耶路撒冷那样：“我知道这个以色列最贫困的大城市事实上并不太平。但对我来说：她更是一个抽象的、有着高度象征意味的精神寓所；这个城市里没有犹太人和阿拉伯人的争斗；伊斯兰教徒、基督徒和犹太教徒，以及世俗犹太人、正宗犹太人和超级正宗犹太人，还有东方犹太人和欧洲犹太人，他们对我来说没有区别；甚至没有宗教和派别；有的只是信仰、精神的出路和人之初的心安。”①

《耶路撒冷》的故事从作为主人公之一的初平阳返乡开始。穿行在暗夜里的火车、车轮摩擦铁轨的凄厉之声、车厢里喜爱谈论天南地北的人群是徐则臣叙事独有的画面感。而后一同长大的、同在花街出走的伙伴们（秦福小、杨杰、易长安）有意识地或偶然地逐一回到故乡花街。小说中年轻一辈从未走出故乡的人是景天赐，他以永远的少年形象定格在叙述的“过去”时态中。随着初平阳想要卖掉大和堂的事件进展慢慢铺陈开来，天赐自杀的真相抽丝剥茧般浮现在读者面前，也逐渐唤醒了主人公们对天赐自杀的回忆与不可言说的隐痛：易长安懊悔于在雷雨夜怂恿天赐与伙伴比赛游泳，导致天赐被闪电吓到精神失常；杨杰自责出于虚荣心，送给天赐一把手术刀，那把放在书包里的手术刀正是天赐情绪暴躁时割腕自杀的凶器；天赐的姐姐秦福小和初平阳愤恨于目睹天赐自杀的现场时无所作为，没有及时呼救却临阵脱逃了……于是天赐的死亡事件在某种程度上，是每个归乡人耿耿于怀的心理“原罪”，是渴望得到解脱和救赎的中心事

① 徐则臣：《耶路撒冷》，北京十月文艺出版社，2014 年，第 502—503 页。

件。即便在十多年的逃离与漂泊中也未能淘洗藏匿于内心的罪感意识，天赐的死亡仍是他们挥之不去的梦魇。当回到故乡之时，面对并不如烟的往事，每个人试图用自己的方式进行着自我救赎：卖掉房子、到真正的耶路撒冷去找寻精神归宿是初平阳“到世界去”的忏悔实践；而对于秦福小而言，带着领养的儿子回到故乡，守着天赐生前“推开窗户就能看见运河，推开门就能走到水边”[①]的愿望也同样是“到世界去”的另一个新的含义——“世界”也存在于故乡中，无论出走或是回到原点“把掉到地上的都捡起来”，都是历尽万水千山“跋涉在耶路撒冷九九归一的路上”。[②]

对于徐则臣个人的创作而言，在指向“到世界去”的《耶路撒冷》以及在塑造了海外归来的戏剧导演形象的《王城如海》中，域外题材的开掘使得徐则臣的创作显示出更广阔的空间意识与全球化的写作视野。由初涉域外的短篇小说《古斯特城堡》《去波恩》的试水，再到长篇小说“小史诗”《耶路撒冷》和《王城如海》，徐则臣将城、城乡放入世界文学坐标，在写作中不断尝试着对出走边界的探索。在小镇青年敦煌、子午眼中，北京是“世界”，在由北京归来的初平阳眼中，耶路撒冷是“世界”，在走遍大好河山之后归乡的秦福小眼中，故乡也是“世界”，或许存在着“世界”之外的世界：“我们的世界的尽头是另一个世界的开始。”[③]人与世界的关系不断深入地被放置于“城-城乡-世界”的逻辑链条中，使得对于“关系”的审视在高倍率的广角镜头下变得更为清晰和真实，打破了“只缘身在此山中”被遮蔽的僵局。“世界”在徐则臣创作中的概念不断被泛化，由此，在充满着不确定和

① 徐则臣：《耶路撒冷》，第 139 页。

② 同上，第 194 页。

③ 同上，第 27 页。

变数的关系场域下，人物不断地奔走，为了追寻、为了信仰、为了救赎、为了意义、为了世界的真相。不仅是写作题材的拓深，《耶路撒冷》与《王城如海》在小说的结构设计上也体现着徐则臣的文体意识。前者的主体部分以小说中主要人物的名字作为章节，并将事件漩涡的景天赐放置于中心位置，其余章节以其为圆心向外辐射，以初平阳为《京华晚报》写作的“我们这一代”专栏为复线，镶嵌在主文本每一章节后；在后者中，主人公余松坡创作的话剧《城市启示录》穿插在小说主体每一章节的开头，形成开放式的文本系统。这种双线并行的小说结构形态使得主文本与副文本之间形成“双重虚构”的隔空对话，两个部分看似相互独立，实则互为镜像，互为补充，主题上的浑然天成为读者营造了更具想象力的解读维度和阐释空间。在这里，徐则臣有向陀思妥耶夫斯基的《罪与罚》中“复调小说中的灵魂对话”[①]致敬的意味。由此可见，徐则臣“把大师挂在嘴上”并进入世界文学坐标写作的野心与“视野高远、姿态精进”的经典意识。

结　语

“好的文学作品总是如一杆大旗穿过世俗的晨雾，高挂在灵的天空中，对精神的晦暗投一丝辉光，对精神的痛苦投一丝抚慰，为精神的发展寻找更多的途径、更广阔的空间。”[②]毋庸置疑，作品的思想容量取决于作家自身在时代潮头从高处俯瞰的眼界与能将其内化为针

---

① 参见刘再复、林岗：《罪与文学》，中信出版社，2011 年，第 120 页。

② 摩罗：《耻辱者手记》，内蒙古教育出版社，1998 年，第 346—347 页。

砭时代问题的社会责任感。所以说，一个好的作家须在时代大背景下保持强大的理性思维与共情能力，并永存人文关怀与悲悯之心。修辞立其诚，作为写作者的徐则臣，是充满真诚又理性的。那些关于北京与故乡人们生存的挣扎依旧会继续；关于故乡与他乡之间的漂泊与回首的“出走”行动依旧会继续，关于在由乡入城的“侨寓”中自我精神归属的找寻依旧会继续。直面着当下孤绝的漂泊境况，在如何突破“侨寓”困局的意义上，徐则臣为一代人进行自我清理的使命依旧正在进行时。一路找寻，一路丢失，奔赴远方亦不忘回首来路，徐则臣与我们总要“在路上”。

城市书写的文化谱系与审美向度

周　荣

城市的崛起是中国现代化进程最重要的表征，昭示着中国社会结构的巨变。中国正在从一个历史悠久、传统深厚的农耕社会转向充满变化、流动、开放的现代社会。一方面，大批农民涌进城市；另一方面，城市也在不断地蚕食乡村。毫无疑问，中国进入了城市时代，城市成为当下中国社会、经济、文化的轴心。这种格局改变了中国千年封建社会历史中以乡村为核心的社会格局。当传统农耕社会及其文化在新的时代丧失了主宰地位，当代文学的版图也随之发生了显著的变化。城市丰富、拓展了当代文学的美学经验，也为我们考察当代文学的发展、演变提供了一个重要的维度。

现代文学格局中，乡土文学是无可争议的“正宗”，最重要、最优秀的文学作品几乎都是乡土文学，如《阿 Q 正传》《祝福》《边城》等。但另一方面，居城市、写乡土，又是一个重要的写作传统。在对乡土文学最早的权威阐释中，鲁迅给出了清晰的定义：蹇先艾叙述过贵州，裴文中关心着榆关，凡在北京用笔写出他的胸臆来的人们，无论他自称为用主观或客观，其实往往是乡土文学，从北京这方面说，则是侨寓文学的作者。换言之，乡土文学是呈现在“城市”视角中的乡土，是生活在城市中的人对乡土的回望、回忆与怀念。城市与乡村之间“看”与“被看”、“发现”与“被发现”的关系颇耐人寻味，甚至内含着西方／东方、现代／传统之间的复杂缠绕。在现代乡土文学之中已经潜隐着的“城市性”虽未被“言明”，但又构成了乡土文学成立的重要参照，或者说乡土文学是浮现在城市视域中的生成物。不妨说，城市在现代文学中始终是一个存在又暧昧的特殊存在。这种特殊性进入到当代后，愈加凸显。

纵观当代文学七十年的发展历程，不难发现，在每一个文学史的历史关节点上，城市总是作为一个具有特定象征意义的空间，承载着划时代的历史性意义，但城市又从来没有成为一个具有独立审美意义的、自身本质属性的文化空间，始终是一个非常暧昧的存在。在当代文学之初，一些作家已经敏锐地意识到，随着即将到来的大规模的工业建设、现代化工业生产，城市因其与现代生活的密切关联，必然也将在生活、文化、精神层面上与传统生活方式、文化传统产生摩擦。五十年代初，萧也牧在《人民文学》发表的《我们夫妇之间》，以及《上海的早晨》《霓虹灯下的哨兵》等作品当中，已经出现了对城市景观及城市生活的全新描写。但是，因为这些描写及思想倾向与当时整个国家设定的社会主义文化空间建构相抵牾，作品都遭到了严厉批判。写城市生活被“作为一种倾向”，等同于写资产阶级腐朽生活或作为小资产阶级趣味“代言人”。此后，城市在“十七年”文学中即等价于工业题材，乡村等价于农业题材，整个城市和乡村的文学书写和想象都共同统摄并服务于国家主义的文化实践，从文化形态、生活形态层面上，两者之间的差别被抹去。在城市中展开的《百炼成钢》

《乘风破浪》与在乡村展开的《创业史》《山乡巨变》,在人物精神、审美趣味及价值立场上并未体现出差别,反而是一致。这种“一致”也是“十七年”文学“一体化”的具体表征。

七十年代末,当代文学进入到“新时期”,虽然文学史通常将“新时期”的开端设定在“伤痕文学”。但“伤痕文学”及其后的“反思文学”“改革文学”从文学功能、美学形态上并未真正脱离“十七年”文学的谱系范畴。真正具有划时代或转折意义的是另外两部作品,一部是路遥的《人生》,一部是高晓声的《陈奂生上城》。对比《陈奂生上城》与“十七年”的《创业史》中“梁生宝买稻种”,不难发现,同样是“进城”,陈奂生“进城”走了一遭,实际上并未做成任何事,但“进城”的经历变成了他回村后可以炫耀骄傲的“资本”。这种叙述与对梁生宝进城买稻种的叙述是完全不一样的。“城市”具有了对“乡村”的优越性。同样,《人生》中的高加林走出乡村奔向城市,一步步规划在城市中拼搏。虽然他最终失败了,城市并未接纳他,作者的叙事立场和情感倾向也“安排”他对自己的行为做出忏悔,但你可以感觉到“忏悔”的“无力”,反而是那种随时卷土重来的雄心、野心真切无比。高加林的人生道路鲜明地指向“新时期”个人奋斗的理想目标所在——城市。这一时期,作家用城市“架构”出一个与传统乡土不一样的意义空间,城市化身为具有强烈隐喻意义的能指。这种叙事策略带有“新时期”的显著特征,一方面,通过这种叙事完成与过往社会历史的断裂;另一方面,又指向并开启了具有启蒙意义的新的历史时期。而值得注意的是,虽然城市承担了巨大的历史隐喻,但无论是《人生》《陈奂生上城》,抑或是“新时期”其他的文学作品,都并未从文化形态、生活方式、精神内核等对城市的根本特质加以阐释或建构。

进入九十年代之后,随着经济结构的转型、市民文化的崛起,文学中的“城市”成为新的叙事话语的操练场。在新写实小说中,城市是一个吵吵闹闹的原生态市民生活空间,池莉的《烦恼人生》《生活秀》以及刘震云的《一地鸡毛》中的城市,热闹、拥挤、嘈杂、琐碎,弥漫着日常生活的市井声、烟火气。市场经济全面铺开后,都市白领的小资趣味、城市中产的生活品位,成为新一轮城市想象与书写的主要动力来源。张爱玲的走红,陈丹燕、程乃珊的上海书写,张欣的都市商战系列,均呼应着这种时代文化诉求。城市迅速被中产阶级意识形态绑架,变成中产阶级寻找自身美学形象的书写场所。《长恨歌》将这种美学想象发挥到了极致。随即王安忆也意识到此种写作的危机,迅速“转战”苏州河,《富萍》《上有红菱下有藕》在底层中触摸城市生活倔强而坚实的另一种脉动。如上种种,无论是新时期的精神启蒙,还是九十年代的新写实,当代文学书写中的城市更多的是作为“场域”,而非独立的、结构性上的意义空间,没有出现如波德莱尔对巴黎忧郁的“发现”、巴尔扎克坚定的“城市之心”那样的写作。

中国资产阶级主体的虚弱与审美的媚俗并不能支撑起城市文学的内核,经过二十多年的发展,都市中产阶级的焦虑、茫然与困顿并不比底层社会少,经济的优越感并不足以实现主体的自足。城市文学呈现的面目、出现的面孔也为之一新。徐坤、徐则臣、陆离、邱华栋对城市外来者的书写中充满了不屈不挠的内在力量与活力,充溢着誓不罢休、死磕到底的野心,这些生命的动力构成了城市有力的脉搏律动。石一枫的《世间已无陈金芳》在陈金芳到陈予倩的名字改换中写出了底层和中产阶级相互交织的城市生活,以及精神与梦想的双重幻灭、破产。而在“八○后”“九○后”青年作家的笔下,城市仿佛一个张着血盆大口的现代巨大怪兽,紧张、压抑,物欲横流,躁动不安，人“被动”服从于周而复始的运行节奏，垂头丧气、萎靡不振的失败青年形象取代了“新时期”文学中朝气蓬勃、奋斗进取的青年形象。于此我们看到了城市文学更斑驳、多面的向度，城市文学新的书写的空间与可能。

毫无疑问，城市时代的到来改变了中国社会的空间格局，城市文化成为当下的轴心文化，但当代文学还没有出现经典意义上的城市文学大师，如沈从文之于湘西，老舍之于北平。当城市作为标志或象征出现在诸多文学史节点上，或承担着功能性的意义，或隐含着重要的启示性，这从一个方面说明了城市的巨大意义和它的空间价值所在；另一方面，当代文学对城市的书写又止于“象征”“标志”，缺乏内在文化肌理的刻画，没有建构起与狂飙突进的中国城市化进程相匹配的文化基因。当代城市文学距离十九世纪的巴黎或二十世纪的纽约这样意义上的文化和文学书写尚有很远的距离，在未来，我们的城市文学还有更广阔的发展空间。

“雾霾”隐喻，或“构形”城市的方法

——《王城如海》的“北京叙述”

徐　刚

在《文学中的城市》里，理查德·利罕(Richard Lehan)将城市视为“都市生活加之于文学形式和文学形式加之于都市生活的持续不断的双重建构”①，这为我们打开了城市文学研究的新空间。沿此思路探索“文学中的城市”，张英进的研究表明，不是城市如何影响了文学，而是文学、电影如何通过对城市的“构形”成为现代中国一个重要的文化生产形式。在这个过程中，“作者有意绕开文学中的城市再现的真实性及其与现实城市的关系这一难题，而是强调文学与电影作为一种话语方式如何象征性地构筑‘真实的’或‘想象性’的城市生活，如何使城市成了一个问题”。② 在他那里，“构形”成为解读文学

① 理查德·利罕：《文学中的城市：知识与文化的历史》，吴子枫译，上海人民出版社，2009年，第3页。

② 陈晓兰：《穿越时空、性别与城市——读〈中国现代文学与电影中的城市〉》，《中华新闻报》，2007年9月26日。

与电影中的城市的核心词汇，它指文学艺术对城市叙述的结构方式——不仅包括作品中所呈现的城市形象，更指作者叙述城市时运用的感觉体验和话语修辞“策略”。这毋宁说是一种“以城市为方法”的文学／文化研究方式。在此意义上，探讨文本创作的意义在于，去追问“城市是如何通过想象性的描写和叙述而被‘制作’成为一部可读的作品”。①

在长篇小说《王城如海》中，徐则臣尝试以小说的方式叙述北京，从而“构形”城市的现代意义。在此，作者通过“雾霾”的隐喻，将北京“制作”成“一部可读的作品”。其间，都市人群与阶级图谱的渐次展开，以及“黑暗记忆”所连带的历史纵深的开掘，分别从现实与历史两个层面展开对于“北京叙述”的深入阐释。而小说借助余松坡这个“构形”北京城市叙述的绝妙“中介”，不仅探讨北京城市空间的复杂面貌，更要在现实与记忆的纠结缠斗中探索中国城市及其现代性的确切意涵。

一　都市人群与中产者的“雾霾”

徐则臣最早引起文学界关注的，无疑是他独树一帜的“京漂故事”。在他的《啊，北京》《跑步穿过中关村》《我们在北京相遇》等作品中，“外乡人”“城市边缘人”和“底层奋斗者”，指向的都是我们城市“看不见的风景”。他们的情感与歌哭、卑微的梦想和执着的探求，

---

① 张英进：《都市的线条：三十年代中国现代派笔下的上海》，冯洁音译，《中国现代文学研究丛刊》1997 年第 3 期。

都曾长久遭受漠视。这些奔走于北京街头的各色人群，造伪证的、卖盗版碟的，徘徊在合法与非法的模糊地带，过着“正常”或非正常的生活，他们在“故乡”与北京之间游荡挣扎。这些小说“对于北京城里‘特殊’人群的关注”，也正好“揭示着这个时代社会文化中被我们秘而不宣的那部分特质”，而让那些“隐匿的人群”浮现，正是徐则臣最突出的艺术贡献之一。

然而，《跑步穿过中关村》里造伪证、卖盗版碟的敦煌与夏小容面对的到底是阔大浩瀚的北京城。扑面而来的沙尘暴令人猝不及防，“太阳在砂纸一样的天空里直往下坠，就在这条街的尽头，越来越像一个大磨盘压在北京的后背上”。[①] 昏黄的天空，尘土纷纷扬扬，城市的粗粝与蛮横，以及劈头盖脸的艰险，都清晰地写在这里。而城市的边缘人也不得不“岌岌可危地悬挂在生活边上”，为卑微的理想徒劳打拼。北京，既是他们自己选择的自由天堂，也是他们被迫居住的宿命场所。

到了长篇小说《王城如海》里，呼啸的沙尘暴终于演变为挥之不去的雾霾，生活中痛并快乐的艰险，开始让位于一种更加严峻的生存危机。如果说曹禺将话剧《雷雨》置于一种阴沉郁热、低沉潮湿的空气之中，从而获得一种情感表达、情绪爆发的契机，那么《王城如海》则成功地将小说笼罩在一片雾霾之中，这便在隐喻的意义上获得一种整体气韵，“雾霾无处不在，渗透进生活中的角角落落，影响着生活，也同时支配着生活于其中的人们的行为”。[②] 雾霾这个“现代性的后果”，既是城市工业发展的见证，也意味着严重的环境污染，不啻

① 徐则臣：《跑步穿过中关村》，《收获》2006 年第 6 期。

② 谢尚发：《撕裂的城市风物观察——评徐则臣〈王城如海〉》，《文学报》，2016 年 8 月 25 日。

是“现代性的病症”。然而如徐则臣所言,“我在借雾霾表达我这一时段的心境:生活的确是尘雾弥漫、十面霾伏”。[①] 饶有意味的地方在于,那些“看不见的人群”在其“浮现”的过程中,终于奇迹般地蜕变为中产阶级眼中的“雾霾”。而从更深层来看,人性的“雾霾”也考验着中产阶级外表光鲜的生活,揭示它无限风光背后内在的脆弱,这当然是更为致命也无法逃遁的危险。

《王城如海》的故事线索已然清晰,这部以北京为背景的长篇小说,实则围绕余松坡的双重困扰巧妙展开。一方面是当下的,即社会现实层面。这位海归先锋戏剧家的最新作品《城市启示录》因被误解“冒犯”了“蚁族”而令他苦恼不已;另一方面则是历史的,即个人记忆的层面,这便牵扯出他过往岁月里暗藏的人性污点。那个让他寝食难安的告密丑闻,随着事件受害者的重新出现而令他更加焦虑。这双重的困扰,顿时让余松坡风光无限的生活变得岌岌可危。小说也意在由此提示我们,古老而现代的北京城在其繁华富丽的光鲜之外,存在着“更深广的、沉默地运行着的部分”,即这个城市无法摆脱的“乡土的根基”。

事实上,《王城如海》依赖着不可思议的巧合,戏剧化的情节编织,确实将都市的各色人群归拢一处。除了余松坡这位哥伦比亚大学毕业的先锋戏剧家,这里还有大学生“蚁族”、保姆、快递员等,既有吃着拆迁补偿款开大奔的黑车司机,也有土地流转中当不成农民而进城打工的擦车工。他们陆续登场,显示城市浮华背后的幽深,“他们的阶级、阶层分布,教育背景,文化差异,他们千差万别的来路和去路”。[②] 在此,进城者幻想体面的城市生活,历史的受害者如幽灵般

---

① 徐则臣:《王城如海》,人民文学出版社,2017年,第267页。

② 同上,第66页。

在城市的边缘游走，而“蚁族”则与想象的自我殊死搏斗……

对于余松坡来说，最大的困扰正是来自那些“雾霾”一般遍布各处的“城市的边缘人”。比如，从投怀送抱的鹿茜身上，我们看到了野心勃勃的奋斗者粗鄙而咄咄逼人的攻势。在这位庸俗的女大学生那里，要想成功就得不择手段，甚至将所谓的“潜规则”视为理所当然。而快递员韩山的故事，则是小说的另一条线索。他的同事彭卡卡之死是我们早已熟悉的底层遭际的缩影，那些“被侮辱被损害者”的命运总是如此卑微而令人嗟叹。

从某种程度上看，韩山关于彭卡卡之死的震惊、哀恸，以及难以释怀的愤怒，都是他面对这座城市时注定需要领受的人性功课。这里暗藏着一种模糊的阶级意识的觉醒。死亡这种存在的极致，一度让韩山处于崩溃的边缘，物伤其类的悲痛左右了他此后的行动。他开始为自己的女友身陷中产阶级生活方式而忧虑不已并深感冒犯，而他的女友，那个已然深陷其中的小保姆，显然并不能感同身受地领会他的悲苦。两位天涯羁旅的恋人，或许都已觉察到彼此的生活裂隙在逐渐加大，这是可怜的韩山万万不能接受的。他要把一腔怒火发泄到余松坡身上，而后者的无妄之灾从此降临。至此，余松坡誓死守护的“黑暗记忆”亦开始宣告裂解。

如果说韩山的愤怒终究让他屈服于报复的欲念，那么在大学生罗龙河这里，则是某种意义上的轻信，即那被毁弃的自尊，让他丧失了判断。而报复的意念所裹挟的快意，毫不犹豫地将故事引向了不可收拾的境地。在余松坡这里，正在丧失良善品质的底层，对中产阶级的日常生活形成了巨大冲击。尽管罗龙河的报复，韩山的愤怒与“冒犯”都其来有自，但这显然与徐则臣早期小说中这类人群的良善和内心的明亮大异其趣。这也就像负罪逃亡时，罗冬雨在她弟弟的眼神中所看到的，那是“一个成年男人才有的恐惧、坚硬和凶狠”。所有这些都是为了汇入徐则臣所声称的，对于城市“复杂”面相的开掘。

在此之中，只有罗冬雨作为理想的女性形象，成为余松坡“雾霾”世界里的一抹亮色。这位本分的农村女性，恪守着她的职业道德，艰难维持着小说伦理世界的平衡。如作者所言，“她的本分是小说中其他人物的一面镜子，镜子在，才能让我们看见其他各色人等的表演”。[①] 然而在罗冬雨的美好与淳朴之中，我们又能在阶级论的意义上清晰体会她在个体身份上的摇摆。她在勤恳与妄念之间显现着微妙的讽喻意义，这显示出徐则臣在底层的阶级性与中产阶级立场之间的徘徊。具体来说，罗冬雨这位被感性分配困扰的底层女性，已然分不清现实与幻象的边界。冥冥之中，她似乎惦念着某种不切实际的情感。为了这种惦念，她对男主人“在敬仰之外也生出了怜惜和悲哀”。也许正是因为这种情感的煎熬，她开始多少有些看不起送快递的韩山，她终究“发现自己要嫁的男人竟如此丑陋和陌生”。此时，“不管她是否愿意承认，她的确想到了余松坡”，那个温文尔雅的文化人，尽管“她只用了百分之一秒就把这个念头从脑子里赶了出去”，但这种人之常情的犹疑便已足够。小说当然也不失时机且颇富意味地呈现了她对所谓“文化”的崇敬：“这些文字大部分她都看不懂，就像余松坡的一些戏，看完了也经常一头雾水，但她愿意看，每一个费解处都让她有小小的激动，觉得向神秘崇高的东西又近了一两厘米……高深的理论她不明白，但看懂的每一处都让她由衷一笑。这些看懂的地方，在她看来是知识、文化的形象化。”[②]

---

① 张瑾华：《对话徐则臣——身处“王城如海”此心不安处是吾乡》，《钱江晚报》，2017年2月19日。

② 徐则臣：《王城如海》，第84页。

这些矫揉造作的“神秘崇高”让她心绪难平，而与此相伴的是，她居然饶有意味地看起了迈克尔·翁达杰的小说《英国病人》，她就这样不断混淆着生活与工作角色之间的界限，在卑微的梦想与不切实际的虚妄之间艰难游走。这不禁让人想起福楼拜笔下那位赫赫有名的艾玛·包法利。就像朗西埃所分析的，一种普遍的生活愿望，“那无数的渴求与欲望，它已经蔓延到社会的各个角落”①，而“感性的广泛分配意味着，来自社会各阶层的人们都有可能获得文学享受的机会……他们想要一切的享受，包括精神享受，他们还想‘切实得到’这些精神享受”②。在这个流动的社会里，审美的民主化必将惠及每一个体，无论他出身高贵还是身份寒微。然而吊诡的是，这种超出阶层之外的审美需求，却会让人付出生命的代价。因而，就像《包法利夫人》中的艾玛必须为她不切实际的浪漫情感付出代价一样，勤勉与淳朴的罗冬雨也终究因她难以泯灭的良善而身陷囹圄，这或许便是作者疏解底层阶级性与中产阶级立场之间矛盾的想象性解决方案吧。

二　知识者的“梦魇”与“新北京”的虚妄

据徐则臣所言，《王城如海》并没有特定的主人公，北京就是其主角，他甚至一度要以“小城市”为这部小说冠名，这当然显示了作者囊

---

① 雅克·朗西埃：《为什么一定要杀掉艾玛·包法利》，《批评探索》(*Critical Inquiry*)2008年冬季刊，另见雅克·朗西埃：《文学的政治》，张新木译，南京大学出版社，2014年。

② 陈晓明：《感性分享与审美的民主化》，《文艺争鸣》2016年第12期。

括一切的雄心。在他过往的“北漂”系列小说中，北京被描述为伪证制造者、盗版光碟贩卖者等从事非法职业的边缘人不断游走的空间，这种单调与褊狭显然难以令人满意。对于北京的浩大广阔，徐则臣需要一个新的写作视角。“我这次要写写高级知识分子，手里攥着博士学位的；过去小说里的人物多是从事非法职业的边缘人，这回要高大上些，是先锋导演；之前的人物都是在国内流窜，从中国看中国，现在让他们从国外回来，是从世界看中国的角度；以前写的城市是中国的城市，这次的城市是世界坐标里的城市。”①如此一来，城市和乡村，历史与现实，全球化与现代感，阶层差异与社会矛盾等宏大命题便有了用武之地，小说也由此巧妙覆盖了诸多值得关注的社会热点，其现实的容量也骤然提升。

《王城如海》引人注目的地方，在于通过“戏中戏”的嵌套结构，展现主人公余松坡的作品《城市启示录》。借助这种戏剧嵌套，小说让我们看到了他在《耶路撒冷》中得心应手的“多文本”的美学追求。在那部长篇小说中，“到世界去”的专栏写作让小说内外的意义相互指涉，进而获得难得的文本张力，而《王城如海》与此相映成趣。更为重要的是，后者中的北京城市意义被空前凸显出来。正如他所说的，“我希望它们能成为润滑剂，让小说运行无碍；我还希望这个新元素的介入，能够和故事主体之间形成全新的对话，生发出更多理解和阐释北京这座城市以及城市与人的关系的空间与可能性”。事实上，我们的确能感受到，“这个小说因此从一个漫长的小说队列里挺身而出，向前走出了一步”。②

《城市启示录》开头便是一幕在森林里种树抑或种草的寓言。

---

① 徐则臣：《王城如海》，第 258 页。

② 徐则臣：《向前一步走》，《文艺报》，2017 年 5 月 24 日。

当执着的种树每每宣告失败时，无奈之下的种草却意外获得成功，这里的寓意便耐人寻味。在这片“茂密的森林”里，任何“参天大树”的欲念都注定是虚妄的，而贴着地面的草原才是生活的意外之喜。它最大限度地表征着城市之“名”与“实”的分裂，既执拗得让人心酸，又处处充满转机，这其实也是主人公余松坡的命运写照。这位乡村青年是一位个人奋斗的典型，他从乡村到城市求学，戏剧性的命运转折让他得以在纽约生活多年，哥伦比亚大学戏剧学研究生毕业之后回到北京做戏剧导演。这位“海归”的先锋戏剧家，原本是要以艺术的方式探索世界本质与人性真相，“但现在他回到中国，回到一个一直吸引他的复杂现实里，他不仅没能艺术地思考和处理好复杂的现实，他的艺术也被现实弄得无比复杂，难以把握”。[①] 复杂的现实完全包围、影响着人们的日常生活，使得各种问题扑面而来，让人难以跳脱。他不得不放弃先锋的“高蹈”，转而在戏里做一个“无条件的现实主义者”。“在国外，一个平稳的、饱和的、一潭死水一样的中产阶级社会，绝大多数问题都不会影响和改变你的生活，社会的变化你可能都感觉不到切肤之痛。作家可以很容易跳脱出来，自由放松地去处理精神的问题、艺术的问题，你尽可以与现实无涉的空间玩得转。所以，当余松坡发现不能从众多的现实问题脱身而出时，他就要去考虑如何艺术地处理他认识到的一些现实问题。”[②]因为他早已认识到，“我关注这个城市，关注这个国家的每一点风吹草动”。[③] 而他必须在艺术的框架里才能真正有效地思辨

---

① 徐则臣：《王城如海》，第 144 页。

② 黄茜：《徐则臣：智性的作家靠思辨来推进小说》，《南方都市报》，2017 年 1 月 15 日。

③ 徐则臣：《王城如海》，第 223 页。

城市的现实。

在余松坡这里，北京这个“庞大固埃”成为新兴国际大都市的样板，充满了难以想象的活力与无限之可能性。就像《城市启示录》里教授太太所说的，“我看见了两个北京。一个藏在另一个里面。一个崭新的、现代的超级大都市包裹着一个古老的帝国”，这个崭新的北京，“开阔，敞亮，那巨大的、速成的奢华假象，充满了人类意志的自豪感”，而它的“浅薄与新变”也是“最有力的武器”。[①] 这里的“两个北京”的叙述，也是《城市启示录》与整个作品形成互文关系的微妙所在。在余松坡身上，先锋戏剧与《二泉映月》，哥伦比亚大学与老干妈女神“陶华碧”，以及《城市启示录》与抗议的“蚁族”，这多重的对位关系恰恰构成了一种微妙的反讽。由此，“海归”戏剧家的水土不服，以及更为深层的底层中国与国际都市之间的名实分裂，也突出地体现了出来。

《王城如海》中，《城市启示录》的剧中人对于“城中村”的探访所引出的社会现实话题，成为余松坡作品遭受质疑的缘由。年轻人不畏艰险，追逐理想，这本不成问题，毕竟任何时候，执着的理想主义都不该遭受质询。然而，这些处境艰难的年轻人，却成为《城市启示录》里教授悲悯的对象，这种居高临下着实有伤年轻人的自尊。在国际都市的大背景中，“蚁族”的个人奋斗，突然变得像“雾霾”一样让人无法忍受，而中产阶级叙事声音中流露出的“轻蔑与不信任”，也被敏锐的阶级意识准确捕捉。“在当下中国，一部现实主义的作品不可能仅仅是一部作品，它还是我们生活本身。”[②]这种“误会”当然是“海归”的先锋戏剧家“对当下的北京、当下的中国认知出现了致命的盲

---

① 徐则臣：《王城如海》，第33页。

② 同上，第211页。

点”。正如教授所说的，“我对这个国家有各种怀念和不满，我清楚我距离这个国家万里迢遥。一旦回到中国，我发现，我所有的愤恨、不满、批评和质疑都源于我身在其中”。[①] “蚁族”的愤怒所引起的争议，深切体现了当下中国城市阶层状况的复杂性。有意思的地方在于，余松坡这位关注现实的先锋戏剧家，却以极为吊诡的方式被现实所伤。他以戏剧的方式介入现实，却遭逢意外的失效，这在某种程度上也是启蒙者位置的失效。就此，底层的风景像“雾霾”一样挥之不去，成为知识者的“梦魇”。

这便涉及徐则臣有关城市想象与“北京叙述”的复杂性。在这部以北京为主人公的小说里，城市成为思考问题的基本方法。“在中国，大概没有任何城市像北京这样高度符号化又高度复杂化，当你对它进行符号概括的时候，会发现所有貌似精确的论断都是无效的，它处在整个全球化、城市化、现代化乃至后现代化的前沿，你无法像看老北京那样可以静态地描述它，它瞬息万变，不仅关乎中国，也关乎世界；不仅关乎北京，也关于外省；不仅关乎城市，同样关乎乡村。”在此，“北京叙述”之于城市文学的重要性在于，“弄清楚了当下的北京，其实你就弄清楚了当下的中国，弄清楚了在全球化背景下的中国”。[②] 小说中的余松坡认为，诸如巴黎、伦敦等现代国际大都市的城市性是自足的，而与这些大都市相比较，正处于迅猛发展过程中的中国大城市却并非自足，“一个真实的中国城市，不管它如何繁华富丽，路有多宽，楼有多高，地铁有多快，交通有多堵，奢侈品名牌店有多密集，有钱人生活有多风光，这些都只是浮华的那一部分，还有一

---

① 徐则臣：《王城如海》，第 49 页。

② 李云雷：《闷头干活的七〇后——徐则臣访谈》，《北京青年报》，2011 年 10 月 19 日。

个更深广的、沉默地运行着的部分,那才是这个城市的基座。一个乡土的基座”。[①] 小说中的余松坡,享受着城市中产阶级成功人士的一切浮华,却依然保留着难以磨灭的乡村记忆,这种身与心的分裂状态,恰是中国城市名实分裂的写照。因而,与其说徐则臣是在讲述一个现代都市的故事,毋宁说是在努力解剖这座城市的肌理与褶皱,以便揭示出它的真实面貌。在此,小说借助余松坡之口说出的对于中国城市的理解与判断,其实也正是徐则臣对于中国城市的一种基本看法。这个“沉默”的底层北京,正是小说通过阶级图谱的展示所呈现出的城市的复杂性。这种复杂性,也顺理成章地打破了北京作为国际都市形象的虚妄。在徐则臣这里,像“雾霾”一样挥之不去的乡土与底层才是“新北京”的底色。

三 “黑暗记忆”与城市来路的“构形”

《王城如海》犹如一部计算精密的仪器,将诸如城乡差距、阶级分野等社会议题,与“雾霾”之中的压抑、人群间相互理解的难以实现,以及知识分子的愧疚、罪感与个人救赎等有效拼接,几组丰富的意象便构成了这座城市万花筒般的复杂表情。万人如海的“王城”里的芸芸众生,他们千差万别的来路与去路,共同汇聚了这个“雾霾”下危机重重的城市,这是城市的幽深所在。而在历史的纵向层面,余松坡的创伤记忆所连带的则是他与乡村息息相关的个体罪孽。在此,告密

① 徐则臣:《王城如海》,第 66 页。

者祈求内心的宁静,但也无法重新做回那个心无挂碍的善良人,而那些噩梦中的逃亡、忏悔与辩解则注定让他如此不安。这固然是"现在"与"过去"的博弈,是功成名就的浮华背后难以摆脱的尴尬,但其间罪与罚的写照,毋宁说是当代人悲哀与忧愁的折射,也直接拷问着自我直面现实的孤独与难堪。而遍布小说的深入骨髓的"雾霾",则让我们有机会扪心自问,审视自我"内心的雾霾"。

以北京为方法,捕捉"雾霾"的隐喻意义,不只是在阶级图谱的层面叙述城市的现实维度,更重要的是获得一种历史的纵深,对城市内心进行"深描"。这便涉及"雾霾"隐喻的另一层含意,即《王城如海》通过小说人物"内心的雾霾"来引出中产阶级的"黑暗记忆",以此"构形"城市的来路,并获得有关"北京叙述"的清晰形象。这在很大程度上是通过余松坡这个人物生发出来的。小说中,余松坡的世界面临的危机,一方面来自底层的侵袭,即那些如"雾霾"般"看不见的人群"造成的诸多困扰;另一方面,更重要的则是自我的罪恶,即围绕某种"黑暗记忆",从历史层面展开的知识者的不安与焦虑。关于后一点——余松坡愧疚的过往所投射的人物"内心的雾霾"——正是《王城如海》的重点所在。"我是一个帮凶,曾将一个无辜者送进了监狱",这是余松坡多年后灵魂深处的自白。随着小说的展开,他那不可告人的往事也渐次呈现:1989 年高考落榜时,他为争取参军名额,在村长的怂恿下告发了从北京带回宣传单的堂哥余佳山,直接导致后者被判入狱十五年,惨遭折磨,前途尽毁。这件事使余松坡再也无法安宁,无边的愧疚让他梦魇不断,只能靠《二泉映月》来自我疗救。为了寻求内心的宁静,他不断出走、逃离,逃离贮满愧疚记忆的乡村,读大学、保研、出国,以自我奋斗的方式不断向上攀爬,寻求麻痹和忘却。即便时过境迁,他早已飞黄腾达,内心却仍旧不安,"一想到我曾在浩大的历史中对一个人伸出卑劣的告密之手，我就惶惶不可终日”。[①]

由此可见，《王城如海》在愧疚与忏悔的结构模式上与《耶路撒冷》存在相似之处。《耶路撒冷》里的初平阳、杨杰、易长安和秦福小在花街共同度过童年，长大后不断游走“世界”，无论走到哪里，他们始终被童年的可怕事件支配着：他们曾目睹儿时的玩伴景天赐自割静脉而死，却无法提供任何救助。混杂着死亡、愧疚与不安的黑暗记忆，随时间不断发酵，极大地改变了人物命运及生活中一切因素所具有的意义。终归有一天，这群有着共同记忆的隐秘同盟重回故乡，他们要为当年的罪孽求得救赎，为了天赐，也为了他们自己。在这个意义上，我们看《王城如海》与《耶路撒冷》中人物“到世界去”的共同理想，就不再是单纯的逃离与生存的法则，而分明能够从中辨认出有关历史与心灵、良知的逃避性和救助性策略等多重情感元素。

当然，《王城如海》也会不断塑造几乎每个人都有的一闪而过的恶念，鹿茜、罗龙河，甚至罗冬雨，概莫能外。小说最有意思的莫过于韩山那段并不光彩的记忆：他曾偷过一件“掌心大的小闹钟”，这段偷窃的插曲并不是有意将人物“抹黑”，而是表明每个人都有其不可告人的尴尬。这种汉娜·阿伦特意义上的“平庸者之恶”，是人性无法根除的弱点。因而分析余松坡的所作所为，我们大可认同评论者所分析的，“一生被一桩罪恶追赶的余松坡，他的罪并不比在生活现场的我们中的任何一个人更大”。[②] 不过，相对于底层小人物而言，中产阶级体面人士的“黑暗记忆”终究更加令人惊心。小说中的余松坡情愿承受梦魇的折磨也不愿吐露心扉，甚至对他老婆也守口如瓶，

① 徐则臣：《王城如海》，第199页。

② 刘琼：《徐则臣的前文本、潜文本以及“进城”文学》，《东吴学术》2016年第5期。

只有当戏剧性的“死亡”骤然降临时，他才在“临终忏悔”的虚惊中仓皇开口，中产阶级的虚伪在不经意间暴露出来。

从某种程度上看，余松坡的“黑暗记忆”其实象征着城市的内心。在此，城市不仅有其乡土的底色，更有其雾霾一般挥之不去的罪恶性。徐则臣也曾谈到，驱赶内心的雾霾更为重要。相对于他过往小说中的小人物，《王城如海》展现的正是余松坡这位正经的体面人内心的幽暗。这让他赫然发现，过去写的一堆不体面、不正经的人其实做了一堆好事，他们的生活有让人非常感动的地方；而如今的正经之人虽看似风光体面，却蕴藏着深切的罪恶。“我们看这一群违法乱纪者，活在阴影中的人，回到家里面是非常好的儿子、丈夫。他们的喜怒哀乐跟我们一样，活得坦荡。但是我写体面的人的时候，我发现他们内心的阴影可能比小人物大得多，他们心里可能有很多不可告人的东西。”徐则臣认为，更可怕的其实是内心的雾霾，这个如果治不好，会影响你的一生。“写到这帮人发现，他们体面，但是在体面的背后有一些难言之隐，这个东西的伤害，未必不比在路边卖假证的更大。”①这里可以隐约看到一种“卑贱者更高贵”的朴素逻辑，但也并非全然如此。雾霾就像人性的“平庸之恶”一样肆意蔓延，不体面之人的内心也未必坦荡。这也似乎象征着作为国际都市的“新北京”，需要刻意隐瞒自己并不光彩的过往，通过这样的方式，徐则臣得以窥探城市浮华背后的真相。

小说中，当余松坡与余佳山在天桥上相遇时，余松坡当然明白，大家都是为了心里的那个结，才变成如今的模样。小说中反复提到北京作为一种精神吸引的重要作用，即通过“教化”所塑造的向往，以

① 沈河西：《徐则臣长篇〈王城如海〉：用减法写，越写越浓缩》，“澎湃新闻”，2017年4月10日。

及那根本不存在的“金光闪闪的天安门”的蛊惑，他们都对北京心存执念。余松坡的精神困境来自个人奋斗中的残酷史，对他人不择手段的伤害。在此，城市终究是个牺牲良善品质的场所，那些从乡村来到城市的逐梦者，带着各自的过往，奔波在京城的大街上，向着未知的方向前行。而那些寥寥的成功者，却又带着永难磨灭的罪孽与愧疚，独自咀嚼着恐惧和“梦魇”，“因为怕死，他的焦虑变本加厉。在很多梦里，他在逃亡、忏悔、辩解、嘘寒问暖”。[①] 而最终的结局在于，无数人奔向梦想，却又悲苦地摔落在地。在万人如海的“王城”这个大舞台，在这个淬火炼金的地方，所有的人都注定孤苦无依，因为这“既是一个充满希望的逃城，也是一座充满迷魅的罪恶之城”。[②]

就此看来，北京这座建城两千多年、建都八百多年的中国传统城市，在从“乡土北京”向“现代北京”的转变中所呈现出的现代性繁复内涵，其实都极具隐喻性地集中到了余松坡这个人物身上。当然，这里所说的传统，不是抽象的能指，或来自遥远乡村的可笑而愚昧的乡下人固守的信念，而是渗透于这个城市的空间形态，其居民的日常生活、行为方式和精神构成当中。即是说，北京从城市文化到居民性格，都指涉着一种从中国乡土社会内部产生、发展和逐渐完善的城市类型，而这是与西方城市迥然相异的。或许正是因为这个原因，小说中无论是余松坡，还是《城市启示录》里的教授，都无法与其身处的城市和谐共处。在此，余松坡这个叙事的“中介”，他的“发迹史”其实高度象征着北京城市的惊人发展变迁。这个当年的乡村男孩，他惊心动魄的个人奋斗不禁让人唏嘘。而他从其乡土本色中拼命逃离，

---

① 徐则臣：《王城如海》，第172页。

② 李丹：《弃乡与逃城——徐则臣“京漂”小说的基本母题》，《文艺争鸣》2011年第11期。

非喝洋墨水不足以平息他在这个世界“向上攀爬的欲望”，也令人如鲠在喉。他的愧疚，那些绝难掩藏的人性污点始终如影随形。不过好在，他最后终于得偿所愿地走向世界，成为声名远播的先锋戏剧家，而这个艰难却不无戏剧性的过程，正好与三十年来中国城市的全球化进程步调一致。历史的机缘让这个被人投注诸多情感的“乡土北京”，终于在某个合适的契机下蜕变为“现代城市”，并积极向着所谓的“世界文明之都”迈进。其中的艰辛自不待言，然而就像小说中的余松坡那样，在剥离了这个看似高贵的“海归”知识分子虚伪的“画皮”之后，围绕在他身上的光环瞬间消失，小说也在这个层面顺理成章地落实了我们孜孜以求的所谓“新北京”的虚妄。因而，小说在洞悉了文明的浮华之后，终于让我们得以看清城市的来路，它的实质，以及那不应忘却的素朴本色。

从声音景观到城市想象

——从《北京的声音》谈起

谢嘉幸

“文艺创造与城市想象”是一个非常好的题目,不仅道出了文艺与一座城市的血肉关系,也内含了文艺家的使命与执着。本文从声音景观切入,当然涉及与城市想象有关的音乐创作,但又不全是。“声音景观”是指“一种强调个体或社会感知和理解方式的声音环境,指人类世界中自然声环境和人为声环境的组合”。这一概念最早由芬兰地理学家格拉诺(Granoe)于 1929 年提出,用来描述以听者为中心的声音环境,是一种人文学科的研究思路,而后由加拿大音乐家默里·谢弗(R. Murray Schafer)付诸实践(1968),并广泛应用于生态学研究。[①]“声音景观”的英文“soundscape”虽然源于英文同词根的“居住环境”(landscape),但增添了文化内涵。而当“声音景观”运用于文艺创造,其内含的文化与人文精神就更为

① 冯樨:《论〈追忆似水年华〉中的声音景观》,《江西师范大学学报(哲学社会科学版)》,2019 年 3 月。

深厚了。有关城市声音的描写很早就体现在文学创作当中,比如在清代北京竹枝词中对北京小贩叫卖声的描写“东窗已敞南风竞,半夜犹来铜碗声”(《北京风俗杂咏续编·都门竹枝词》),在近代以来的文学写作中的体现更是不胜枚举。毫无疑问,音乐的声音景观又有更进一层的意思。本文从本人策划的大型多媒体音乐会《北京的声音》谈起,从运用声音景观的创意和具体设计来展开这一饶有趣味的话题,为北京七十年的城市想象提供一种来自音乐的独特视角。

一 北京的声音——从声音景观切入的北京七十年

《北京的声音》是本人在2015年策划的第七届北京传统音乐节开幕式大型多媒体音乐会,用音乐节目和声音景观的历史画卷交错展现北京六十五年来的城市想象。传统音乐的节目是它的主线,不同时代的声音景观是它的背景。

这里要说明的是,从第一届北京传统音乐节(2009)开始,开幕式音乐会的设计大多将多媒体嵌入其中,以多媒体展现的历史画卷叙述插入节目与节目之间,取代了通常音乐会主持人在节目交替过程中的口头介绍。前几届开幕式音乐会的多媒体设计与制作都以画外音辅佐画面,第七届的设计直接考虑让声音来“说话”,而不是文字语言,于是就采用了“声音景观”的方式。

整场音乐会分“声音的记忆”和“声音中的北京”上下两篇,上篇为历史叙述,下篇为当代描写。上篇“声音的记忆”包括吹打乐《淘金令》，评剧《刘巧儿》，民族管弦乐曲《乱云飞》，歌曲《前门情思大碗茶》，民族管弦乐《大宅门》主题曲等曲目；下篇“声音中的北京”包括京剧《卖水》等选段联唱，歌曲《兰亭序》，民族室内乐《梅花韵》，京韵大鼓《丑末寅初》，管弦乐《节日序曲》。如前所述，本场音乐会是用穿插与作品产生时代相同的音乐片段和特定历史时期的声音景观，取代之前各场（第一届到第六届的开幕式音乐会）必配的画外音解说，具体如下：

全场以北京童谣“水妞儿，水妞儿，先出犄角后出头……”，《有话好好说》的插曲“我从小在北京，土生土长……”等片段引入导出上篇，在节目中穿插各个历史时期几代人记忆深刻的活动场景，比如开国大典、北京各历史时期的街景、修建十三陵水库等历史纪录片中的现场画面和音声，以及几十首时代歌曲和电影音乐，比如《小二黑结婚》《我的祖国》《北风吹》《社会主义好》《我们走在大路上》《让我们荡起双桨》《北京颂歌》……用声音景观取代解说的历史背景铺垫，取得了极佳的效果，大有令人重回历史之感，一下子就把人带回到了特定的年代。[①] 商文娇在《〈北京的声音〉大型多媒体音乐会述评》一文中说道：“这场‘视听’音乐会因其巧妙的交错搭配，使观众听、看两不误，并且还因为大屏幕声像先期的导入，对紧接下来的乐曲内容有了更深层次的理解而产生共鸣、深化……多媒体声像技术在现场音乐会中的组合运用，凸显出本场音乐会策划者独具创新的设计。每一个特定时期社会发展状况的图片和代表性音乐作品声像的展示，都会勾起观众对那个时期的内心记忆和共

① 《第七届北京传统音乐节“北京的声音”大型多媒体音乐会举办》，中音在线，2015年10月22日。

鸣。”①比起主持人的节目介绍或多媒体画卷的画外音解说，声音景观给人的是现场感，有如电影中的由当事人演唱演奏的现场音乐，令人身临其境。

声音记忆对人心的触动其实是难以言表的，即使是本人策划的这场音乐会，个人也无法通过这只言片语来完全表达音乐带给人的感受，更何况当中还包含团队所精心制作的大量声像细节，这些细节通过音响和视频给人细致入微的震慑与感动，只有亲临现场才能感受到。这既是音声的微妙之处，也是语言的尴尬之处。准确（甚至可以说挂一漏万）地表达音乐会的实际效果，显然是文字无法胜任的任务。那么，什么是本文可以探讨的呢？

二 触景生情——情感体验中的声音景观

如前所述，“声音景观”最早是由地理学家提出并用于人文学科与生态学研究的，例如李昊、李国棋在《北京的声音景观》一文中对于他们展开调查研究的目的是有很明确的表达的：“保护人类的声音环境，是每个城市设计师的责任和义务，我们应充分运用理论和经验为人们创造一个更舒适、更安心、更幸福的生活环境。”②显然，文艺创造中所关注的“声音景观”与前者有很大的不同。文艺创造的“声音景观”确实是借其概念而用之的，但更强调了特定历

① 商文娇：《〈北京的声音〉大型多媒体音乐会述评》，《黄河之声》2015 年第 17 期。

② 李昊、李国棋：《北京的声音景观》，《园林》2014 年第 12 期。

史时期的情感与城市想象。正如我在《北京的声音》最初设计中，写下这样一段话：

> 《北京的声音》，是北京的声音景观、北京历史文化与北京人内心体验的交响，它记忆你的过去，触碰你的当下，幻想你的未来……北京的传统音乐，是中华文化最顽强的载体之一，亦是北京声音景观中最深沉的旋律，它由时代所折射，与五彩缤纷的当代音乐交相辉映，倾诉着北京人的喜怒哀乐，更体现自身柔韧而强大的生命力量。它从远古走来，亦向未来奔去……过去如何，当下如何，未来又如何？让我们倾听吧……①

我心目中的“声音景观”既包括自然声景，也包括乐声景观。但我所强调的不仅仅是这种差别，而是艺术感受注重声音景观的符号化过程。② 所谓符号化，也可以称之为语义化，指的是特定声景内化成个人生命特定体验的过程，当这特定的声景出现，那特定的感受必定也会涌现。老舍在《骆驼祥子》里的描写：“城门洞里……鞭声，喊声，骂声，喇叭声，铃声，笑声，都被门洞儿——象一架扩音机似的——嗡嗡的联成一片，仿佛人人都发着点声音，都嗡嗡的响。”这里的声音景观，显然深深嵌入了老舍某段生命历程的情感体验。③

中国音乐学院邹文琴教授在第一届北京传统音乐节闭幕式的

---

① 《第七届北京传统音乐节拉开帷幕》，中国知识产权资讯网，2015 年 10 月 27 日。

② 谢嘉幸：《音乐的语境—— 一种音乐解释学视域》，上海音乐学院出版社，2005 年。

③ 凌云岚：《北京的市声——现代文人的城市体验》，《南京师范大学文学院学报》2006 年第 4 期。

“民俗狂欢”现场后写下了这样一段话:“现时院子里正色彩绚丽,民间锣鼓撼人心扉,看着那些来自天桥的几丈高的帆在艺人手中耍弄,看着延庆的跑旱船,还有乌龟、贝壳、鱼虾……这么多年不见来自民间属于老百姓的娱乐习俗,使我想起幼年的情景,不知不觉之中我已泪流满面欲停不止……”①

这样的声景已经内化为他们特定的生命体验,尤其是那些遥远的已经埋在记忆深处的声景。一曲乡音,旁人可能只觉得悦耳,可对于远离家乡多年的游子,却会令其老泪纵横。白居易《琵琶行》里在“银瓶乍破水浆迸,铁骑突出刀枪鸣。曲终收拨当心画,四弦一声如裂帛……”有关乐声的描述之后,竟发出“同是天涯沦落人,相逢何必曾相识……座中泣下谁最多?江州司马青衫湿”的万千感慨,内心境遇受声景触动所发出的悲叹堪称千古绝唱。

三 记忆钩沉——不同时代的声音景观

解玺璋先生讲到,为什么会把红墙黄瓦当成北京?对我这个外乡人而言,如果我对北京有这种感觉,那最早肯定来自《让我们荡起双桨》这首歌的“……海面倒映着美丽的白塔,四周环绕着绿树红墙”,也许还有由北京电影制片厂与法国加郎斯艺术制片公司合拍的儿童故事片《风筝》里多次出现的故宫等古迹的画面。

不同的歌曲来源于不同的话语表达。二十世纪六十年代的《北

① 侯晓宏:《首届北京传统音乐节反馈与评论》,赵塔里木、谢嘉幸:《聆根——音乐的文化诉说:第一届北京传统音乐节纪实》,苏州大学出版社,2015年,第134—136页。

京的金山上》与二十一世纪初《北京欢迎你》内涵有多少不同？哪怕是小提琴曲，《红太阳的光辉把炉台照亮》《千年的铁树开了花》与《抹去吧，眼角的泪》（电影《生活的颤音》插曲）怎么说也来自两种不同的话语体系。不可否认，从形态而言，音乐的三大类型（传统音乐、艺术音乐和流行音乐），既来源于不同文化，又打上特定时代的烙印，更遑论其间所蕴含的政治话语、传统话语和西方话语。

然而，对于个体来讲，音乐景观所带来的记忆钩沉，却切切实实与特定个体对城市的想象血肉相连。或者说，这种记忆钩沉中的生命体验，正是个体对城市想象的基石。就宏大叙事而言，由于北京作为首善之区的特殊地位，关于北京城市的所有想象大多都是围绕政治化的元素来展开的。比如《北京颂歌》，“灿烂的朝霞，升起在金色的北京，庄严的乐曲，报道着祖国的黎明……”，然而，城市的记忆却又必然经过个体亲历的生活转换而融入个体的生命记忆中。其活力必然来源于个体生命的记忆钩沉，乃至于私人叙事的重新再造。当把《北京颂歌》《一无所有》《在希望的田野上》《让世界充满爱》叠加在一起时，我们就会发现音乐提供了广阔的由不同时代叠加起来的情感空间，跌宕起伏，波澜壮阔，使我们的内心由此丰厚起来，而不会浅薄偏激，城市想象也就有了生命实实在在的情感血肉。

四　众声喧哗——城市多元化的音乐景观

当我第一次听到汪峰的《北京北京》，就被那发自内心的歌词和旋律所震撼：“当我走在这里的每一条街道，我的心似乎从来都不能平静。除了发动机的轰鸣和电气之音，我似乎听到了它蚀骨般的心跳。我在这里欢笑，我在这里哭泣，我在这里活着也在这儿死去……”这歌曲不得不让你联想到北京有太多为这个城市作出贡献的“北漂”和“非北漂”们。他们为个人的理想而来，比如宋庄、798的艺术家们，而更多的则是仅仅为生计而来的打工仔们，他们餐风露宿，日晒雨淋，静静地来，又悄悄地离去，却在一座座拔地而起的大楼里洒下他们的汗水。这不禁让我想起前些年火过一阵子的舞蹈《进城》，尽管音乐是《野蜂飞舞》与格里格《E小调钢琴协奏曲》的混搭，但那些体现打工仔生命挣扎的夸张舞蹈动作使我泪如泉涌。改革开放这些年，北京来过多少农民工，也许只是个数字，但这数字却是由一个个有血有肉的真实个体构成，他们心目中的北京，难道不也是他们抱着希望，并付出热情、热血和青春年华的北京？不也是这个城市想象实实在在且不可或缺的部分？

任何生态总是多样的，北京的声音景观也绝不仅有一种声音。回想十年前编撰的《新中国北京文艺60年（音乐卷）》，其中所包含的传统音乐、艺术音乐与流行音乐文化，以及与之相伴而发展的音乐创作、音乐表演、音乐批评、音乐教育、音乐社会活动……[①]众声喧哗的城市声音景观，各式音乐人才的璀璨成果，既有走街串巷的叫卖声，又有城市的庄严颂歌；既有流行歌手放浪形骸的声嘶力竭，又有交响乐团正襟危坐的辉煌灿烂；既有古老都城的京腔京韵，又有和者甚寡的现代音乐；既有国际舞台上中外群星的璀璨，又有勾栏瓦舍名角的精彩纷呈……这才构成活生生的百花齐放、百家争鸣的北京声音景观中的城市想象，鲜活的北京人、鲜活的情感与鲜活的未来……

---

① 谢嘉幸主编：《新中国北京文艺60年（音乐卷）》，中国文联出版社，2010年。

北京或许不相信眼泪,但北京应该允许呈现所有人想象的声音与声音的想象!

五 北京声音博物馆

北京应该有一座声音博物馆来展现北京城市的声音景观。自从我的导师李西安教授策划第一届北京传统音乐节大型多媒体音乐会《北京音乐八百年——从金中都到新北京》[①],关于北京这座古老名城的声景想象就一直是我们这个团队追求的理想。北京传统音乐节的定位,北京是"北京的北京,中国的北京,又是世界的北京"的音乐想象也一步步地拓展,第二届的《五彩丝路》展现中外文明交流的篇章;第四届《大河颂》奏起全世界八条古老大河(幼发拉底河、底格里斯河、长江、黄河、尼罗河、亚马孙河、密西西比河、多瑙河)所孕育的全球不同文明的大河交响;第六届《国乐魂》以乐根、乐和、乐教、乐风、乐骨、乐象、乐魂等线索勾勒中国礼乐文明的历史图景。[②] 多年来,北京的学者们收集了北京乃至全国的传统音乐、艺术音乐和流行音乐的文献及音响音像资料,我的团队还启动了华夏乐府行动计划,

① CCTV-15 音乐频道《风华国乐——北京传统音乐节开幕式》,央视网,2017 年 9 月 8 日。

② 其中,前五届相关内容已成书。参见赵塔里木、谢嘉幸主编:《聆根:音乐的文化诉说——第一届北京传统音乐节纪实》《循脉:音乐的文化阐释——第二届北京传统音乐节纪实》《重聚:戏曲与音乐的对话——第三届北京传统音乐节纪实》《人与传统:世界文明的交响——第四届北京传统音乐节纪实》《礼乐重建:国人精神之求索——第五届北京传统音乐节纪实》,苏州大学出版社,2015 年。

将收集民间音乐与传承教育结合起来，弘扬古老的乐府书院文化。[1]这些都为建立一座为北京、全国乃至世界展现中国音乐文化及声音景观的博物馆打下坚实的基础。

城市想象联结城市的过去和未来，声音景观是其不可缺少的重要组成部分，通过音乐来丰富北京独有的声音景观，进而塑造北京的当下与未来，这应该是我们全体文艺家的愿景。

① 谢嘉幸：《华夏乐府行动计划的构想与实践探索》，《艺术学研究》2019年第2期。

从艺术实践到文化品牌

——由北国剧社、“大影节”、“看中国”谈起

黄会林

很高兴再次来到北京文艺论坛，本次论坛的主题是“中华人民共和国成立七十年的北京文艺”。从学术的角度讲，它将“七十年”这一特殊的时间跨度和“北京”这一丰富的空间场域结合起来，具有较高的研讨价值和意义。而从个人的角度说，这个主题也让我很有感触，自从十五岁跟随父亲到了北京，受北京气韵的滋养长大，至今也有七十年了。这七十年来，我既是北京文艺发展的见证者、亲历者，也是普通建设者中的一员，在自己的岗位上贡献着微薄的力量。从八十年代创立北国剧社，到九十年代创办北京大学生电影节，再到2010年开启“‘看中国’外国青年影像计划”（以北京为起点），我在戏剧、电影、国际文化交流等多个领域进行着文化的实践和传播工作。

今天，我结合自己的工作经历，通过具体的案例，谈一谈在建设文艺品牌过程中的体会。

一 北国剧社：校园戏剧的举旗手

戏剧艺术的发展总是与时代、与人民深刻交织，并作为一种重要的公众艺术形式和城市文化密切联系在一起。北京向来具有良好的戏剧生态，既有历史悠久的由曹禺、老舍、郭沫若、田汉等伟大剧作家滋养培育起来的北京人民艺术剧院，也有新近创立、已经取得较为广泛影响力的“北京国际青年戏剧节”，还有国家大剧院的“国际戏剧季”这些活动。今天我要谈的则是北京校园戏剧的品牌之一——北国剧社的创立。

校园戏剧的历史源远流长，甚至可以说是中国话剧艺术的发端，这当然不难理解，因为学校是青年人聚集的地方，充满了想象力和创造力。1985 年，我在北京师范大学中文系开设“中国现代戏剧研究”课程，选修学生多达两百人，大家热情高涨。我们从教学改革的想法出发，从实践入手，把学生从教室引到舞台上，在学期末组织了剧本创作，学生一下子交来六十余份作品，最后选定了六部投入排练，由学生们自编自导自演自配舞美，演出大获成功。

由于这次排演的成功，我们又受邀参加中国首届国际莎士比亚戏剧节，为此有了北国剧社的隆重成立。为了演出能够推陈出新，我们排练了两出莎剧：《第十二夜》《雅典的泰门》。前者，所有角色都由女生扮演，是世界首创；后者，是中国首演。

剧本确立后遇到了许多困难，我们都努力克服、解决。首先，时逢寒假，剧社全体成员留校排练，我们的口号是“学校吹熄灯号，北国剧社起床”,没有一个学生有怨言。其次,是每个剧只有五千元的经费,只能尽量缩减开支。晚上排练到深夜,我们会回家煮一大锅挂面,卧几个鸡蛋,端到排练场作为夜宵。为了准备演出服装,买的是五毛钱一块的包袱皮,在自家煤气灶上染色,然后又用白布条挂起来变成很漂亮的大石柱;把塑料包装绳刮出毛,变成毛茸茸的鹅毛扇,等等。

及至公演,北国剧社有幸登上了首都剧场这个殿堂级的舞台,连演七场,毫无瑕疵,圆满落幕。时任中共中央总书记、国务院总理以信件转达了他们的赞誉。曹禺先生亲自陪伴外国友人莅临观赏,对学生们说:“我只有一个问题,就是你们怎么可以演得这么好!”当时国内外大小报纸纷纷报道,“女大学生编制了五彩图”“学生军,演大戏”等,反响十分强烈。

一炮打响后的北国剧社没有停止前进步伐,之后排演了很多名家名剧,并自创多部戏剧。北国剧社的成功表明这么几点:

第一,戏剧是把多种艺术结合在一起的最有力量、最直接的艺术形式之一,给人们带来审美的体验和创造的激情,对于我们的文艺建设有着不可替代的重要作用。

第二,校园戏剧不是自娱自乐的活动,而是于教育中发展戏剧,于戏剧中弘扬教育的重要实践。它可以极大地发挥学生的创作才能,可以为民族话剧艺术的振兴培育优质的后备军。

第三,参与剧社既是学演戏,更是学做人。它是学生认识自我、提升自我的重要路径,也是学生陶冶性情、增强责任感、提高思想品格的重要方式。三十多年前,曹禺先生为北国剧社题词“大道本无我,青春长与君”。1985 年至今,一代代蓬勃的年轻人在这里排练演出,续写新的篇章。这是第一个案例。

二 北京大学生电影节：电影节中的生力军

1992年，我离开北师大中文系，开始着手创办影视学科。在艰难的创业道路上，我们没有“躲进小楼成一统”，把影视学做成“故纸堆”学，而是秉持着“知行合一”的理念，把社会实践看作学科发展的根基，其中的标志性举措之一就是创办北京大学生电影节。到今天为止，大影节已经走过了二十六个年头，办了二十六届，始终坚持着“大学生办，大学生看，大学生评”的特色，以北京为中心辐射全国，成为一座架设在大学生和电影之间的沟通桥梁，成为一个兼顾电影学术研究和文化展示的广阔平台。

大影节创办之初，可以用“一穷二白”来形容，四处游说拉赞助，办公地点打游击，都是家常便饭。在这样艰苦的环境下，1993年，首届北京大学生电影节正式开幕了。每当回忆起那时的历程，我的内心都感动不已，难忘多少个未眠长夜，难忘多少位青春同路人：宿舍楼熄灯之后，点燃蜡烛准备新闻稿，天未大亮就紧急起床张贴海报，下课后骑着自行车运送拷贝……就这样，大影节在年轻人汗水的浇灌下发展壮大。直到今天，每届组委会都是由一两名青年教师做秘书长，带着一二十名大学生，从筹备到实施全程运作，事无巨细、兢兢业业，展现出当代年轻人可贵的敬业品质和良好的执行能力。

大影节不仅由年轻人组织，也由年轻人评奖，评委四分之三是大学生，因为大学生才是大影节的主人。大学生天然应该能做大事，敢做大事，敢于成为大手笔，才能成就大文章。事实证明，随着时间推移,大影节的公信力和美誉度始终保持在较高水准,它的人文品质和文化锐气历久弥新。

二十六年来,大影节的发展一步一个脚印,第三届确定了“青春激情、学术品位、文化意识”的宗旨,第五届设立了自己的形象标志“小飞虎”……到今年第二十六届了,全国三十二所高校的分会场和北京的主会场同期开幕,参与活动的高校有五百多所。此外,大影节还积极助力青年影人的孵化,举办原创影片大赛和青年剧本与创意大赛,仅本届赛季,就收到了四千余部原创影像作品与近六百部电影剧作。

发展至今,大影节为推动我国电影文化建设做出了重要的贡献。第一,它是中国电影的加油站,为中国本土电影站台,切实践行中国电影民族化的学术理念,树立文化自信。第二,大影节培养了中国电影的核心受众,并且通过评奖机制,形成了大学生与中国本土电影、中国电影人的紧密联系,产生了良性互动。第三,大影节引领了社会积极的审美观、价值观、文化观,树立了真善美,辨别了假恶丑,一定程度上影响了社会文化的风向。第四,大影节培育了一批电影创作人才和电影评论人才,为中国电影业界和理论界输送了新鲜的血液。可以说,大影节的舞台上没有喧嚣的炒作,没有华丽的时装,没有资本的涌动,唯有一颗颗为电影做嫁衣裳的本真之心。

三 “‘看中国’外国青年影像计划”:文化体验项目的新实践

进入二十一世纪,我们迎来了以有线电视网络、移动通信网络、互联网互相整合作为特征的信息时代、多媒体时代。在这样一个飞速变化的时代中，中国的文艺工作者应该思考什么样的问题？承担什么样的使命？在我看来，一个很重要的命题是当代中国文化的影响力生成。中国作为文明古国，对世界文明发展有过巨大的贡献和影响，但在信息时代，其文化影响力却严重滞后，就像一个演讲者登上了舞台却不发声一样。究其原因，或许有以下几点：一是缺少可以和世界接轨的文化成果；二是有了成果，但没有合适的跨国传播渠道；三是我们尚未熟练把握当代中国文化国际交流的共同话题和话语表达方式。

为了攻克这一命题，在理论层面上，我与老伴绍武提出了“第三极文化”的理念，这是关于中国与世界其他文化多元、平等、共生的一种发展理念，在实践层面上，我们成立了中国文化国际传播研究院，开展以“第三极文化”为核心的研究、创作和传播工作。在研究院的七大项目中，最重要、最成功的一项便是文化体验项目：“‘看中国’外国青年影像计划”。该项目旨在邀请外国青年电影人来华，在中方志愿者一对一配合下，每人拍摄完成一部十分钟左右的中国文化纪录短片，即“外国青年讲中国故事”。

有的人或许会问，谁都可以拍纪录片，花费人力、物力请外国人来拍，值得吗？我的答案是值得。首先，尽管进入了全球化时代，但是新闻、书本、影视、音乐等为外国青年带来的想象，与真实的、现代的中国远远不匹配。提起中国，许多外国人的印象还停留在熊猫、功夫这些传统的、碎片的文化符号上。2011年，第一届“‘看中国’外国青年影像计划”来了九位美国波士顿的青年电影人。他们到达首都机场T3航站楼后，观望了很长时间，问接机的人：“你们中国怎么能有这么好的航站楼呢？怎么能比美国的还好呢？”后来才发现，这些人对中国的印象还停留在《红高粱》影片中，十分荒诞。随着纪录片的拍摄推进，这些青年很快改变了对中国的印象。有一个导演认为中国人不讲卫生，随手乱扔垃圾，拍摄短片以后，他说中国在垃圾回收方面有了很先进的技术，这部短片被取名叫《一瓶识京华》。短短十几天，对中国的印象大有改观，这是第一。

第二，中国人拍摄介绍自己的作品时，不免带有自说自话、自卖自夸的痕迹，而通过外国青年独立创作与独特表达，更能展现一个真实、立体的中国，取得广泛、正面的传播效果。2019 年是我们“看中国”的第九届，九年来，我们共邀请了 60 个国家、77 所外国高校的 610 位青年、42 位外国指导老师落地了中国 24 个省区市，在当地师生的支持与协助下，他们出色地完成了 609 部短片，获得了 110 多项国际性奖项，并在 Facebook 和 YouTube 等国外网络平台上被大量观看、转发、评论，成为彰显中国魅力、传播中国文化的品牌项目。2020 年是“看中国”的十周年，“看中国”大电影项目、“看中国”北美播放及宣传计划、“看中国”十周年国际论坛等一系列丰富多彩的活动已经陆续启动，我们将与外国青年一道，为中国文化的海外传播做出更多的探索。

无论是中国文化的国际传播，还是国家之间的人文交流，都需要切实落地的承载方式。在这一方面，“看中国”项目所积累的经验在于：第一，要打破西方强势文化的思维覆盖，建设科学自信的民族文化理论，凸显中国文化在世界多元文化和欧美两极文化相对强势格局中的自信。第二，要把美好的交流愿望转化成切实的操作方案，从宏观的族群文化表象进入细腻的个体生命接受，以一种具体有效、互相接受的方式进行文化实践。第三，要运用学科专业化手段“讲好中国故事”，充分利用影视的视听化传播优势，用短片形式突破收看障碍，培育艺术接受式的中国“文化软实力”。

以上，是我在戏剧、电影、文化交流几个领域创立的项目案例，如今北国剧社已经三十四岁了，大影节二十六岁了，“看中国”刚刚九岁，它们都已茁壮成长为重要文化品牌，成为文艺界的独特景观，成为北京城市文化的一部分。在我看来，它们所彰显的主流精神、青年气质、人文意识和国际视野，正是北京城市文化的特质所在。

敬请批评，谢谢大家。

北京电视剧作品要从“胡同·四合院”走向新时代大北京的广阔天地

曾庆瑞

今天谈论北京城的“艺术与城市”这个话题，我就电视剧艺术说一点意见，就是北京的电视剧作品要从“胡同·四合院”走向新时代大北京的广阔天地。

北京城是中国封建王朝辽、金的陪都，元、明、清的都城，它的设计规划体现了中国古代城市规划的最高成就，被称为“地球表面上人类最伟大的个体工程”。从1267年营建的元大都到现在的北京城，虽然有过不止一次的改建，但是要说北京城的内城城市形象，以及这种城市形象的文学艺术表达，人们立即会想到胡同和四合院，这是因为“胡同·四合院”承载了北京城的文化基因。人们都知道，“胡同·四合院”是老北京的基本建筑文化符号，尽管岁月迁流，北京城市风貌发生了巨大改变，但“胡同·四合院”仍然是我们日常生活中的习见现象，继续构成这座伟大城市的一部分肌理，赓续着城市的悠远文脉与历史线索。可以毫不夸张地说，“胡同·四合院”是北京城文化包容性、递升性、创造性的源泉之一。

这样一来,要记录和书写北京人生活故事的北京电视剧,“胡同·四合院”的人物、故事、场景就成了一个经久不衰的原型了。这样的电视剧,在中国电视剧六十年的历史上不胜枚举。从早年的《四世同堂》《狼烟北平》《贫嘴张大民的幸福生活》《茶馆》《最后的王爷》《有你才幸福》《老家门口唱大戏》《娘要嫁人》《老有所依》《空镜子》《空房子》《空巷子》《全家福》,到近年的《生逢灿烂的日子》《芝麻胡同》《情满四合院》《风车》《正阳门下小女人》,这样的京味电视剧作为国产剧中的独特类型一直为观众喜闻乐见。剧中的四合院、胡同、北京物件、北京人、北京话、北京文化,早已跨越地域限制,嵌入国民的共同记忆。有人说电视剧的京味题材南北通吃老少皆宜,并不为过。比如由何冰、王鸥、刘蓓领衔主演的京味年代大戏《芝麻胡同》以 1947 年的北平为背景,通过讲述酱菜铺老板严振声、牧春花、林翠卿等人的故事,反映了北平底层百姓有里有面、有滋有味的百态人生。

这些作品里也有眼光更为开阔一些的,要努力把“胡同·四合院”里的人生和外面大世界联系得更加密切一些。比如《无悔追踪》,它以更大的视野呈现了二十世纪五十年代的“除四害”和“大炼钢铁”这两项运动。再比如《一年又一年》,它从 1977 年恢复高考写起,把二十世纪八九十年代每年的社会热点、潮流变幻基本上都点到了,让人很有共鸣。

但是不必讳言,有些作品也显得小气,缺失大的格局、气派和境界,要么局限在柴米油盐酱醋茶,要么就是咀嚼一己的小小悲欢,并把这小小的悲欢当作全世界。更有甚者,有的作品“出轨”了,写到改革开放时期,陷入当下“伪现实”“悬浮现实”电视剧的泥潭——“职场恶斗，情场争风”，或者“不管搭什么戏台都唱男男女女的戏”。还有更出格的，像《美好生活》讲述一个中年男人置换心脏的故事，那用来做置换手术的心脏活体源自一位逝去的先生，这先生的遗孀是一位少妇，这位少妇就因为先夫的心脏活体跟这位大叔爱得激情似火。这个故事里饰演男主人公的演员，是张嘉译。从《蜗居》《浮沉》《我的！体育老师》《急诊科医生》到《美好生活》，都讲述了五十多岁大叔和二十多岁少女（妇）爱得激情似火的故事，都是由他扮演男主角，他几乎都成了扮演这种角色的专业户了。

这是不好的。我们北京城的电视剧应该从“胡同·四合院”里走出来，就像上海电视剧要从“弄堂·石库门”里走出来一样，要放眼新时代大北京的广阔天地，放眼中华民族伟大复兴新时代生机勃勃的生活。走出来，我们一定前程似锦。

我们中华民族在伟大复兴的新时代，在文明交流互鉴的文化理念和人类命运共同体的思想里，倡议“一带一路”，努力实现“两个一百年”的伟大理想，坚持和完善中国特色社会主义制度，推进国家治理体系和治理能力现代化，造福于中国人民和世界人民，到处都是新气象。我们要关注北京城崭新的模样、崭新的形象、崭新的光彩，关注这种形象里崭新的北京人和北京精神。这都可以从一些生活样态里得到表现。

2019年，八一厂原副厂长马维干博士和夫人张东大校合作，跟北京演艺集团一起创作了一部电视剧《北京地铁》，我参加了文学剧本的研讨会，后来播出版成片审片，我在国外，错过了，是个遗憾。其实，还可以继续关注北京地铁，创作新的作品。已经公布的规划表明，北京要再造三大环线，连接环京四大组团，已经对2017年至2035年北京未来二十年的轨道交通规划进行招标设计。规划里，光是通州城市副中心就要建设九条地铁线路，除了八通线、6号线、7号线，还将新增21号线、22号线、M101线、M102线、M103线和M104线，将整个城市副中心全覆盖。再就是，除了2号线、10号线之外，北京极有可能还要再造三个大环线轨道交通，分别是环五环沿线、环新城沿线及环首都沿线。环京四大城市组团全部亮相，有望全部连接北京轨道，规模堪称宏伟。我们跟踪深入生活，积累素材，创作的天地极为广阔。

类似的大题材还有京郊现代农业形成食品安全闭环的大工程，像航天育种——种子去过外太空、田间植物诊所——蔬菜有了“医保卡”、冷链物流网络——净菜送到家门等，都是新鲜事，都很有故事，也值得我们关注。

这几年有过几部关于中关村的电视剧，像《中关村》《中关村传奇》《中关村风云》《中关村笔记》《风雨中关村》等，当然，大致上都讲了中关村人创业的故事，却也多多少少带有一时一地的“电视剧流行病”，就是职场和情场的争斗。现在的中关村可了不得了！起源于二十世纪八十年代初的“中关村电子一条街”，如今的中关村科技园，是中国第一个国家级高新技术产业开发区、第一个国家自主创新示范区、第一个国家级人才特区，也是京津石高新技术产业带的核心园区。中关村科技园是我国体制机制创新的试验田，被誉为“中国硅谷”。习近平总书记指出，中关村已经成为中国创新发展的一面旗帜，面向未来，要加快向具有全球影响力的科技创新中心进军。中关村科技园区拥有以北京大学、清华大学、中国人民大学为代表的高等院校41所，以中国科学院、中国工程院所属院所为代表的国家（市）科研院所206家，国家重点实验室67个，国家工程研究中心27个，国家工程技术研究中心28个，大学科技园26家，留学人员创业园34

家，高新技术企业近两万家，形成了六大优势产业集群、四大潜力产业集群和高端发展的现代服务业，构建了“一区多园”各具特色的发展格局，成为首都跨行政区的高端产业功能区。按照计划，北京将以“三城一区”为主平台，以科技园区合作、共建联合实验室、技术转移和科技人文交流等四个方面为重点，推进共建“一带一路”创新合作网络。这里面该有多少感人的人物和故事值得我们的电视剧去记录、书写和讴歌！

其实，我们已经错过了两个举世瞩目的大题材，即雄安区副中心的兴建和大兴机场的兴建。我相信，现在如果有人来做这两个项目的电视剧，一定会举世瞩目！

我们北京已经有电视剧人做这一类举世瞩目的电视剧了。我举两个例子。一个是原先在央视国际总公司从业的马润生博士和夫人刘燕燕大校，他们夫妇俩正在跟中船重工合作，要把改建辽宁号航母工程的人和故事用电视剧艺术演绎给广大观众观赏。再一个是原先在中央电视台中国电视剧制作中心供职的著名编剧、中国电视剧编剧工作委员会创会名誉会长之一的剧作家陆天明，已经写好了港珠澳大桥建设故事的电视剧文学剧本，听说将由著名导演毛卫宁把它搬上荧屏。还有一个可供借鉴的例子，是著名的电影文学作家、影视评论家赵葆华，不久前写了一个电影文学剧本《我的中国心》，讲述了任正非领导下的华为做芯片的故事。

还有“一带一路”倡议下，一些国内国外正在建造的项目，也都值得我们书写，值得我们谱写“一带一路”的历史新篇章。

话说回来，要从“胡同·四合院”走向大北京，有赖于我们电视剧人的坚贞和睿智。

我们不搞“题材决定论”。“胡同·四合院”题材的电视剧当然还可以写，还可以做，只是就像刘勰说的，“文变染乎世情，兴废系乎时序”，也像白居易说的，“文章合为时而著，诗歌合为事而作”，文学艺术是一个时代风貌的形象代表，既是时代前进的号角，也是时代风貌的代表。当一些伟大的工程项目在北京城实施兴建的时候，我们北京城的文学艺术，包括电视剧艺术，是不是也应该巍峨挺立起来，去表现这些工程项目里的人物和故事呢？

五年前，习近平同志在文艺工作座谈会上的讲话就指出：“我国作家艺术家应该成为时代风气的先觉者、先行者、先倡者，通过更多有筋骨、有道德、有温度的文艺作品，书写和记录人民的伟大实践、时代的进步要求，彰显信仰之美、崇高之美，弘扬中国精神、凝聚中国力量，鼓舞全国各族人民朝气蓬勃迈向未来。”这样看来，我们主张北京的电视剧作品要从“胡同·四合院”走向新时代大北京的广阔天地就不是一个简单的题材选择和采用问题，而是一个电视剧文学艺术家的情怀和格局的问题，是一个审美境界和操守的问题。我们生活在北京，北京城里的人民供养我们，从各个方面保障我们创作并播出一部又一部电视剧作品，我们有什么理由不适应和满足北京城里的人民对我们提出来的新呼唤和新要求呢？有什么理由不适应和满足新时代大北京热火朝天的生活对我们提出来的新呼唤和新要求呢？

北京是我们国家电视剧艺术事业和文化产业的国家队，人才资源、电视剧制作公司和中心几乎半壁江山在北京。当下中国的电视剧艺术事业和文化产业正处在一个转型升级的时刻，我们北京的电视剧人实现转身或者说转型，应该顺理成章。路就在脚下，这种转身或者转型的一个局部，就是从“胡同·四合院”走向大北京。

这难吗？说难也不难。我以为，这有赖于我们电视剧人的坚贞和睿智。

说坚贞,首先要有一个蜕变,就是要从二十多年来的病态电视剧文艺思潮的毒害里彻底清醒过来,不要再相信“电视剧就是满足人们当下即刻的感官冲动”的“游戏机”“自来水”,不要再被“政治娱乐化”的欺骗性鼓噪弄得颠三倒四,不要再被“轻时代论”的谬论迷惑得晕头转向!

说坚贞,还要有坚定的意志,就是一定要响应习近平同志在《致中国文联中国作协成立七十周年贺信》里的号召:“记录新时代、书写新时代、讴歌新时代,努力创作出无愧于时代、无愧于人民、无愧于民族的优秀作品,为繁荣发展社会主义文艺事业、建设社会主义文化强国,为实现‘两个一百年’奋斗目标、实现中华民族伟大复兴中国梦作出新的更大的贡献。”

北京的电视剧界要什么有什么,现在缺乏的就是一个权威的机构、部门出来统筹规划,规划题材项目、创作队伍、创作资源(包括人力物力财力投入)、播出市场,并且缺乏权威组织来领导实施这样的规划,保障成功。这样的权威机构应该是市委宣传部或者市政府的文化发展集团,当然,要跟在京中央和部队的相应机构联合来做。我们的评论界要为电视剧人的成功转身、转型、升级保驾护航。

互联网时代下的影视文化与城市美学

王放放

作为一名在北京打拼多年的青年影视工作者，我自觉还没有资格评论北京这座城市的文化发展，只是有些切身的体会。我想借此机会说说我怎样看待当今的影视文化和我眼中的北京文化。

一　互联网时代将是人类历史上最大的变革

这个变革是人类发起的，人类自己能否掌控，我认为都还是一个未知数。互联网时代绝对不是互联网企业家所设想的那样，因为他们考虑的是利益和经济上的最大化，但事实远远不是那么简单。比如说互联网彻底改变了教育，制造了年轻人与上一代人的代沟，互联网彻底改变了文化的传承方式，等等。

在这样一个变革的时代，艺术家是干什么的？艺术家应该比任何人都敏感地捕捉这种变化。艺术来源于生活,反映大众,再加上互联网时代所建立的大众化的评价体系,让我们能够看到大众对于艺术品的态度。这反过来就是一种社会分析,我们可以通过这种分析看清人类社会的发展。

二 互联网文化正在成为社会主流文化,但是它不代表主流人群

互联网已经成为人们获得信息的主要来源,基于这种媒介,我们可以看到各式各样的人对于所发生事情的态度,比如对影视剧的喜好。但是,这种文化仅仅是反映了那些在互联网上发声的人的态度,而因为互联网的传播效应,这种一部分人的文化喜好正在成为主流文化。

举个例子,喜欢在互联网上给影视剧打分的人,并不一定是主流,甚至都不一定代表看影视剧的主流。中老年人是看影视剧的主要群体,但是他们并不在互联网上给影视剧打分或者发表观点。因此,中国影视剧这几年就出现了迎合年轻人的趋势,因为年轻人看完会在网上说,这样形成自媒体宣传效果。

于是在互联网上活跃的年轻人的喜好,就变成了当今的流行文化。很多制片人都会因此将拍摄的电影或电视剧拿到网上测试,看年轻人是否喜欢。其实,这些网上的年轻人并不一定是全部的年轻人。

比如说最近全世界都在放的美国 DC 电影《小丑》,讲述了一个边缘人被社会欺负,最后变坏的故事。这部电影被网上的青年人喜欢,宣传吹捧,但是,实际上也并没有那么好,很多人也不喜欢这种腹

黑、报复社会的电影。但是,这些人因为没有在网上发声,所以他们的观点于传播来讲没有意义,他们成了沉默的大多数。

这一点对影视明星尤为明显。很多流量明星,不被大部分观众喜欢,但是为什么叫他们流量明星?因为在互联网上发声的活跃人士喜欢他们。而这种流量明星对影视圈的影响是巨大的。我认为,这是一个社会学问题,不是一段时期能改变的。

三 影视产品本身也是互联网产品

我现在可以把影视公司看作给互联网视频平台公司生产内容的内容制造方,影视作品和短视频都是互联网产品。5G 的到来会加剧互联网平台对影视公司的控制,因为 5G 能够提供更大的流量,因此需要大量的影视和综艺产品吸引观众去消费这些流量。

作为互联网产品的影视作品具备了互联网的一些特性,比如传播性大于娱乐性、话题性大于观赏性。传播已经大于观赏,能观赏的不一定能流传。

换句话说,我们现在写一个故事,仅仅达到娱乐观众的效果是不行的,它还必须得具有能够在互联网上传播的话题。(比如 2018 年特别火的电影《我不是药神》和 2019 年特别火的电影《少年的你》,话题性极强。)而很多作品本身不具备话题性,就只能编造演员明星的绯闻,好让这个作品能够在互联网上传播。

所以说,如何创作反映北京城市文化的作品,首先必须要从话题传播的角度,而不能仅仅从内容的价值角度去考虑。

四 中国有一大半现实题材的影视作品都在表现北京

每年指名道姓地表现北京城市文化的现实题材影视作品并不是那么多，但是作为一个创作者，我的观点是，一大半现实题材的影视作品都是在表现北京城市文化的。

为什么这么说？因为中国一半以上的影视编剧、导演都在北京生活，包括很多香港、台湾电影人也都在北京，很多艺术创作者也生活在北京。那些都市爱情剧、偶像剧、创业剧、校园剧、涉案剧等虽然把背景虚化了，但实际上在创作者心中，都是在写北京的生活。只不过出于审查等各种原因，大家都把这些剧的背景放在了北京以外的地方。

对于中国而言，北京并不是与上海或是陕西并列的文化属性，而是一种北京与其他的关系。影视剧中所表现出来的现代年轻人的生活方式、情感世界、价值观等，都是以生活在北京的年轻人为基础的。

五 北京这座城市需要在大量现代都市剧中出现

对于影视作品来说，首先是要谈类型。

上海的城市与文化之所以结合得非常好，主要原因是有民国谍战戏、民国商战戏，只要是民国的故事，大都发生在上海。而且，上海还有景——黄浦江。民国的北京不如上海更类型化，表现民国的北京故事不多，有姜文的《邪不压正》。

在北京的城市文化与影视结合上，有两个类型：一个是清宫戏，严格意义上，所有的清宫戏都是北京戏；另一个应该是现代都市戏。

北京不仅仅是中国的首都，在互联网时代，全中国人都在通过互联网模仿北京的生活方式。另外，北京也是全世界第一个互联网之都，是全世界最年轻、最具活力的城市，是最能产生故事的城市，是最丰富也最复杂的城市。

我们不应该仅仅表达这座城市它过去的风土人情和传统文化，因为它既决定着中国的未来，也影响着世界的未来。

因此，要鼓励创作大量发生在北京的现实题材作品，不一定是表现北京传统风土人情的，比如说电影《中国合伙人》是讲新东方的。随着京津冀一体化，北京城市文化的概念范围会变大，甚至成为第一个互联网都市文化，成为世界最前瞻的文化现象。

如何看见一座城?

——城市创作的“心灵视野”

卢　蓉

今天,北京乃至中国、全球都处在巨大的社会结构性变迁与现代化进程中。这样一个时期给艺术创作提供了更广阔的素材,同时也带来挑战:如何理解和讲述这些变化?

城市是文明的象征。衡量一座城市的发展尺度,有一些看得见的外在指标,比如经济发展、财富增长、物质生活水平的提高等;还有一个内在尺度,就是该时期文艺创作体现出来的城市的内涵,这一内涵跟人的主体性、心灵、精神、人性层次密不可分。艺术创作更多讨论的是这把内在标尺。我在这里提出城市创作的“心灵视野”概念,即文艺创作者对社会内在尺度的敏感度、穿透力和表现能力是其审美思维、生命意识的真诚表达。对于作品来说,它是创作者灌注在作品物象世界背后的超越性价值与诗性思考。

流行影视剧创作经常在有意无意间构建着一座城市的信息,剧中人物和故事发生的空间也常常让我们产生类似生活的幻觉,进而形成与现实环境的通感。问题是，当各类都市剧在当下盛行的时候，我们真正能够被打动、能够从中发现一座城市与我们的关系的瞬间反而是稀缺的。大量XX城市的爱情故事、XX城女子图鉴、XX城里吵吵闹闹的家庭关系……我们看到更多的是雷同的剧情、套路的人设、缺乏逻辑的人物关系，还有仅仅用于赚话题度的“话题”，以及过于提纯的背景。现实题材与现实主义创作方法在今天频繁而热闹地流行在人们的嘴边，可是令人印象深刻的“生活之城”依然只出现在多年之前的作品中，比如《贫嘴张大民的幸福生活》里那些鸽哨声声的胡同里巷，《空镜子》里姐妹俩完全不同的命运轨迹所引申出的时间感和空间感，《中国式离婚》里那些反射到高楼大厦落地窗上的茫茫人流和怅然若失的心灵镜像，这些都是城市给我的印象。还有2019年获得金鸡奖的《地久天长》，影片最捶打人心的是那座城市，是主人公居住过多年的那个老屋子，人事沧桑，可屋子就在那里没有变，它似乎成为剧中人无可逃离的时空之锚……城市写作要让我们看得见这座城，因为这座城实际是我们生命的外化。只是这样的写作在今天还太少，当商业逻辑大举改变了流行类型剧使用城市题材的方式，我们需要思考一个比以往任何时候都更迫切的问题：艺术创作如何让我们看见一座“城”？

2019年初，电视台播出了两部不同的城市剧。一部是以呈现现代城市建设与未来发展蓝图为主题的《启航》。主创对于未来新型城市的发展提出了新颖而高站位的思考，并给未来城市的建设者“城市应该是什么样子”提供了一个非常理想的样板，内容包括智慧城市、智慧农村的各类规划，甚至危机公关，瘟疫来临之后怎样处理，政府的应对政策。这部戏的制作非常用心，讲解城市运转起来政府部门可能遇见的各类事件,可是很少看到这些事件背后的人性表现,而后者才构成故事的质感。由于缺乏内心戏,主题宣讲盖过了形象塑造,这样的城市描写缺少内在化的视野。一部是3月份播出的电视剧《芝麻胡同》,讲述的是新中国成立前后新旧北京城里一户四合院家庭以及老字号商铺的命运变迁。虽然题材并不新颖,主创对人物关系的设计也显得人工化,却把岁月变迁之中、潮流裹挟下人与人之间爱恨离合、恩怨情义、忠贞背叛等感情写得错杂纠缠,把人心人情、人的内在精神写得既有钻心疼痛,也有暖流澎湃,以此重新提炼历久弥新的北京人精神,使得今天的观众得以重新理解这座城市的历史与人文,非常打动人。

同时期还有几部热播的古装剧,主打概念中同样有着城市的大背景。《长安十二时辰》中潜在的第一主角堪称古城长安,主创用心学习《资治通鉴》等典籍文献,服、化、道、美、工、师精心打造出唐代朝堂的长安、市井的长安和江湖的长安三大系列造型。只是故事本身的内涵与这座复原的长安城之间由于缺乏本质性的联系,而多少成为一座概念之城。与此比照的是电影《妖猫传》,二者有着同样精益求精、美轮美奂的城市造型,不同在于,该影片刻画的古都长安其实是一个奇幻长安,在它极尽绚烂想象重造的极乐之宴、花萼楼和秘密地宫背后,主创更为倾力刻画的是掩藏在盛唐气象之下的阴谋、秘密和人心的诡谲。只有当我们触碰到一座城市复杂的灵魂,城市的形象才会变得有血有肉。电影《刺客聂隐娘》同样有长安城这个背景板。故事中几位皇族女性及其各自命运归宿共同注解着盛唐精神养育出来的长安形象,正是这种一体性,将盛唐长安变成了长安人的某种精神底色和心态的象征,甚至冥冥中预定了人物的命运,这种人与生存之境的故事必然引发更深的喟叹。

不论现实剧还是古装剧对“城市”意象的建构,我们可以看出,在艺术创作视野下,人与城的关系,更多的是精神性、心理性的,是诗性与象征性的。基于当前影视剧创作现状,我提出如下几点建议:

1. 要体现人与都市关系的思考。追问每一代人心中的“dream city”究竟是什么?各种危机感和焦虑感并轨面前,需要同时呈现出个体正在见识更大世界的过程。

2. 要捕捉城市性格,发现城市气质。有层次、有质感地展示城市的真实面相以及当时当地人的生存状态,继而追索出城与人共同的灵魂。

3. 要能够揭示城市变迁带来的人际关系变化的实质。按照鲍德里亚的说法,“社会化过程中,人们所建立起来的社会关系是一种权力关系”,阶层结构、社会分工、组织机构、制度关系是构成这种变化的逻辑基座。

4. 城市意象的“心灵视野”,其实质是“人与城”的生命连接。正如莫言小说中的高密乡、格非笔下的花家地、奥尔罕·帕慕克笔下的伊斯坦布尔……城市都是从个体心灵延展到世界乃至历史的缩影。不同土地上讲述的故事,本质上都是人与城市的寄居关系。

5. 要写出新文明的时间纠缠。城市变迁背后,新文明与旧文明是并立的,新人性与旧人性是重叠的,传统与现代是缠绕的。同样,历史与当下、光亮与幽暗、传统与现代都是彼此交织、相互缠斗的。因此,城市的历史、现实与未来,与人类境遇复杂交感,彼此投射。如何表达和理解这些纠缠,考验着创作及评价的目光。

最后,用史铁生先生说过的话做结我们与所居之地的关系:“不是我们曾居于其间,是其间构成了我们。”

北京戏曲七十年

傅　谨

感谢论坛主持人,感谢“北京文艺论坛”每年都给我这个机会,让我来谈谈自己的看法。主持人让我说说“北京戏曲七十年”,很难在如此短的时间里说清楚,但我努力。

北京是座很特殊的城市,如果我们梳理七十年中国戏曲的变化就不难发现,北京的特殊性是毋庸置疑的。北京从 1949 年一开始就表现了它的特殊性,1949 年年初北京和平解放,北京市军管会进入北京后做的第一件事情就是宣布五十五出禁戏,其中包括很多现在耳熟能详的经典作品。但是必须说明,北京市军管会宣布五十五出禁戏其实是非常收敛的行为,如果把视野扩展到全国各地,我们会看到大部分地区和城市禁戏的数量都远远超过这个数字。上海市后来成立的戏改处声称他们从来没有禁过一出戏,其实他们只是用不同的方式禁而已。解放军进入北京后率先成立的军管会承担着管理这座城市的功能,实际上还承担着首都城市建设的功能,因此他们对传统戏曲的态度并不是军管会的态度,而是未来中央政府的态度。这一基本态度就是,一方面认为传统戏曲里有很多的问题,相当大一部分不应该在新社会继续存在;另一方面认为即使如此,其中的绝大部分作品还是应该允许继续上演。这种矛盾的心态决定了此后全国的戏曲政策,并持续了很多年,这种文化观念和戏曲观念对后人产生了深远的影响。

1949 年,中国文学艺术家联合会(以下简称中国文联或文联)在北京成立。中国文联成立时,有个大家一直未能正视的特殊现象,就是戏曲改进会。中国文联是由众多的团体会员组成的,文联下属的团体会员有诸多协会,如电影家协会、音乐家协会、作家协会、戏剧家协会等,舞蹈家协会是稍后才成立的;与此同时,还有中华全国戏曲改进委员会筹备委员会,这是文联中除戏剧家协会之外的另一个团体会员。这说明在中华人民共和国成立之前,关于戏曲的地位、身份就已经被界定。同时,戏曲还有一位难兄难弟——曲艺,它同样是中国文联的团体会员,不过在第一届全国文代会上,曲协还被称为曲艺改进会筹备委员会,曲艺家协会同样是后来才有的名字。至少从字面上看,这两个团体会员的名字都包含了这样的意思:如果你们改好了,就可以成为文联正式的团体会员;在没有改好之前,对不起,还需要筹备。很有意思的是,戏曲改进委员会其实只筹备了很短一段时间(很多人把它和文化部的戏剧改进局混为一谈,认为“戏改局”就是由戏曲改进委员会改名而来,我在拙著《20 世纪中国戏剧史》里专门对此做了更正),后来改为文化部所属的戏曲改进委员会,人员大致相同,然而规格提升了,并且变得更像是国家有关戏曲政策的咨询机构。这说明国家相关部门对戏曲的重视慢慢提升了,也不再把它看成天生的坏孩子,至少不再是改正好了才可以加入文联的坏孩子。第二届文代会开始,戏曲改进委员会就悄悄地取消了。差不多同时，文化部以官方的名义申明此后戏曲就叫戏曲，不再称为“旧剧”，戏曲艺人不再称为“旧艺人”，就称艺术家或演员；再过几年，“戏改”这个词也要换一换，文化部的“戏改局”改为“艺术局”，从中我们可以看到，国家对戏曲的整体认识与评价已经发生重大变化。

在这个过程中，我们可以看到主要集中在北京的戏曲管理层的基本态度。诚然，“戏改”是其努力推进的主要工作，包含很多内容，包括北京在内，其实最重要的改变并不是人们通常所说的“改人、改戏、改制”这“三改”，而是以大众剧院为代表的多家剧场被收编国有。在研究“戏改”的过程中，我越来越觉得剧院收归国有的重要性，因为它的老板是资本家，而对待资本家，手段可以比较严厉，最容易处理；而剧院收归国有以后，对整个戏曲发展的推动和改变作用才是关键所在。在这个过程中，政府通过将那些经营最好的剧院收归国有这种行政手段，引导戏班上演符合新社会意识形态需求的剧目，通过一只“看不见的手”——市场手段左右戏曲的发展，比单纯地禁戏或对艺人开展阶级教育等手段更有效。另一方面，从戏曲政策的角度说，中央对于北京的戏曲，尤其北京的戏曲艺术家还是格外小心谨慎的，尤其是 1949 年底和梅兰芳发生了那场有关“移步不换形”的冲突后，北京市在戏曲政策上就做得非常克制和含蓄。全国几乎所有剧种的传统戏都被改得面目全非，幸存下来的只有两个剧种：一个是京剧，一个是昆曲。今天我们看的京剧基本上就是八十、一百年前看到的那样，看的昆曲也是一百年前的那样。昆曲没有被怎么改是因为它当时是被忽视的，没有什么影响力和存在感，而京剧为什么没有被大幅度地改，背后就有上述太多的政治因素。

新时代需要新戏曲，尽管北京的大部分传统戏曲班社都被保留下来了，我们还是可以看到很多文艺工作者，包括北京的文艺工作者试图用新剧目融入新社会,最早的新中国实验京剧团和首都实验评剧院都是这样表现的。二十世纪五十年代中期开始建立了国家文化部直属、代表戏曲“推陈出新”之成果的中国京剧团,还有北京京剧团和北京市京剧团,北京市京剧团是由一批私营集团组成的松散联盟。不仅京剧的大量剧目没有被大幅度地修改,京剧的传统戏班也得到格外恩宠,全国所有地方的剧团都被改制,最初改为共和班,接着改成民营公助或公私合营,1956 年天津和上海几乎把所有剧团都改成了国营集团,虽然文化部下令停止,各地依然跟风而上。唯有北京,一直到 1961 年还保存了多家私营剧团,梅兰芳、程砚秋、荀慧生的戏班都是私营剧团,在全国独一无二,北京的戏曲真的和其他城市的戏曲不一样。

当然,1964 年以后,北京的戏曲就进入了新的状态,原有的格局不复存在。昆曲《李慧娘》受到激烈批判是具有标志性的事件。《李慧娘》是北京市北方昆曲剧院的创作剧目,北京排了这个戏,原以为会有非常多的好评,确实,一开始有很多人给它很高的评价,可它突然就变成了“鬼戏”的典型。批“鬼戏”的背后完全不是艺术层面的争论,从 1964 年昆曲《李慧娘》受批判,我们就看到了一个艺术被政治化、成为政治斗争工具的典范。接着就是《海瑞罢官》受到更激烈的批判,这基本上可以看成北京市委和上海市委这两个中国最重要的城市的市委之间的较量,最后如我们所知,上海赢了,北京输了。《海瑞罢官》的作者是北京市的副市长,他在全国性的大报上被上海市委的人公开批评是什么滋味,我想大家都可以体会。这是发生在 1965 年的事。在此之前,1964 年京剧现代戏观摩大会在北京召开,我特别惊讶地发现,1964 年《北京日报》开了一个专栏,用半年左右的时间讨论京剧现代戏的问题。为什么会有这样的大讨论?从中可以看到,北京市的很多人对于“以现代戏为纲”的做法都是持保留态度的,而 1964 年政治形势很特殊,已经是山雨欲来风满楼,这时候能在报纸上公开讨论这些问题,可以直接说出对京剧现代戏的质疑,呼吁要尊重京剧的艺术本体,其实非常不容易,而这背后体现的当然是一种政治态度。接着就是对《李慧娘》和《海瑞罢官》的批判,尽管如此,北京市委当时的所作所为仍然值得尊敬。

1976 年以后传统戏的回归同样在北京引起非常大的反响,而且北京是引领者。北京也许并不是改革开放后传统戏回归最重要的标志性事件的发生地,但北京有两个事件在传统戏回归、戏曲市场复苏以及改革开放的进程中是具有一定标志性的:一是《逼上梁山》重新演出,一是《四郎探母》的演出,尤其是中国戏曲学院的师生演出的《四郎探母》在天桥剧场连续演了七场,确实具有足够的标志性,它意味着古装戏全面重归舞台。以前被说成坏戏的每逢政治上有风吹草动就被拎出来批一通的经典剧目《四郎探母》,以原封不动的方式在首都舞台上演了七场,这在整个改革开放过程中,当然有很强的象征意义。赵燕侠的承包制是另一个重要现象,她的演出是改革开放后戏曲市场复苏最重要的典型,特别遗憾的是 1983 年以后,这个过程就被终结了。

二十世纪九十年代的北京戏曲逐渐变得乏善可陈。我们能想到的只是二十世纪九十年代以后的小剧场戏曲,包括小剧场戏剧节,这些活动确实在全国起到显著的作用,非常了不起。现在全国各地越来越活跃的小剧场戏曲,就是从北京京剧院的《马前泼水》开始的。当然,我们还可以说到张火丁,她无疑是这个时代戏曲界最重要的标志性人物,她的表演和巨大的市场影响力以及她作为文化偶像的存在,都非常值得研究。然而我们还应冷静地看到,二十世纪九十年代之后的北京几乎没有出现过在全国具有重大影响的优秀戏曲作品，这是值得北京戏曲界深思的问题。为什么九十年代以后北京没有出现过在全国有巨大影响的、标志性的戏曲作品？北京确实是戏曲的演出中心和评论中心，全国各地的戏曲都到北京来演出，把北京原有的戏曲市场冲击得七零八落；在北京可以看到全国各地的戏，可惜大部分很难称为艺术作品。各地的优秀剧目，尤其是传统经典未必往北京送，送来的都是特地给领导和专家看的作品。至于说北京成为评论中心，多少让人感觉有些遗憾，北京不出好剧目，只出评论家。数十年来，全国各地的戏曲剧团纷纷请北京的戏曲评论家写评论，坦白地说，北京的戏曲评论家水平确实相对较高，具有全国性影响的优秀戏曲评论家大多数都集中在北京。因此，说北京是戏曲评论的高地一点都不夸张。

北京戏曲走过的这七十年，这里只能提供一个粗线条的轮廓，供大家参考。而我特别希望北京能有新的作为，尤其是认真思考如何创作出优秀的戏曲作品。我们有最好的戏曲演员，有几乎是最好的戏曲剧团，还有相对全国最高的投入，却不出好戏，这一点实在太令人遗憾。希望我们共同努力，让北京戏曲有新的辉煌。

涵化提升，明德引领

——公共艺术教育供给的馆校合作机制探究

张朝霞

2020年全国两会提案中，有三份来自中国著名艺术院校的代表提案引起了广泛的关注。其中，中央美术学院范迪安院长关于加强美育学学科建设的提案可以看作中央美术学院老教授给习近平总书记写信、呼吁加强美育工作的一个延续。2018年，习近平总书记在给老教授们的回信中明确了美育工作的宗旨、目标和方法："做好美育工作，要坚持立德树人，扎根时代生活，遵循美育特点，弘扬中华美育精神，让祖国青年一代身心都健康成长。"①重视美育，倡导以艺术教育提高国民审美素养、道德素养，是我国推动公共艺术教育发展的一贯方针。近年来，国家密集发布了一系列政策和指导性意见，以推动不同层面的审美教育与传统文化教育发展。如何借助政策平台的助力，动员专业艺术院校、普通高校艺术教育部门、专业艺术院团和

① http://www.xinhuanet.com/politics/leaders/2018-08/30/c_1123355797.html.

场馆等优质艺术教育资源单位向学校、社会两大艺术教育系统开放，是一个极为重要、亟待深入探究的课题。以审美涵化性情，以明德引领风尚，促进国民艺术素养和文化自信的全面提升，已成为各艺术机构和各艺术院校共同追求的目标之一。

事实上，在基础设施建设和内容供给等实践层面，我国公共艺术教育和公共文化服务早已进入提速发展的快车道。2005年10月，党的十六届五中全会首次从宏观政策角度对公共文化发展做出总体规划和全面部署。而随着《国家“十一五”时期文化发展规划纲要》《中国公共文化服务保障法》等政策法规的实施推行，政府动员各方力量，强化管理规范，推动公共艺术教育和公共文化建设从基础设施建设向高质量发展迈进。地方政府也进行了各具特色的积极尝试，并获得各艺术院校等艺术教育资源单位的广泛响应。

以北京为例，在市教委“北京高校、社会力量参与小学体育美育发展工作”（以下简称“高参小”）等项目支持下，以专业艺术院校、普通高校艺术教育部门、专业艺术院团及场馆等优质艺术教育资源单位为中坚，以“馆校合作”实践平台为依托，促成了一套行之有效的艺术拓展和公共艺术教育实践体系。在政府项目支持下，各资源单位以组织观看演出、开设艺术课程、组织社团活动三大主体实践方式为支撑，已成为学校艺术教育的核心助力和实践先锋。

在“一校一策”的积极尝试中，各艺术院校（系）、艺术院团和场馆在专业艺术资源供给等方面积累了弥足珍贵的实践经验，逐步形成了一套以剧目配送和课程服务为抓手的审美教育与创意管理模式，开启了“审美涵化育人、文化提升素养”的实践育人新体系，为

“以明德引领风尚”、强化国民艺术教育和全民美育奠定了基础。另一方面，各资源单位在开展美育实践的活动中，也存在服务内容单一化、类型同质化等局部问题。

本文拟以近年来部分艺术院校与剧院、美术馆、艺术中心等场馆在专业教育和实践育人等方面进行的各级各类跨界实践项目为实例，在总结既有馆校合作经验的基础上进行规律总结和模式归纳，并结合中国特色社会主义新时代的文化政策和教育政策，尝试探索艺术教育及相关管理项目在扩展自身功能、提升整体效益方面的作用机制与实践路径。

一　馆校合作、开拓创新：优质艺术教育资源的协同供给

在公共文化服务和公共艺术教育资源供给方面，馆校合作、校企合作等供需对接尝试是一种行之有效的工作机制。为实现艺术教育资源的协同供给，必须重点打破专业壁垒，构建优质、高效的资源平台。例如北京师范大学国内合作办公室创立的“基础教育合作办学平台教育资源共同体”一直积极开拓艺术教育资源的整合配送，为艺术院校、普通高校艺术院系、艺术教育供给企业和北师大所属中小学学校教育系统提供了卓有成效的供需对接平台和丰厚的艺术教育资源。在该平台支持下，旭出东方文化传媒公司与北师大奥林匹克花园实验小学联合开发的系列音乐剧课程已向全体学生开放。同时，在不影响该校学科教育节奏的前提下，他们还动员一批著名音乐人

共同创编演出了高质量的儿童音乐剧作品。这些成功经验证明,艺术教育资源单位与中小学实际需求的有效对接,既能实现基本优质资源的开放共享,亦能在课程建设和剧目实践等方面实现深层次的创新创造。

长期以来,我国优质艺术教育资源一般由少数国家级专业艺术院校或其他艺术资源单位垄断。它们在专业艺术编创和教育方面不懈努力,在系列剧目、教材和师资资源方面积累颇丰,但因各机构长期各自为政、“单打独斗”,难以突破不同专业壁垒森严、艺术普及输出不够、社会服务系统不完善等瓶颈。建立馆校合作的协同资源供给机制,意在弥补上述缺陷,通过专业艺术院校(系)、艺术机构与基础教育单位的互通联合,借助互联网信息共享服务平台和优质服务项目线下实践等方式和途径,实现专业艺术院校(系)、艺术场馆、社会机构与中小学的多向度沟通、协商与对接,实现专业艺术教育资源与非专业艺术教育资源的深度协同共享,在渠道、信息和人员等层面建构全息通路,以期实现以“馆校合作”为节点的优质艺术教育资源供需协作网络。

在提升供给效率方面,馆校合作机制的实施,首先要正确处理专业艺术教育的存量盘活问题。这是因为中小学和社区对于艺术教育资源的需求主要是知识性、素质性的内容,“高、精、尖”专业艺术资源必须通过另一专业性中介机制转化为可被有效吸纳和接受的教育资源。在此方面,充任中介者角色的便是艺术管理工作者和普及型艺术教育工作者。如果说专业艺术教育资源在公共艺术教育生态系统中是“源头活水”,那么从事策划、“翻译”和“配给”的中介者便是“清道夫”和“催化剂”。这些艺术管理工作者与艺术教育工作者大多来自专业艺术院校(系),只不过所从事的是“另类专业”,如艺术管理、艺术策展、艺术教育等。他们须与来自专业艺术院校(系)的编导、创演专业人员精诚合作,求得双方的深度沟通和协同发力,才能有效推动公共艺术教育优质资源的优质配送。

在艺术教育优质资源优化配给的具体实践中,基于馆校合作的项目制管理是一种可行方式。项目制管理不仅更为灵活有效,而且还可保证长线长效地高质量供给。事实上,除“高参小”等官方配给渠道外,高校和民办教育机构也在尝试开通多层次联合供给的渠道。例如北京舞蹈学院与北京艺籽教育机构的合作、北京师范大学与旭出东方文化传媒公司的合作,彼此都积累了大量宝贵经验。这些不同层面的尝试,既避免了资源浪费,也提升了艺术教育供需适配的综合效益,激发了各供给方的积极性,从而确保了优质艺术教育资源的长期稳定供给。

从优质艺术资源向优质艺术教育资源的转型不可能一蹴而就,只有在“馆校合作”实践教学机制被广泛认可的基础上,才能实现优质公共艺术教育的可持续发展。其中,教材、课程、师资、项目、队伍的建设都是关乎公共艺术教育事业从“虚热”向“硬核化”转换的关键。

以馆校合作为抓手,协同创新,开拓进取,才能真正实现“协同供给”。在此,专业与业余、核心与边缘须层层破壁,最终实现剧目资源、教学资源的全面创新式共享,并最终成为受教育者可以真正消化吸收的优质“艺术营养品”。为此,各优质艺术资源单位必须达成共识,在结构化调整的基础上,明确各部门的具体资源和分工协作方式,以期实现艺术教育资源的“全员供给”“全员育人”,形成供需适配的良好局面。

二 涵化提升、变常有度：国民教育“艺术范本”的遴选创制

国家政策的外力推动是一个重要契机，而基于馆校合作机制的多元供给者则是中小学实施艺术教育和传统文化教育的合力推手。在合力推进中小学艺术教育供给创新的过程中，要关注这些艺术供给者如何正确处理专业与普及、“变”与“常”的逻辑关系，以文化人的力度、深度与广度提升审美涵育。

从受教育者角度看，其接受最多的“艺术范本”是中华优秀传统文化教育素材。历年来的中小学学科改革和教材遴选逐步加大了中华优秀传统文化的比重。为此，国家教育管理部门通过课程标准修订和试点教材研发等手段，在德育、语文、历史、艺术、体育等科目中系统增加了有关传统文化和艺术素养教育的内容，甚至在数学、物理、化学、生物、地理等科目中，也结合教学实践环节，渗透了一定的中华优秀传统文化教育因素。在多年来的实践中，各校都积累了一定的地方特色艺术教育教材、人文及艺术素养教材，也在馆校合作推出的教师培训机制支撑下，摸索出一套面向中小学开展系统艺术教育和国民素质教育的方式方法。一大批特色课程、校本课程成为独具本国文化特质和民族气韵的国民教育“范本”。

其中，戏曲因其编创、表演、管理、接受已形成良性“闭环”而被许多学校采纳为颇具成效的国民教育“艺术范本”。同时，就戏曲公共教育资源开发而言，鉴赏、表演体验和非遗手工课程也已成为各校研

发艺术教育教材的关键。

作为一种“活在当下”的中国传统艺术类型，戏曲艺术在长期观演互动实践中逐步形成了“一种普遍性的情感和谐的形式”，“一种有意味的形式”。该形式完美体现了中国“诗教”文化传统，即在“美”的表达与接受中，以文化浸润方式深植“善”的教化因子。在某种意义上，某些貌似僵化的程式化表演，其实并非纯粹的形式美，而是“美善合一”的极致表现。在戏曲艺术的长期观演活动实践中，许多国人专属的伦理价值观已通过情感教育这一途径，凝聚于某种表演程式之中。

沉稳优雅的大青衣，娇憨灵动的俏花旦，仿佛一个个活生生的古中国的精灵在轻歌曼舞中迎面走来。在各个中小学艺术课堂上，学生们学唱学演某个行当、某个角色的经典段落时，其实是在深度体验的基础上，与“美善合一”的剧中人进行一场跨越时空的“对话”。这种“对话”是一段刻骨铭心的文化认同之旅：抛开外在的服饰和妆容，一段沉浸其中的表演已使学习者获得某种“同构”的惊喜。以“善”为肌理、以“美”为外形的戏曲艺术，令学习者对博大精深的中国传统优秀文化深有体悟，对深蕴其中的真善美因子欣然接受。

于是，戏曲艺术中经典的表演段落渐次成为不可多得的传统文化范本。通过对这些范本的学习，学生们在体验并呈现其所习得的程式化表演段落后，往往会在不经意间发现，某种深入肌理的“情感公式”被激活为其个人情感的组成部分。今人与古人、教师与学生、成人与儿童，在这一以戏曲为媒介的艺术教育场域中熔铸为一个具备中国人审美心理定式的文化共同体。

本此认知，艺术教育资源单位在遴选国民文化教育教材时往往会优先选择经典化了的中国传统戏曲段落。事实上，在具体教育实践中，这些经典段落正成为优选的国民教育“艺术范本”。例如在北京市“高参小”戏曲教材和国家京剧院儿童戏曲考级教材中，《天女散花》《四郎探母》等经典段落高度重合。不仅如此，这些经典段落也反映了戏曲艺术与中国社会在长期互塑共生中凝固成型的某些特点。这些特点既可作为普及传唱的国民戏曲教育教材，也可成为当下戏曲创新创造的内在逻辑起点。

把握好“变”与“常”的关系，是中国传统戏曲传承创新的重要课题。诸多貌似过时的伦理情感故事，其实蕴含着国人不可复制的、极具民族特色的“人之常情”。在许多骨子老戏中，“老生常谈”的故事框架和演出方式成为历史上实现“高台教化”的有效抓手。其中，那些深得其妙的“人之常情”和凡俗故事，以其对哲理化思考的刻意疏离和对复杂人性的诗意张扬，形成了一种超越时空限制的“导情”媒介。一段“林冲夜奔”、几句“秦琼卖马”，唱哭了多少摸爬滚打的商界硬汉与宦海沉浮的政界失意者。时光荏苒，岁月迁流，这份深入国人骨髓的情感情绪却亘古常在。故此，不能因一时一地青年观众的背离而轻易改造、“创新”骨子老戏。一味迎合青年人口味而对戏曲艺术进行过度的创新实验，往往会导致戏曲丧失“以美导善”“以情娱性”的本体优势。

繁复精致的表演艺术技巧、源远流长的情感与形式互动模式，是戏曲迥异于西方表演艺术的特质，亦是其优势所在。“程式”只是戏曲用来塑造人物的方法，其情感表达才是本质。只有达到极致的“程式表演”才能通过技巧展示外化情感和详论是非。事实上，也只有这种骨子里的中国故事，才能实现“超越生活、广布教化”的目的。某些创新失度的新戏，往往无法达到“听者鼻酸泪两行,直如真事在望”的特殊效果。[①] 在骨子老戏里,伦理情感已成为一种强调规范和共性的情感模式。这种情感的表达,有赖于精准、凝练的形式。生、旦、净、丑等基本“行当”是各种伦理角色的代表:舞台上,关公、秦琼、林冲各有其精彩与无奈,穆桂英、杨玉环、谢瑶环各有其激情与失落。锣鼓点一响,那些远逝的古老灵魂,便仿佛在新一代国人心中复活。

当然,由于种种原因,现实中的戏曲等传统艺术形式在青少年观众群体中确实尚未形成良好的接受机制。对于网络时代的青少年群体而言,这些具有独特的艺术表现形式、深沉的伦理情感的戏曲,似乎成为某种难以理解的“古老艺术”。这对中华优秀传统文化教育无疑是一种潜在的危机。在各种流行文化日益兴盛的氛围中,如何引导青少年认知并认同本民族的传统艺术方式,正是各艺术教育资源单位应该下大力气解决的实践难题。因此,以国民教育“艺术范本”的讲解、传导与教习为抓手,诸多馆校合作实践项目自觉承担起守元固本、培根铸魂的艺术教育任务。

在国民教育体系建构中,戏曲等优秀传统文化艺术的普及推广不仅关乎一门艺术形式的兴衰得失,而且已成为一件关乎民族文化基因保护传承的大事,具备了某种更高层次的战略意味。因此,应借助馆校合作机制,创新艺术供给方式,遴选创制优秀传统文化艺术范本,在最大范围内推动艺术普及教育,使其成为彰显民族文化身份的鲜明符号。这是强化文化自觉、提升文化自信的必由之路,更是面对西方文化冲击的应有回应。

“以歌舞演故事”的古老传统,虽不能取代当下艺术市场上吸

① 黄旙绰:《梨园原》,中国戏曲研究院编:《中国古典戏曲论著集成》(九),中国戏剧出版社,1959 年,第 14 页。

引眼球的音乐剧等流行艺术样式,但其独具韵味的诗乐舞一体化表演制式和经典故事,必将通过“进校园”“进社区”等文化或教育内容配给的方式,重新获得观众,赢得继承者。相信随着年龄的增长,那些曾以听赏和表演等形式体验过戏曲魅力的年轻人,必将在某一瞬间产生与民族传统艺术的共鸣。这些文化底蕴深厚的国民教育“艺术范本”,定能借助有效的公共艺术教育资源配送而知音日多。

综上所述,借助馆校合作机制,动员优质艺术教育资源向学校和社会两大教育系统开放,归根结底需要通过国民教育“艺术范本”的遴选创制与引导,让更多的青少年建立起对中华传统文化的基本认知,从而实现层次更深、范围更广的文化认同。通过优质剧目的有效传输,在审美教育层面实现文化涵化与素养提升,是实施国民教育的重要途径。同时,还应把握艺术创新的基本尺度,“变”“常”有度,实现传统文化艺术的现代传承转换。后者既可丰富民族文化传承的剧目库,又可积累艺术创新创造的实践经验。在此基础上,民族文化基因库既有源头活水的输入,又有优质艺术资源的输出,国民教育内容也将进入可持续供给的良性轨道。

三 以明德引领风尚,构建公共艺术教育供给的长效机制

实现国家文化战略和教育革新目标,不仅要在政府推动下,完成艺术教育资源供给的协同创新与优秀国民教育“艺术范本”的遴选创

制，更要培育一批专业精、能力强、觉悟高的国民艺术教育项目策划与推广者。培育这样一支人才队伍，须以艺术院校文化产业管理、艺术管理等相关学科的专业教育与人才培养为基础，强化立德树人、实践育人，使相关专业人才在馆校合作的实践平台上获得历练而逐步成熟。

要使艺术管理专业人才成长为符合社会需要的项目策划与推广者，绝非易事。他们首先应通过课程学习和研究，对“以文化人、以文育人”的政策导向有所认识，还应熟知艺术创制与推广手段。在馆校合作、实践育人的过程中，他们既须逐步掌握优质艺术教育资源供给之道，也须胜任“艺术范本”的遴选创制。在政策层面上，“以文化人、以文育人”已正式纳入高校思想政治工作范畴。

2017 年 12 月，教育部正式印发《高校思想政治工作质量提升工程实施纲要》，将“文化育人质量提升体系”正式纳入十大育人体系之中，要求相关工作“注重以文化人、以文育人，深入开展中华优秀传统文化、革命文化、社会主义先进文化教育”。①

对此，艺术管理等交叉性学科的专业人才培养必须积极响应。艺术管理专业教育历来讲求“道”“术”一体、知行合一，要求学生走出书斋，在馆校合作实践平台上深入广泛地开展优质项目的策划与推广演练。同时，艺管专业人才的成长还要以明确的价值导向为底色。馆校合作、实践育人，可使其在服务他人的过程中实现自我教育与提升，并借助优质艺术资源供给实践，切实推动国民教育的发展和国民艺术素养的提升。在此意义上，优秀的艺术管理工作者要有相关项目流程管理、技术管控技能和艺管实践方面的“工匠精神”，更要

① http://www.moe.gov.cn/srcsite/A12/s7060/201712/t20171206_320698.html.

有眼光、有情怀，能通过优质艺术教育项目策划与实施，投身于“以文化人、以文育人”的时代洪流，修炼、提升其作为国民教育策划师、设计师的智慧。本此考量，在培育提升艺术管理专业人才业务能力时，需要在馆校合作创新机制下开展专业教育和思想政治教育双效合一的育人实践。

在整合资源、实践育人的尝试中，许多艺术院校(系)在长期实践中积累了一定的经验。例如在相关人员努力下，北京舞蹈学院与中国美术馆“馆校联合艺术教育实践”项目于2014年6月17日正式启动。该项目旨在训练艺管专业学生的公共艺术教育项目策划和服务能力，馆校合作实践平台建构任务由馆方公共教育部承担。[①] 该项目自确立以来，馆方公教部为院方艺管专业培养了五名硕士志愿者、十余名本科实习生，而其也为馆方策划了《舞动美术馆之夜》《礼乐雅集》等六项跨界公共艺术教育项目。这一馆校合作、实践育人平台较好地完成了阶段性任务。参与该项目的实习生、志愿者先后完成相关学位论文三篇、两岸大学生公共教育志愿者工作坊论文一篇。此外，院方艺术传播系还先后与北京中间美术馆、炎黄艺术馆、天桥艺术中心、广州大剧院、北京当代芭蕾舞团尝试建构多层次、多向度的公共艺术教育实习实践合作机制，并借助“观众拓展与教育”“案例实践教学”等专业课程建设，系统强化了学生公共文化服务和公共艺术教育项目的策划运作能力。学生在实践中养成了自觉推动“以文化人、以文育人”的策划意识，明确并强化了专业意识和价值追求，切实提升了专业实操能力。

近年来，馆校合作实践项目或平台已成为诸多艺术机构长效供

---

① http://www.namoc.org/xwzx/xw/2014_2/201406/t20140617_278682.html.

给公共艺术教育资源的重要抓手。在京艺术院校中以部分艺术管理青年教师为中坚的专业队伍拓展策划理念,联合发起了更高层级的馆校合作、实践育人平台项目。其中,由天桥艺术中心、中央戏剧学院、中国戏曲学院、北京舞蹈学院部分教师发起的“联合党支部项目”努力尝试将“以明德引领风尚”的馆校合作公共艺术教育供给机制推进一步。该项目旨在尝试构建在京艺术院校与北京属地艺术场馆共建“以文化人、以文育人”馆校合作平台。

项目策划中,三所学院的部分艺术管理专业教师共同倡议发起以国家大剧院、天桥艺术中心、中国美术馆、中国人民大学“如论讲堂”为联合基地的“实践育人综效培养计划”,以适应传统文化教育、红色文化教育和社会主义先进文化教育的多重需求。据此计划,各协同合作方将通过系列主题项目策划,在代表性艺术院校与场馆联合党支部联合活动的基础上,着力打造一个面向全体民众的公共教育平台。按其策划宗旨,该项目将推出一系列有目的、有主题、有指标的国民教育与艺术传播活动,在实施中逐步总结提炼出适合北京地区艺术院校艺管专业发展的馆校合作机制。同时,该项目还拟通过相关策划,推动各校编创、表演等传统优势学科师生在实践中有意识地为传统文化、革命文化和先进文化教育推广奉献艺术创意和智慧。因受种种主客观条件限制,这一馆校合作联合育人实践共同体的建设只取得了局部性成果。其中,中国戏曲学院与天桥艺术中心管理有限公司共同发起的“联合支部项目”顺利落地。2018 年 4 月 21 日,中国戏曲学院国际文化交流系党总支与天桥艺术中心公司党支部举行“记艺中华”党支部共建活动签约仪式,双方相关领导出席。按照协议,双方商定联合打造“记艺中华”文化品牌活动,并围绕“弘扬中华优秀传统文化、戏曲文化、红色文化和中国特色社会主义先进文化”开展系列文化教育主题活动。[①]

上述馆校合作、实践育人项目的策划、组织与实施，提供了一个艺术管理专业教育与思想政治教育“同心同向”、正向推动的典型个案。不仅如此，艺术院校（系）在馆校合作、实践育人方面，还积累了大量不同专业的学生共同成长的实践经验。

馆校合作共同优化公共艺术教育资源的供给，还可以在更高层次、以更稳定的方式进行。其中，国家大剧院“春华秋实”公共艺术教育项目就是一个范例。该项目以国家大剧院展演平台为依托，创造性地利用各艺术院校（系）丰富的专业艺术教育资源，创制了一批优秀剧（节）目，并以主题策划方式为公众提供惠民演出。在此类馆校合作实践平台中，各院校（系）传统学科的优秀学子亦获得业务历练、提升服务意识，成长为“以文化人、以文育人”的“生力军”。

建构长效的馆校合作工作机制，既能有效提升各艺术院校（系）不同专业学生的业务能力、服务能力和策划能力，也在一定程度上推动艺术院校（系）社会服务整体意识与能力的提升。北京舞蹈学院红色舞剧《井冈·井冈》的实践个案证明，艺术院校（系）在服务公众、教育民众的过程中，初步形成了一套“创作-演出-传播-教育”一体化的联合实践育人模式。围绕这部红色舞剧的选材、立项、创编、采风等系列工作，学院主创团队率先在红军精神的感召下完成了自我教育与蜕变，成为红色文化传播的第一动力。在此基础上，围绕艺术院校（系）创新实践平台、宣传传播平台，特别是学院一级、二级官微协同宣导机制的发力，红色文化的传播效力在逐层扩大。最后，通过

① https://www.nacta.edu.cn/xwgg/xyxw/42768.html.

"高参小"中小学生观剧团观演与鉴赏写作以及演出项目的全国巡演,逐步取得了剧目完善和观众成熟的双重成效。[①] 从早年的《红船启航》到当下的《井冈·井冈》系列红色舞剧创演,北京舞蹈学院在实践中总结提炼出一套基于剧目创作、传播与教育协同育人的创新实践路径。其他艺术院校亦有类似创获。

以文化人、以文育人,需要借助艺术创作、传播与接受的多重作用机制。对于艺术管理等综合性育人专业而言,此类尝试的实践价值尤为珍贵。构建艺术院校专业课程育人、专业实践育人机制,是实施社会主义核心价值观教育、完成意识形态教育与日常专业教育同心同向任务的重要载体。因此,以馆校合作实践平台为依托,强调专业教育和思想政治教育同构共建,是时代赋予各艺术院校(系)的重要实践课题。圆满完成这份时代答卷,需要各方齐心协力,明确目标,积极实践。尽管构建有效的馆校合作机制或许只是诸多解决方案的一种,但在汇聚资源、开放创意等层面上,这一实践机制确实在某种意义上有力推动了艺术院校(系)创作、展演、传播人才业务能力和服务意识的双重提升。在此基础上,艺术院校(系)育人体系将在馆校合作、创新实践中逐步成熟、日益完善,成为涵化国民、提升素养、以明德引领风尚的重要组成部分。

---

① 北舞 Education:《星火燎原:北京市千余小学生共赴"井冈之约"》,北京舞蹈学院教育学院二级公号,2017 年 10 月 1 日。

从改革开放四十年北京戏剧的创新谈起

颜　榴

感谢北京文联的邀请,每年来参加“北京文艺论坛”都有不小的收获。今天我发言的题目是“从改革开放四十年北京戏剧的创新谈起”,一听这个题目,大家就知道这是一篇命题作文的提纲。虽然我准备了稿子,但是听了上午的会后,我想根据这次论坛的议题,再梳理一下。

第一,我想回应一下傅谨老师刚才所说的“北京是全国戏曲的演出中心和评论中心,但是没有好的作品”。虽然这些年来,作为戏剧人,我一直感到戏剧不那么景气,在影视或者其他艺术形式的冲击下总是有一种生存的忧虑和危机感,但是当涉及这个问题的时候,我忽然感到,我们可以自豪地说,北京的话剧水平肯定是全中国最高的(旁边的傅谨老师竖起大拇指表示赞同)。这样一来,我们话剧人得到了某种精神上的惬意感,这是我今天开会之前完全没有料到的。

第二,就是上午几位老师触动我的议题:北京的话剧有没有对于北京城市的想象?我先提一下命题作文提纲里的几个关键论点。

如果承认北京戏剧在中国戏剧当中的领先作用,并且从创新的角度来阐释它的话,它有哪几个比较显著的特点?我认为有三个:一是北京戏剧对民族精神与文化内核有独特传承与新颖的阐释;二是北京戏剧的艺术表现形式得到很大的拓展,呈现出鲜活的生态;三是北京比中国其他城市更易具备全球视野,北京戏剧很早就具备了国际化意识。

谈文学艺术,不管是哪个门类,还是要回到作品上来,下面我就按照这个思路捋一捋。

如果闭上眼睛,在座的各位老师、朋友还有来听论坛的同学们,我说一些话剧的名称,看哪些剧目是一提起来就能得到大家认同的。《雷雨》和《茶馆》就不说了,从二十世纪八十年代说起吧。比如1986年的《狗儿爷涅槃》,1988年的《桑树坪纪事》《天下第一楼》,1991年的《李白》,1993年的《思凡》《鸟人》,1999年的《恋爱的犀牛》。还有些戏是从中国现当代文学作品改编成话剧的,比如1999年的《生死场》改自萧红的小说,2006年的《白鹿原》改自陈忠实的小说。我为什么提这些剧目?因为回顾四十年的中国话剧或者北京话剧,这些戏的价值有三个方面:一是对中国现实主义戏剧传统作了新的延续,二是传达了中国文化的价值观与精神追求,三是对经典的复排与改编使经典获得了新生命。甚至可以说,某些戏对生活的揭示程度不知不觉已经渗透进了我们的思想意识。遗憾的是,在座的很多朋友可能并没有看过这些话剧,可一旦有机会接触到它们,你们会发现这些戏里有人,有人真实的生命状态和鲜活的人性,这也正是戏剧的艺术价值最重要的所在。

这里不可忽视的是北京戏剧的人才优势和院团优势。话剧界有位导演威望很高,他就是林兆华导演;还有位导演的作品非常受年轻人欢迎，他就是孟京辉导演。刚才提到的这些重要作品几乎都是北京的国有话剧院团出品的，也就是北京人艺、中央实验话剧院和后来的中国国家话剧院，除了《桑树坪纪事》比较特殊，由中央戏剧学院出品。大家可能不太清楚，全国各大城市有不少话剧院团，发展到今天，能够正常搞创作的院团其实已经很少了，只有北京还保留着全国最好、最多的国有院团。

上午很多老师都提到了乡土文学和都市文学的关系，按照这个逻辑，八十年代的《狗儿爷涅槃》和《桑树坪纪事》暂且可以归为乡土戏剧，它们都塑造了非常成功的农民形象，一个是狗儿爷，另一个是《桑树坪纪事》里的疯子，由巍子扮演，他的表演出神入化，给大家留下了非常深刻的印象，后来巍子在电视剧领域火过一段时间。

如果说戏剧舞台的乡土戏剧对中国农民在贫穷中的痛苦有了深刻的反省，并发出了人性解放的呼声，那么到了九十年代，都市戏剧又有什么样的表达呢？北京人民艺术剧院交出了不错的答卷，这就是被大众广为接受的“京味戏剧”。所谓京味戏剧，是以北京的民俗风情为基础，戏剧场面、台词语言有着显著的北京特色，并展现出北京都市人群精神风貌的戏剧。老舍是奠基人，《茶馆》是开山之作。后继的作品中有一部戏复演频率最高，是《天下第一楼》，这部戏2019年5月在国家大剧院演过。这是何冀平老师的成名作和代表作，讲的是北京烤鸭店的故事，非常生动有趣，可以说是比较纯正的京味戏剧。还有《鸟人》，这部戏大家现在看起来还能开心地笑，这与编剧过士行老师高超的语言功力有关，虽然他自己比较反对被其说成是京味戏剧。养鸟的人可以说哪里都有，但像剧中的“鸟人”这类都市人群，确实只有借助皇城文化的积累和北京人的嘴皮子本事才可以产生妙趣横生的效果。

上午专家们讨论京味文学时，把“京味”与“京派”作了区分，戏剧也可以有这种区分。说到“京派戏剧”，我马上想到了一出戏，那就是2015年的《北京法源寺》，是田沁鑫导演根据李敖的同名小说改编的，故事发生在北京的一些地点，从剧名到内容似乎有一种京味戏剧的味道，但它所涉及的戊戌变法这样重大的历史事件，显然又超越了具体的历史时空。

“京派戏剧”跟我的这条思路有些交集。北京有一种戏比较特殊，不是在全国都能看到的，比如1997年的《三姐妹·等待戈多》，2000年李六乙导演的《非常麻将》，还有比较新的《北京法源寺》，它们的特殊性在哪里？用“京派戏剧”来概括，它们实际上体现出北京的一批知识分子在戏剧上的精神追求，这一类戏剧对现代文学的探索，以及它的思想深度和情感表达，外地的戏剧很难触及，因此可以说这是北京戏剧独有的风景。

北京不仅话剧水平最高，也是全国话剧的演出中心，自然也是评论中心，更是国际化戏剧交流的首善之区。远的，如从二十世纪八十年代起请外国导演直接来导戏；近的，如将外国戏剧做本土化的改编以及做中国版的定制。这里必须要提一部以色列戏剧，那就是《安魂曲》。它2004年来到中国，给北京的戏剧人打了一支强心针。戏剧界一直忘不了这出戏，它后来又在北京、上海演出过三次，每次都备受欢迎。直到今年，中国人忍不住自己排了一版中文版的《安魂曲》，主演是现在非常火的倪大红老师，他是中国国家话剧院的演员，特别勤奋，作品也很多。由此想到的是，北京戏剧还有一个特点，就是北京有很多非常优秀的话剧演员，为中国影视贡献出比较强的创造力。倪大红就是在还不太出名的时候，把《生死场》里的二里半塑造得非常成功，得了梅花奖，后来有了多个影视表演的机会，一直火到今天。

暂且不论中文版《安魂曲》的优劣，它至少是北京戏剧人向外国优质戏剧的致敬之作。

应该说，在北京做一名戏剧观众是比较幸运的。在观感上，导演和舞台美术的形式创新大大地触动了观众对话剧的看法。从生态来看，近二十年里民营戏剧公司和民营剧场的演出比较活跃，小剧场与青年戏剧的引领作用非常突出。北京观众不仅见多识广，而且观剧的场所也越来越好。比如 2007 年底开业的国家大剧院和 2015 年底开业的天桥艺术中心，一个是亚洲最大的剧院综合体，一个是北京唯一的大型音乐剧专业剧场，二者都以各自优质的演艺环境和较高质量的引进剧目，成为北京戏剧观众新的聚集地。也正是由于北京这个国际戏剧交流的高端平台的特色，使得北京观众的戏剧品位越来越高，可以说是全中国最挑剔的。现在即便是世界顶级的戏剧家也被北京的观众喷过，某些演出方做足宣传的外国戏，评价也会两极分化，今年甚至出现了观众要求对孟京辉版《茶馆》退票的情况。这些北京观众对戏剧的反馈，也是非常有意思的现象。

综上所述，改革开放四十年来，北京戏剧从剧目到创作者，从观演关系到剧场设施都发生了巨大变化，也不可避免地遵循着艺术离不开创新的生存法则。北京的文化资源优势、思想资源优势以及人才优势使北京戏剧始终居于中国戏剧的先导位置，蕴藏着书写新时代中国故事的深厚潜力。虽然戏剧生存仍然比较艰难，但毫无疑问，就中国戏剧而言，北京还将诞生令人期待的戏剧佳作。

管窥新世纪“京味儿”话剧的内在表达与舞台呈现

胡　薇

戏剧的现状折射着社会现实，展示着国家的软实力，演出所展示出的艺术水准、精神高度、思想深度等往往也最能忠实地反映出一个国家的整体文化和精神面貌，呈现出国家文化的立体剖面。因此，进入新世纪以来，在城市高速发展的进程中，城市故事成为当下中国戏剧舞台上所呈现的中国故事的重要代表，反映、折射着物质的发展与精神的需求。在创作手法上，它以现实主义为基础，逐渐兼顾、吸收和融入更多具有表现力的舞台手段和技巧，以表现在历史大格局之下小人物的选择，揭示世道与人心的变迁。

北京是全国文化的中心，戏剧和北京的城市文化发展联系十分紧密，戏剧市场繁荣、戏剧活动繁多，并在中国当代戏剧的发展中一直发挥着重要的引领作用。尤其是随着北京近年来的高速发展，人们对于精神的探寻、人性的拷问以及情感的怀旧致使北京的戏剧舞台上越来越多地出现了讲述老北京人、老北京城故事的作品。其中，以表现城市的拆迁来影响戏剧进程的就不少，比如《枣树》《卤煮》《将军里》《金鱼胡同》《人间烟火》等剧目，都是以拆迁作为促成人物关系变化的重要推动力。

还有表现邻里关系的，用几十年的变迁以及每个时代的特点来表现人与人的关系及其变化。如《北京邻居》讲的是北漂住到四合院之后，邻里之间发生的一些故事；《打开 1990》则是起用非职业演员来表现老北京人、表达北京土著的怀旧与回望；《红马甲》实际上是在炒股故事的包裹下，讲述了几个胡同发小在二十年间的成长故事，等等。可以说，近年来涌现的各种表现形态的胡同戏，几乎达到了井喷的程度。

也有表现老北京艺人生活的，如北京人艺在 2018 年演出的《名优之死》是以话剧演员唱京剧的方式表现田汉先生的名作；风雷京剧团在几年内连续创排出的号称“京话剧”的“梨园三部曲”（《网子》《缂丝箭衣》《角儿》）却是三部由京剧演员演出的话剧作品，力图以“京剧+”的高概念和呈现方式来表达对传统文化、老规矩以及匠人精神的坚守，在舞台呈现上将京剧和话剧相融合，突出了自身团队的优势和特点，同时也暴露出跨界融合时存在的一些问题。

总之，各种表现北京生活的剧目不胜枚举，但是在众多表现新老北京城、北京人或是北京风情的戏剧作品中，能够令人印象深刻而且舞台呈现也较为成功的，往往还是表现“北京爷”的一类作品，比如《北京大爷》《玩家》等剧。

作为北京人艺 2016 年唯一的原创大戏，《玩家》力图表现北京人的精气神，因此，全剧围绕一件元青花的几次归属，伴随着对当下世道人心的喟叹和针砭，尽显世态炎凉和人生况味。作品主打的是怀旧氛围，剧中充盈着对老北京风情的感念，所以现场效果颇佳，也是近年北京人艺原创“京味儿”剧目里的精品。从全剧选取的素材和内容来说，作品有文化、有品位、有看头，力图透过几代玩家几十年的生活经历、各个阶层各种类型人物的心路历程，以人物来反映时代的变迁、城市的变化以及中国人整体性的精神面貌的改变等。同时，全剧还融合了多种元素，比如怀旧、时代的变迁以及北京人的“局气”（仗义、守规矩之意）和玩家的自我救赎等。因而，伴随着剧情的不断发展，和光同尘、知白守黑的人生境界也在观众面前逐渐清晰了起来，并从靳、林两位老玩家斗了一辈子的过程中，展现“输赢不重在一时”的人生智慧与豁达，同时也表达着中国人所特有的人生感慨与无奈。为此，全剧选取了群像式的创作方式，这也是“京味儿”戏经常会采用的一种创作手法——这种方法容易写出戏，但真正写好、写精彩却很难。此类写法往往是对不同阶层、不同类型的人物，统以类型化的创作方法加以归纳演绎，运用特殊的设定和表现，把玩家所特有的共性、不同状态及所处的不同阶段，通过时代、事件、细节和人物等方方面面的具体表现来透视角色及其所属阶层的特点。舞台呈现则是着力融合了写意与写实，从立意到表现手段、叙事方式，于时光的跨越、环境的变换中展现世道人心的变迁，在舞台上重现老北京几十年的风雨沧桑。全剧的二度创作配合剧作所进行的剧场性的娴熟表达，也是全剧赢得良好现场效果的重要保证。

另外，写“北漂”的戏也很多，大都侧重于写“北漂”们如何努力去融入北京城、融入北京文化圈，如《新北京人》《茶餐厅》《点心》等。写“北漂”的孤独和艰辛，很容易引起外地来京人员的共情，但遗憾的是，到目前还没有看到特别令人难忘的、可以流传的作品。比如入选2018年国家艺术基金项目的《茶餐厅》，题材很好，主要是写改革开放四十年来一个香港人一直在北京的创业发展故事。全剧以日昌餐厅为原型,本来也有很多可写的东西,但是却因缺少对时代特点的捕捉以及人物情感的内在表达而陷入了概念和套路,以致全剧本身所应具有的外地人融入北京、个人实现奋斗梦想、大北京精神以及励志的内核等并没有通过具体的事件、人物塑造来充分表达,本应着重关注的“北漂”如何融入北京、如何克服困难达成心愿等也都潦草略过,每当主人公面临什么困难和问题,基层政府就会主动找来并予以解决,简直如同古希腊戏剧里的天降大神。

所以说,创作者选择的题材好,并不等同于戏会写好,关键还是要看怎么写、如何去表现。像家庭伦理剧这种传统的剧目类型,很多时候并不是因为类型过时而无法做好,而是在于创作者有没有把新的内涵、思想以及适合的表达融入到作品中去,这才是剧目成败的关键所在。

甚至在一些表现北京故事的新剧目创作中,已经形成了不少新套路。比如要塑造一个“北京好人”,就让他几十年无私地抚养捡来的孩子。像《将军里》一剧中,父亲就是为了捡来的女儿单身了一辈子——不过,好在全剧还设计了这个父亲迷恋女儿生母的前史,所以还有其合理性;而在《胡同深处》《炒肝》等剧的剧情设计中,都是让母亲捡了儿子之后就一辈子不嫁人、苦守着这个儿子,极度人为化的设置因缺少必要的情节铺垫而显得尤其生硬和突兀。再如,写胡同的故事,往往就会出现一个决心苦守此地的人物来对抗拆迁或是需要搬家的情境,就像《胡同深处》的主要矛盾,围绕孙子想搬到新的楼房去住而爷爷不让离开胡同深处的老房子展开,最后以儿子搬回老房子同住来化解一切问题,但人物的情感关系实际上并未最终完成。寻宝也成了胡同故事的“标配”,如《四牌楼》等剧都是在胡同找宝物,但整体上缺少了有效的功能性设计。而像《皇城根下》,写皇城根附近的居民生活，素材的抓取和全剧的内容融合非遗传承、工匠精神、年轻人对传统文化的继承等话题，很接地气，但是表达的欠缺令整体呈现较弱，主线不够清晰、剧情推进缓慢拖沓，尤其是较之主要人物的苍白无力，副线人物反而更显得有光彩。诸如此类的问题，不一而足。实际上，很多胡同戏除了因内容雷同、思路陈旧而陷于僵化套路等问题之外，其根本问题在于作品缺少唯一性和特定性，设置的情节放到任何一个地点都可以，内容也很相似，独特性和个性色彩不足，同质化现象严重。

总体而言，写事容易写人难，写出味道更难，如何写出“京味儿”的意韵，无疑是“京味儿”戏所追求的最高境界。反观当下的“京味儿”戏创作，更多的是“京城故事戏”，写的是“在京”的人和事，还没有深入内核、进入心灵。因此，“京味儿”话剧的创作者，不应只是关注主题和题材的选取，更应重视戏剧文学与二度创作的合力配合及具体表达，注重对现实的思考和反思，从根本上逐步改变戏剧作品在内容和思想表达上的精神力不足、对于作品自身舞台性不够重视等创作倾向，以力求真正反映当下北京的精神与风貌。而要想做到这一点，只有付出心力，开启自强之路，立足于内在的真实、人物情感的真实，从生活的本质出发且不止步于此，拓展戏剧观念，丰富表现手段，提高自身的创作水平，兼容并包、整合表现和再现等手段，让作品超越局限、超越时代，才能使“京味儿”话剧的创作获得真正的整体提升并持续地健康发展。

新世纪以来水墨艺术的都市情境与时代走向

于　洋

新世纪以来，随着社会风尚与文化语境的变迁，关于中国当代艺术审美价值的论辩，特别是围绕水墨艺术如何发展的讨论，依沿时代文脉的演进而不断趋于深入和细化。在水墨艺术媒介与文化观念的不断拓展中，“学院水墨”“实验水墨”与“新文人画”等不同概念范畴的提出，都展现了水墨艺术在新的时代课题中不断开拓与延展的多元格局。对中国当代水墨艺术文化身份的省思，及其在国际艺术交流、画种门类跨界比较中的思考，成为诸多水墨画家共同面对的问题，也成为二十世纪中国画现代转型的宏观课题中最为重要的子课题之一。现当代都市文化语境的延展、精英文化与大众文化的混融、信息时代对视觉文化的塑造等时代现象，亦为水墨媒介的当代表达提供了多元的路径和广阔的选择。

一 多元价值观与都市化进程的影响

回顾百年以来中国画的发展历程,如果说民国初期的传统文人画依然守持着中国文化精英性与经典性的价值框架,那么到了二十世纪后半叶,特别是改革开放四十年来,当代中国画的发展则逢遇了前所未有的多元格局。与之同时,传统文人画的笔墨语言与评判体系,也在西方文艺思潮的冲击与影响下,不得不面对两种不同文化相互碰撞融合所可能产生的抵牾,并在这种契合与调适的过程中渐渐确立自我风格。

事实上,对于新世纪中国画发展的憧憬与展望,在二十世纪末已经成为各种美术展览、学术研讨会的焦点。在 1996 年广州召开的“走向二十一世纪的中国当代水墨艺术”研讨会上,现代水墨艺术的现状与走向问题即成为讨论的核心论题。一些与会学者和画家认为,水墨艺术只有从观念表达的角度反映当代生活,以适应新的社会时代需求,才能展现出其独有的当代价值,为此就算“越过水墨的边界”也在所不惜;如果水墨只被看作所有艺术门类媒介中的一种,那么则不必僵化自守其笔墨程式。有实验水墨艺术家提出,这种以水墨为媒介材料的观念性探索,已经走出了原有美术史上的笔墨语言内部的演进框架,因此它们只是运用中国画的媒材表达当代观念的艺术作品,而不必拘泥于水墨画范畴的内部实验,如画家王天德认为“水墨艺术毕竟是一个大的艺术观念,客观上,选择艺术是个人的生存方式,作为一种个人行为,那么水墨艺术由此派生的各种形式或观念，就变得容易接受了”。[1] 突破传统程式的限制，在一个更为宏观、自由的创作空间里寻找水墨媒材表现的诸多可能性，成为当代水墨艺术家们的共同追求。

新的价值观与时代境遇赋予了水墨艺术更多的拓展空间，在时间、空间两个层面进行蜕变和延展的实验。在时间线索上，宋、元以来形成的文人画传统主线不再一枝独秀，古典形态进一步被不断刷新的当代精神所遮蔽、发现和变革；在空间板块上，西方现代艺术与后现代艺术在技法与观念上都对当代中国画的创作产生了影响。反过来，中国画家也开始有意识地发掘普适性审美价值，扩展其在西方艺术界的影响。同时，也有越来越多的艺术家和学者认识到，当代水墨艺术想要具有跨地域、跨文化、跨时空交流的发展空间，不能仅仅停滞于形式上的创新，而应进入到中国画表现语言系统内部的问题研究，从而将其转换为更开放、更具时代性的研究，即从中国画创作本体角度思考其与当代生活的关系。于是，“笔墨当随时代”一词被赋予新要求，与都市化进程和信息爆炸等当下时代特点相结合，中国画的媒介材料、艺术语言则需与现代工业社会与信息时代的文化语境紧密结合，如同一棵历经千年的老树，在沉厚粗壮的根基和不断衍变翻新的土壤中，生发出健硕而又富有生命活力的新枝。

都市化是二十世纪末以来中国社会最重要的变化之一。都市化的历史进程在改变艺术家观瞻对象的同时，也深刻影响着都市人的思想观念、伦理诉求、生活习惯与交往方式等各个层面。于是，一个新的课题摆在水墨画家面前，即如何用传统的中国水墨媒材表现当代生活和当代人对其生存环境、生活方式的思考与感触。早在二十

---

① 王天德：《艺术手记》，《20 世纪末中国现代水墨艺术走势》第 3 集，天津杨柳青画社，1996 年，第 45 页。

世纪九十年代中期,地处南方新兴都市、改革开放最前沿——深圳的深圳画院,根据水墨画发展的现状和深圳这一现代化都市的地域特点,以“城市山水画”为主题举办了展览和研讨活动,“水墨与都市”和“都市水墨”也分别成为2000年与2002年的第二、第三届深圳国际水墨画双年展的主题。从“城市”到“都市”的概念转换,潜藏着由工业化社会到信息化社会的转变,“由高楼林立、商品丰富到社会肢解、人际关系淡漠、图像泛滥、思想贫瘠等丰富的社会生活内容”。正如批评家殷双喜在相关文章中指出的,“如果我们希望中国水墨能够在新世纪具有跨越地域而进行跨文化交流的可能性,就不能只停留在纯形式的层面,而需要将中国水墨画系统内部的问题研究转换为更为开放的从水墨角度对现代艺术与当代生活特别是与现代城市发展的关系研究,从而探讨当代艺术何以通过形式的革新而达至现代精神的探索与表达”。①

越来越多的人认识到,中国社会与文化正处于在变革中延展的时代,人们的思想意识、艺术思维空前活跃,社会发展速度超过了以往任何一个时代,也促使人们希望看到更多的具有开创性的水墨画作品。在这样的文化格局中,几乎所有艺术家与理论家都开始定义或描述这种新的价值观的包容与繁杂,但无论如何,“多元”只能作为一种现象的描述,而无法指征中国水墨艺术的当代追求。实际上客观来看,新世纪以来水墨画在宏观发展上缺少导向性,而是满足于这种多元化、多样化的局面,已经成为一种愈发凸显的问题。媒材技法的实验和种种多元无序现象,以及当代艺术各个门类之间边界越来越模糊的现象,都对水墨艺术这个有着千年传统的画种产生或多或

① 殷双喜:《城市·水墨·现代性》,《美术研究》2001年第2期。

少的冲击，在这样的文化氛围里，坚守自身的文化立场、清醒判断中国艺术在全球化语境中的文化身份显得尤为重要。

二 全球化视野与“现代性”阐释

时代的发展赋予水墨画坛更为强烈的变革意识与探索精神，与此同时，西方当代文化、艺术乃至生活方式的影响，已经渗入当代艺术创作的各个角落。从二十世纪九十年代开始，随着西方“双年展”制度的走红和当代观念艺术的盛行，在世界文化的格局视野中建构当代中国水墨艺术的精神与形象，成为时代赋予水墨画家的文化使命。这种对于世界文化格局的判断和对策，在世纪之交渐渐汇成关于“全球化”与“现代性”的讨论。

关于“全球化”的大规模讨论始于九十年代末，而在此之前已经有很多相关概念出现。回顾九十年代初关于“接轨”与“反接轨”论争，一些“接轨”论者试图从西方立场出发，借“接轨”之名演绎中国传统和当代文化符号，从而应和西方的“多元文化主义”，这种“多元”格局的实质是西方中心主义与后殖民主义，“接轨”者自以为与世界艺术同步，实际上成了以西方艺术为中心的世界文化舞台上可有可无的配角；与之相对的声音则是以“越是民族的就越是世界的”观点为代表的民族中心主义，主张固守传统文化的纯正性，忽视与外来文化的沟通交流，从而滑入另一种极端的民族主义。

新世纪以来，伴随着现代通信传播手段的高速发展、全球化时代的到来，当代生活的即时性、快餐性的心理需求愈发迫切，图像与影像的无限复制、追求视觉冲击力以及瞬间的视触觉快感的盛行,使“读图时代”在开掘视觉表现的无限可能性的同时,也在一定程度上造成了图像的泛滥。传统中国画寻求文人写意达心的自娱功能,和表现温蕴淡泊之隐逸精神的抒情功能,在后工业社会与信息社会的时代背景下遭遇了前所未有的质疑,西方现代文化的知识背景更使人们省思自身文化不同于西方文化的民族性格。

百年以来,“东方”和“西方”都被赋予了复杂的涵义,“西方冲击——中国回应”的历史认识模式虽然反映出西方汉学家的局限,却也在一定程度上描述了近代以来的历史文化趋势。长期以来这样一种固有的观念,深刻影响了国人对于“东方”和“现代性”及诸多相关问题的想象。当“新”的概念开始流行起来,“现代”“摩登”等概念的出现更根源于传统与现代、中国与西方的二元论思想。在这种文化背景下,只有少数精英知识分子和文人画家能够以中国固有文化演进的自律性作为中国画的发展方向,使中国画的现代转型回到其文化本源上,以回应西方文化在文化深层价值观上的挑战。于是,如何评价传统、研究传统,有选择地继承和发展传统,走出一条中国本土美术的现代之路,就成为中国绘画领域中最具现实意义和未来价值的课题。

关于“现代性”问题的研究作为近十年来学界不断探讨的热门问题,在世纪之交也影响到美术界。它之所以引起美术界的密切关注,是因为它涉及对二十世纪中国美术的判断问题,更对二十一世纪中国画的发展走向具有重要的导向作用。从现代性课题的角度,切入对于当代中国画文化身份及视觉意涵的阐释和判断,直接关涉中国画的历史定位和未来命运。新世纪以来关于现代性问题与中国画现代形态之关系的研究,以潘公凯主持完成的学术课题“中国现代美术之路”最具代表性意义，2006 年至 2012 年间，围绕此课题在香港、上海、广州、西安等地召开了十余次学术研讨会，掀起了一场在哲学、思想、艺术领域跨学科讨论中国美术现代性的热潮。一百多年来中国画在中与西、旧与新等范畴间的徘徊与迷茫，其未来发展的方向与路径，正是该课题的研究初衷和学术生发点。基于以“自觉”作为衡量中国美术现代性的标准，该课题提出了“传统主义”“西方主义”“融合主义”和“大众主义”等四大“主义”的理论建构，其核心概念“传统主义”作为现代中国画坛的一种艺术主张和艺术策略，恰恰蕴含着中国画从本体延展的角度走向现代的可能。

现代性问题的讨论对于中国画创作的影响是深层而隐在的，与此相联系的，既有水墨画中的现代主义倾向，又有人们对于中国画笔墨传统及其现代转型的阐释，其中的核心观念仍是“现代性”问题。全球化视野与“现代性”讨论的意义在于，越来越多的艺术家、理论家认识到，中国画的“现代”不仅与“西方”有着紧密关联，更与根植于历史深处的“传统”息息相关。

三　对复归传统笔墨的反思

笔墨问题历来是中国画创作、教学与研究的核心问题之一，在新世纪的时代语境与文化生态中，如何实现传统的现代转化，如何在保留中国画本质属性的基础上拓展新貌，如何认识水墨“传统”的内涵与外延，成为诸多艺术家难以回避的课题。如果从更为宏观的视角来看，中国画“传统”范畴的多元结构更需要得到深入解析，除了画史上占据主流的写意文人画，历代宫廷画院系统的院体风格、不同地域的民间画工艺术传统，乃至百年来以吴昌硕、齐白石、黄宾虹、潘天寿、张大千、傅抱石等为代表的近代传统，都已成为当代水墨艺术的传统养分与创作资源。因此，过于褊狭地将作为传统主线的文人画笔墨看作传统资源的全部内容，或是陷入民族虚无主义的流弊，忽视甚至否认作为文化根基的艺术传统存在的必要性，都无法完整而深刻地理解当代中国画的文化结构与时代机遇。

世纪之交，笔墨问题再次成为中国画坛关注的焦点。回顾新世纪之初，在 2000 年 5 月，由香港艺术发展局主办的“笔墨论辩：现代中国画国际研讨会”曾在香港太空馆举办。此次会议的主题源于二十世纪末关于笔墨问题日益激烈、敏感的现状，从与会者观点阵营的分化就可以看到这场论辩的焦点所在，有学者将其概括为坚持笔墨根本论、反对笔墨中心论、扩大笔墨范畴、主张多元格局四种类型。[①]无论如何，笔墨问题从正反两方面成为论辩的核心，亦成为研讨会的主导议题。人们意识到，迈入新世纪的笔墨问题，已经不仅仅局限在笔墨纸砚的媒介工具问题的讨论，而是从“形而下”的材料层面上升到“形而上”的观念层面，即是否应该遵循传统笔墨观念与范式，还是完全颠覆规则、真正走向跨越画种媒介自由表达的问题，这也成为此次会议“笔墨论辩”的核心内容，围绕这个中心论题，又衍生了破除笔墨至上和笔墨永恒观念、开拓扩展笔墨的范畴和主张中国画应在多元格局下发展三大类型的意见。

这一时期，很多水墨画家、理论家围绕笔墨传统及其现代意义展开讨论，一些深入的专题研究更显示了人们对于笔墨的关注热

---

① 林木：《笔墨论辩：现代中国画国际研讨会纪要》，《朵云》第 54 集“关于笔墨的论争”，上海书画出版社，2001 年，第 91 页。

情。对于笔墨问题，一直存在不同声音，正如学者卢辅圣所描述的，自从中国画“由涵盖中华画苑的大一统性质退居为与诸多外来绘画形态共享天下的一个民族性画种以来，笔墨的价值地位就被置于日益激烈的争议之中。因为中西交汇、古今杂陈的特殊时代背景，任何对笔墨持肯定或否定、坚持或放弃的对立性观点，都将找到自己充足的理由，而任何在绘画实践上继承、发扬、改造、变异、逃避乃至破坏笔墨的努力，也将依托不同的情境立场获得各自的生存空间”。[①] 笔墨的现代困境引起了诸多艺术家、学者的反思，与此同时坚守笔墨的声音也日趋高涨，如中国美术学院教授、山水画名家童中焘所提出的中国画“应是自立标准的，而不必以西方艺术是瞻”[②]的观点，也代表了一批传统派画家的心声。在创作领域，很多中国画家回头去关注传统笔墨，从中寻找支撑当下艺术创作的力量。无论是大写意花鸟画，还是工笔重彩花鸟画、人物画，或是写意山水画，我们从中都不难发现画家对于传统笔墨愈发自觉的借鉴、研究意识。

二十一世纪已走过五分之一，时间的车轮如同往常滚滚转动。当都市人群的当代生活场景进入水墨画卷，当后工业社会的现代趣味左右人们的审美判断，当西方的文化观念与艺术媒材影响中国传统画种的审美观与表现方式，水墨艺术的“多元”开始变得空前合理与有迹可循。对于水墨创作所呈现的多样、多元状态，有学者曾以“立交桥式”的局面予以描述，意为多元并存，各行其道。一方面，在

---

① 卢辅圣：《中国画的笔墨世界》，《朵云》第 54 集“关于笔墨的论争”，第 18 页。

② 童中焘：《坚持笔墨表现，为传统增高阔》，《朵云》第 54 集“关于笔墨的论争”，第 78 页。

二十一世纪初期，传统和新潮的并存与博弈仍然在一直延续；另一方面，新的宏观背景与具体问题不断摆在人们面前。如同“传统”的衍进，“当代”也终会成为“历史”，面对新世纪已经走过的步履，面对那些“距离我们最近的传统”，如何进一步弘扬、发掘中国本土文化及审美精神，并使其更好地完成现代性转化，已成为日益重要的学术课题，也成为水墨艺术在新世纪的文化策略与历史使命。

北京杂技的城市镜像

徐　秋

有一段时间，北京地铁车厢屏幕上有一个关于北京的宣传片，时长大概两分钟，循环播放。短片自北京的地标性建筑起，早晚晨昏，人流涌动，五行八作，热闹忙碌。一般来说，一部短片时间有限，只能反映对象最重要的部分，但是我在其中看到了好几个熟悉的杂技演出镜头，这说明杂技在北京的文化生活中有一个位置。

北京是六朝古都，六百多年里，这个地界一点都不寂寞。寒来暑往，各路英雄在这里风云际会，指点江山，干出一番轰轰烈烈的事业。北京也有许多中国其他城市没有的机遇，许多事业从这里生发，推广到全国。北京有发达的政治文化，政治人物在这里言说行事，普通百姓也接触国家大事，不知不觉中受到正统观念的影响和束缚，下面就从北京地域的这些特色来简略对应一下北京的杂技。

一 北京有观演杂技的传统

北京有发达的皇家文化、士大夫文化，同时也像一切老城一样，有发达的平民文化，杂技就是老北京平民文化的一部分，有钱没钱都可以看杂技。中华人民共和国成立以前，杂技艺人的表演方式主要有三种。一是堂会，《清稗类钞》述：“文武戏法，多京津人为之，家有堂会，可招之来，演式其技。”二是在茶馆、酒肆、杂耍馆子表演，《都市丛谈》记：“如泰华、景泰、天乐园……所谓杂耍者，系合群艺于一台，售价极贱。”三是在露天撂地，典型表现是在天桥，清朝道光、咸丰年间，天桥地区做买卖不用征税，促进了商业和游艺业的发展，百业集聚，杂技艺人也去卖艺，常演的项目有变戏法、吞宝剑、吐火、穿刀火门、飞叉、盘杠子、摔跤、抖空竹、踢毽子、顶碗、耍盘子、耍熊、耍猴、耍耗子等。天桥的著名杂技艺人很多，有宝三、飞飞飞、韩秉谦、快手刘等。逛天桥成为许多北京市民的消遣乐事，一些无意中看过的绝活能深深印刻在他们的脑海里。

二 中华人民共和国的新杂技在北京起步

中华人民共和国成立之后，国家面临医治战争创伤、重建家园的任务，帝国主义对中国实行封锁。为了打破这种孤立状态，促进各国人民的了解，尽快与各国建立起外交关系，中央决定派出以杂技为主的演出团体，开展人民外交。1950 年 8 月 27 日，戏曲改进委员会、文化部和对外文化联络委员会在北京举办杂技演员会试，对北京、天津、上海、武汉、沈阳、河北吴桥等地主管部门推荐的杂技节目进行筛选，将合适的节目留下来重新编排，服装、道具也请专家做了新的设计与调配，由北京人民艺术剧院民乐队担任音乐伴奏，经过两个多月的努力，中华人民共和国第一台杂技晚会以崭新面貌出现在舞台上。1950 年 10 月上旬的一个晚上，这台新型杂技晚会在中南海怀仁堂做汇报演出，受到毛泽东、刘少奇、周恩来、朱德等领导人的肯定和鼓励，同意由这批艺人组成一个团体，出访苏联及东欧各国。后来这台有着浓郁民族特色、高超技巧和意气风发的精神风貌的演出在对外交往中取得了极大成功，达到了预期的效果，也带动了北京更多杂技团队的出现，如北京军区战友文工团杂技队、总政文工团杂技队、海政文工团杂技队、铁道兵文工团杂技队、铁道部文工团杂技队、冶金部文工团杂技队、中国人民杂技团等。到 1966 年“文革”之前，这些团体共完成二十三次出国访问任务，除了苏联、东欧，到访国家还有法国、英国、印尼等。北京杂技的活跃带动了全国各地杂技团体的建立，为全国杂技的“三改”提供了范例和路径。

中华人民共和国成立后的现代马戏也起源于北京。1956 年，苏联大马戏团应邀访问我国，马术、高空、驯兽、滑稽等精彩节目在观众中引发轰动，毛主席等中央领导都出席观看。中国杂技团利用接待、协助苏联大马戏团演出的机会，有组织、有计划地学习了全套操作技术和部分优秀节目。1958 年，中国杂技团“学习苏联马戏演出”在北京天坛公园举行，马戏队正式成立，丰富多彩的马戏表演令人耳目一新，受到热烈欢迎。苏联马戏访演和北京马戏学演的成功带动了许多省市的马戏热,全国一下子建立了三十多个马戏大篷,许多都有狮子、老虎等大型动物。六十年代,中国杂技团马戏队进一步推进中国气派马戏改革,挖掘中国传统马戏节目,引进新的表演动物,又把一些适合马戏场表演的杂技融进表演中,形成中国马戏晚会的艺术范式。

三 北京杂技的中和守正

当今中国,杂技有一些发展重镇,有一些特别醒目的创新之举,比如地处西南的战旗杂技团,创造了第一台主题杂技晚会《金色西南风》,编导对整台杂技晚会进行总体构思,将十几个互不相关的节目组成有机整体,并大量吸收歌舞、武术、时装等艺术元素,重视灯光、音乐、舞美等舞台手段,形成自己的特色,在杂技界激起热烈的反响。再比如身处广东的广州军区战士杂技团创作演出的杂技芭蕾舞剧《天鹅湖》,以创新的、舞蹈化的杂技技巧讲述爱情故事,以实实在在的跨界尝试提出了杂技是不是也能讲故事这一空前课题,在杂技界产生很大影响。

这一切没有发生在北京,说明了城市和杂技相辅相成的镜像作用,创新幅度较大的作品出现在少数民族地区或者改革开放前沿地区,正反映了这些地区的人们较少束缚、思想解放,敢于走新路的行为特点。即使同样在艺术上有点保守的上海,由于地域不同,在艺术风格上和北京也是不尽相同的。比如上海杂技团演出场次最多的杂技晚会《时空之旅》,这是一台太阳马戏团导演参与创作的面对旅游者的杂技晚会，其目的是让旅游者了解上海都市文化，但表现上却既非古也非今，既非中又非外，既像神话又像现实，让人时感恍惚——而这正是太阳马戏团的艺术特色，这种表现反映了上海这一国际化大都市“海派”文化的五光十色。

北京的杂技创作源于北京文化特色，比较正统，比较有家国情怀。比如中国杂技团创演的《老北京风情天桥民俗杂技》《唐人百戏——中华魂》，北京杂技团创演的《中国古典神话杂技》《娃娃风》等晚会，多聚焦于中国经典文化及其现代化表现，地域范围和时代特色非常明确，各类“中国风”的精心包装，展现出中国杂技或浓墨重彩，或中和雅致，或缥缈俊逸的诗情画意，其刻画之用力，效果之酣畅，充分反映了北京人对中国文化的自信和自觉。

这种融汇从大家熟悉的单个节目《俏花旦——集体空竹》中也能看出。女孩们戴着京剧表演中特有的长野鸡翎子和精美头饰，紧身短裙长靴在色彩上借鉴了京剧妆容的华美多彩，编导在动作编排中也特意融进了旦角的身段和韵味，表现出中国女孩既身手矫健又美、媚、娇、脆的完美形象。空竹是北京的民间游艺，京剧是中国艺术的代表，显示了家与国相辅相成的紧密联系。

在对杂技主体的认识上，北京杂技是比较传统的，也许是北京杂技团体里老艺人多，能力强，使得北京的年轻人对传统格外尊重，也坚持杂技是“人驾驭物的表演”这一亘古不变的主题，坚信技巧的高难和道具的使用是创作表演的前提，这一点同战旗杂技团提倡“快乐杂技”、不特别重视技巧难度，同战士杂技团极力追求杂技的艺术化、常以徒手技巧为主要表现有所不同。

中华人民共和国成立以来，杂技一直在舞台艺术化的道路上向前发展，而在发展过程中也出现过一些偏差，比如不注意杂技的特点，盲目表现杂技无法表现的主题，使主题和杂技牵强附会，形成两张皮，再进一步，因为思想内涵表达不出来而病急乱投医，过度依靠灯光、舞美，淹没了演员的表演；更进一步，大投入、大制作、高票价，致使观众越来越少，成本难以收回。这些问题在北京杂技发展中出现得还比较少，比如中国杂技团近年上演的晚会《一品一三绝》，从名字上就可以看出，这是一台以技巧为主体的杂技艺术呈现。

艺术是生活的反映，杂技虽然以技巧表现为主，反映生活内容比较间接，但仍然是一面镜子。中华人民共和国成立以来，北京杂技得到了很多机会，发展迅速，但也受体制机制重大改变的影响，出现过停滞不前甚者倒退的情况。未来，我们希望北京的文艺政策能够更好地保护杂技的人才、创作、研究和教育，支持杂技的发展，使杂技这一北京城市文化镜像更加璀璨，塑造城市文化的力量更加强大。

从如何真正理解文艺家和文艺创作谈起

索　谦

“文艺论坛”从2005年创建至今，从来不讲官话套话，今天有很多同学第一次参与论坛，听到很多文艺家和批评家大胆地阐述自己真实的想法，特别是针对当前文艺界的问题提出一些批评和建议。

最后我把这个题收一下，谈一点自己的想法，我用大白话说说自己的感想。文艺创造与城市想象，无非是文艺创作如何认识和表现城市生活，广义的城市生活是大范围的国家，小范围的就是——中华人民共和国成立七十年的北京文艺。文艺创作是对生活的认识、表达和反映，这就涉及对城市生活的认识，大家经常说中国在城市化的进程中，实际上这个表达存在很大的问题。从世界范围上看，城市化进程伴随着资本主义市场经济的产生，它带来众多社会变革的产物，伴随着工业化、信息化等一系列后果，其中很重要的就是城乡一体化，城市化的进程一定要实现城市和乡村之间的人员和资源的自由流动，这在中国远远没有达到，差距太大。现在一说城市人口百分之六十几了，好像已经城市化了，但从我刚才说的重要指标上看，差距非常大，而且障碍也很多。

文学艺术对城市生活的认识和反映大概有三个角度：第一是哲学社会科学的认识，哲学、经济学、社会学、历史学、政治学等，这种认识是客观的、理性的，用理论的表达。第二是文学艺术的认知，其实文学艺术对城市生活不用认知，而是感悟，应该是感性的、主观的、个性化的，是富于情感的，不光是对城市生活的表达，还关系到现在文艺生存的状态。刚才很多专家谈到了困惑和困扰，娱乐化的问题和资本的影响，等等。第三是对城市生活的认识，这本身就是市场经济带来的必然结果，不管你喜欢还是不喜欢，城市化的进程是痛苦的过程，文学艺术一定要对痛苦的过程有所认识，有所表达。

文联也好，评协也好，文艺理论和文艺评论恰好处在两种认识的中间，要有很严密的理性思维。无论是文学艺术、古今中外文论的基础，还是对社会生活的剖析，都要比文学艺术家理性，也恰恰是因为有这方面的优势，才能对文艺作品有更深层的剖析。前两年的论坛上我曾经说过一句话：文学艺术就是感情用事。这是我今天要表达的非常重要的问题，当时说完之后，陶庆梅问我，感情用事岂不是犯错误？我说对，就是犯错误，政治家不犯错误吗？军事家不犯错误吗？企业家不犯错误吗？人非圣贤，孰能无过，所有人都会犯错误，做父母的犯错误，当老师的犯错误，为什么文艺家就不能犯错误呢？给文艺家不怕犯错误的宽松环境，要宽容，要容忍他犯错误，因为他对生活的感知是感性的，而且是非常个性的、主观的。正是在这两种不同的感知方式上，文艺理论家和评论家才有很大的空间发挥自己的作用。不要怕犯错，从文联的角度来看，对文艺家要充满爱心，要爱护，要保护，要给文艺家创造一个宽松的文艺创作环境，这在七十年的文艺发展历史上有很多沉痛、深刻的教训。

在现实当中，文艺对生活的反映也是三部分，一定要拆开了说，一锅烩往往说不清楚。第一个是政治宣传，政治宣传要运用文艺的武器，这个没有错，任何国家、任何政党、任何政治家都会这么做，无可非议，但它的出发点是为了达到政治目标，跟文艺自身的出发点是不一样的。第二个是文化产业，它的出发点就是挣钱，其实没有什么可苦恼的。从论坛创办起，第二这个问题就讨论很多次了，伴随着中国的现代化进程，这个过程一直要持续下去，泛娱乐化、泛商业化。非常果断地回答影像去掉娱乐化是不可能的，中国处在这么一个社会历史阶段，资本一定是哪儿赚钱往哪儿去，一定会利用文艺的武器，文化产业是资本运用文艺的手段赚钱，政治宣传是要利用文艺的手段去实现自己的政治目的，这都没有错，在一定的社会历史阶段都有内在的必然性和合理性，但是都要有分寸，要心里有数。

第三，文艺的出发点一定是有独立人格的文艺家，他通过自身对生活的感悟，拿来被生活感动的材料，用他非常个性化的方式创造出鲜活的艺术形象，用他独特的方式表达出来，当然首先要感动他，他在塑造艺术形象的时候感动受众，简单来说就是感情用事，这一点是不能改的，也是改不了的，作为批评家、理论家，从文联工作的角度要能充分理解这一点，这样文艺家才能如鱼得水地展开自己的艺术想象力。当然，有错是要批评的，文艺家有责任去批评和帮助，同时，理论家和批评家还有一个重要的责任，就是在艺术家的作品里的很多社会价值是他本人在创作中没有意识到的，这也是需要理论家和批评家来揭示的。很多政治正确的东西从文艺上来说却是一堆垃圾，比如一系列的抗日神剧浪费了大量的资源，也毁了好几代人，这比商品垃圾还要坏，为了牟利创造出一些文化垃圾，文艺批评界都要提出批评,不断地进行批评;也要有持久战,这个现象不是短时间内能解决的,我们一边批评,一边应该把更多的力量用于给文艺家创造更宽松的环境。

本届论坛到此结束,谢谢大家。

文艺评论与城市文化建构

2019 北京青年文艺评论人才读书研讨班

《梅耶荷德谈话录》读书札记

解玺璋

关于梅耶荷德

梅耶荷德，俄国导演、演员、戏剧理论家。1874年2月9日生于奔萨城一个日耳曼后裔家庭，1940年2月2日殉难，苏共二十大后平反。1913年，他的论著《论戏剧》问世，提出了与写实主义戏剧分庭抗礼的假定性戏剧理论。

1874年2月9日生于奔萨城一个日耳曼后裔家庭；

1896年梅耶荷德入聂米罗维奇·丹钦科主持的莫斯科音乐戏剧学校；学习戏剧表演；

1898年从音乐戏剧学校毕业，加入莫斯科艺术剧院，在《海鸥》中扮演特列普列夫；在《三姐妹》中饰演屠森巴赫；

1902 年因与斯坦尼斯拉夫斯基理念不合离开莫斯科艺术剧院，开始导演生涯，在外省组织剧团进行戏剧革新探索；

1905 年应斯坦尼斯拉夫斯基邀请回莫斯科主持戏剧实验演出，后以失败告终；

1906 年受聘于科米萨尔日芙斯卡娅剧院任总导演，导演了梅特林克、勃洛克和安德列耶夫等人的具有象征主义倾向的剧作，其中《杂耍艺人》的演出标志着“假定性戏剧”的开始，并开始撰写戏剧理论文章；

1908 年梅耶荷德在彼得堡亚历山大剧院和马林斯基剧院任导演；

1913 年他的戏剧论著《论戏剧》问世，提出了与写实主义戏剧分庭抗礼的假定性戏剧理论；

1914 年创办杂志《三个橘子之恋》，发表戏剧理论文章，至 1916 年共发行 8 期；

1918 年梅耶荷德加入俄国共产党，加入戏剧委员会，成为彼得格勒人民教育委员会戏剧分部副主席，开始积极组织新的苏维埃戏剧，同年在俄罗斯联盟第一剧院导演了马雅可夫斯基的《宗教滑稽剧》；

1920 年担任戏剧分部主席，提出进行“戏剧的十月革命”的主张，不久，其激进言论被禁，自己也被免职；

1923 年，创办梅耶荷德剧院，1926 年更名为国立梅耶荷德剧院。以假定性手法导演经典剧目，如奥斯特洛夫斯基的《森林》、果戈理的《钦差大臣》、格里鲍耶陀夫的《智慧的痛苦》、小仲马的《茶花女》等，引起巨大轰动，评论家褒贬不一。也排演《怒吼吧，中国!》《臭虫》《澡堂》《序曲》等具有现实革命内容的剧作，因标新立异而引起强烈反响；

1928 年携妻儿在国外巡回演出时生病，提出在国外养病一年，被认为有叛国嫌疑，当局拟关闭其剧院，他及时赶回，保住剧院；

1934 年斯大林观看了梅妻济娜依达·拉耶赫主演的《茶花女》，很不喜欢，报刊舆论开始讨伐梅氏夫妻；

1938 年 1 月，梅耶荷德剧院被当作“异己的剧院”关闭；8 月，斯坦尼斯拉夫斯基逝世，梅耶荷德失去保护；

1939 年 6 月 15 日在全苏导演工作会议上发言，反驳称其为“形式主义”的言论。听众掌声雷动，经久不息。当局深感不安。6 月 20 日，以“反苏间谍”名义将其逮捕。

1940 年 2 月 2 日被枪决。

1955 年苏联最高法院宣布恢复其生前名誉。

札　记

梅耶荷德与斯坦尼斯拉夫斯基的分歧，表现为两种戏剧观的冲突，即写实与写意戏剧观的冲突。

写意戏剧观强调戏剧的假定性。

戏剧假定性告诉你舞台上都是假的，是演员在演戏；写实主义戏剧观则告诉你舞台上一切都应该是真的，或像真的一样，所谓逼真。宗白华《逼真和如画》，美和真不是一回事。

体验与体现。

体验是把演员变成角色，演员要死在角色身上，不仅像，而且是，至少你自己要相信你就是。体现则表明演员在舞台上既是角色，也是自我。

参考王元化的《清园谈戏录》。

几个关键词

（一）戏剧的假定性

西方有写实传统，亚里士多德的摹仿理论，见于《诗学》。古典主义也属于写实传统。梅氏针对写实主义、自然主义的批评，有些戏实到什么程度？真吃真喝！这一点也不奇怪，中国戏剧舞台到了八九十年代还有真的吉普车、真羊、真马上台。

提出“基于摹仿的现实主义”的概念，通过观摩日本戏剧、中国戏剧，看到了打破“三一律”和“第四堵墙”的可能性。日本戏剧给他留下了非常深刻的印象，他多次谈到日本戏剧的先进性。他看了梅兰芳的表演，也对他的程式化、虚拟性、写意性表示赞赏。

中国传统戏剧的写意表达，其根基是中国的比兴传统。二十年代发生的国剧运动，就是倡导这种文化传统，以写意纠正当时占据新戏主流的写实。梅兰芳在齐如山等人的鼓噪下尝试戏剧改良，排演新戏《俊袭人》（齐如山），布景完全写实，把梅家的两堂家具都搬上舞台，极大地限制了演员表演的空间，自然也就失败了。

梅氏在谈到日本戏剧时指出：“歌舞伎演员的表演风格的主要特色和卓别林一样——质朴。不管在悲剧里还是在喜剧里，他们的表演都很质朴。所以,他们的舞台演出的假定性形式显得很自然。如果没有表演的质朴,导演艺术的假定性形式就会显得很勉强和不自然。”(第34页)

这里谈的既是戏剧观念,也是对演员表演提出要求。演员在舞台上固然要“表演”,但不能端装(庄),不能矫揉造作。我们很多很好的演员,表演总有设计的痕迹。设计是需要的,但不能让观众看出你有设计。在这方面,姜文就很有代表性,我看过他在《科诺克或医学的胜利》中的表演,设计的痕迹很重。张国立、李保田的表演都有这种特点,我们也可以称之为设计感。

抄录几段梅氏的论述:

“每一个时代都有自己的假定性的规则,如若要得到观众的理解,就得遵循这个规则。但不要忘记,这些假定性也是变化着的。——在生活中,我们很容易感觉到过时了的假定性的虚假,而在剧院里,我们却常常习惯地为这类过时了的假定性鼓掌。”(第44页)

假定性的虚假,说得真好。设计感就是一种假定性的虚假。还有象征的随意性,比如李六乙的抽水马桶。舞台与观众如果不能达成一种默契,建立起契约关系,你的象征就不能被观众理解。因而,假定性不能不考虑时代、地域、民族诸文化特点。

“如果没有想象的共同性,就不可能有任何艺术。”(第103页)

“把假定性戏剧和现实主义戏剧相对立是错误的,假定性的现实主义戏剧——这就是我们的口号。”(第46页)

假定性、写意、象征、抽象,都是现实的,不是写实的或自然主义的。

“每一种戏剧艺术都是假定性的，但对假定性不能等量齐观。我认为，梅兰芳或卡尔洛·哥茨（意大利剧作家，他的《三个橘子的爱情》《图兰朵公主》等，有浓郁的意大利民间即兴喜剧因素）的假定性，较之奥泽洛夫（俄国接近古典主义的剧作家）的悲剧或衰落时期的小剧院的假定性，更接近于我们这个时代。”（第109页）

“在着手创造形象和舞台调度时，我们力求使每一个戏剧行动都能以该剧的思想和该人物的心理作为依据。我们的手法是假定性的，它们有别于自然主义流派的表现手法，这是对的。但在假定性戏剧的范围内我们是深刻的现实主义者。我们力图把人物形象创造成现实主义的形象。我们在舞台上表现的人物，你们可以在生活中找到。我们提出假定性的现实主义，因为它优于自然主义戏剧。我们站在坚实的现实主义立场上。我们和自然主义做斗争，因为戏剧不应照相式地反映现实生活。”（第239—240页）

“我们不想制造生活的幻觉。我们不怕在台上摆一面由十一扇门组成的屏风，不怕在打开的一扇扇房门中看到同时走出一群人来，这个并不使我们害怕。”（第240页）

“因为在舞台上不可能复制生活，不可能把生活原封不动地搬上舞台。我们要说，这不是艺术的任务。戏剧艺术就其本质而言是假定性的。在舞台上只有三堵墙，而没有第四堵墙，只此一端就排除了‘完全和真的一样’的可能性。这是整个艺术的特性。”（第241页）

常听到有人问，为什么生活中真实的人物和故事，搬到舞台上反而显得很假？梅耶荷德的论述讲得很清楚，舞台逻辑和生活逻辑不是一回事。一定要按照生活的逻辑在舞台上表现生活，给人的感受就会有问题，因为人们是按照舞台逻辑理解舞台上表现的生活。

（二）演员、舞台

梅耶荷德很重视演员在舞台上的表现，更重视演员在台下的训练。

“有机造型术，这是以我培养演员的多年经验为基础的训练体系。——我把那些可以帮助演员表演的东西列入这些规则中去。有机造型术，这是为演员登台演出做准备的训练科目，其中也包括语言训练——语音、嗓音训练，呼吸训练，学习唱歌，因为他有时也需要在台上唱歌。”（第245页）

“演员表演的最主要的困难是在于演员应该是主导者，材料的组织者和被组织者。他既是组织材料的人，同时他又是材料本身。永远的一分为二造成了巨大的困难。我们举《奥赛罗》的例子，奥赛罗掐死了苔丝德梦娜，但演员表演的特点在于当演员的激情达到最高点时，他也始终应该是个主导者，他应该控制自己，使得不至于当真把苔丝德梦娜掐死。”（第246页）

于是之曾经讲过他演王利发时的思想活动，他说他发现，在舞台上有那么一刻，他既是王利发，也是于是之。于是之可以审视王利发。这类似于史铁生说的“我在史铁生”。

“关于体验的问题要采取很谨慎的态度，因为完全进入角色，到了忘记自我的地步，就可怕了。我们应该穿上角色的外衣进入角色，我们通过这样的改装把角色的缺点和优点体现在自己身上，但与此同时，我们不能忘记自我，你们没有权利进入角色到了忘记自我的地步。”（第248页）

演员不能死在角色身上。这是梅耶荷德与斯坦尼斯拉夫斯基的分歧之一。

“演员应该知道整个演出的音乐结构,理解它,全身心地感受它。只有这样,他才能把自己放进那个演出的音乐结构中去,并且在其中发出和谐的音响。”(第23页)

戏剧舞台是个整体,不是某个人的独角戏。即使是“独角戏”,演员也只是整个戏剧结构和节奏的一部分,演员表演要服从整体结构和节奏。京剧演员有“一颗菜”的说法。

“演员表演中的思想应该表现为对角色的深刻理解,应该知道角色的内部结构,掌握它各部分的正确的相互关系。表演的风格也与此有关。”(第236页)

“每一个演员都应该具有音乐感。”(第237页)

“只要我们一说到这里有舞台的时间和空间的规则,我们就立即触及了具有音乐感的必要性。”(第237页)

舞台整体结构和节奏往往是通过音乐来实现的,他在这里所强调的音乐,绝不是演出中的配乐,而是演员内心的音乐感。

“在舞台动作方面,我们说,演员应该具有表演上的灵巧性、鲜明性、竞技性。他应该掌握体操技巧,应该懂得,他是一个在空间活动的人,他应该知道这个空间艺术。”(第239页)

“史楚金演列宁演得不错,但模仿他的表演将是不足取的。”(第32页)

“有一次人们告诉我说，列宁在进行激烈的政治辩论时，一边听着对手的发言，一边抚摩着桌子下面的狗。根据这个细节，我第一次清晰地了解了列宁的镇定自若，了解了他内在的精神力量。对于一个演员来说，这样的细节是十分珍贵的。能找到这样的细节，角色也就出来了。”（同上）

于是之年轻时在歌剧《长征》中演过毛泽东，他也有类似的体会。他也试图从生活细节中了解毛泽东的内在精神气质，这种细节也包括他的书法、文章、演讲。

“诗歌朗诵会的演出对卡恰洛夫大有危害。我认为，作为一个演员，他是在走下坡路。诗歌朗诵会教会里，他以演说家的腔调朗诵，而这个特征已经渗透到他的舞台演出中去了。——在诗歌朗诵会上演员表现‘我’，但在剧院里他要通过这个‘我’来创造形象。”（第 34 页）

演员不能无我，也不能只演“我”，所谓本色表演，其实是个很滑稽的概念。

“戏的整体结构和演员‘即兴’表演的这种相互关系，构成了我们这个学派的戏剧演出的新规则。”（第 64 页）

（三）剧本

“导演应该善于正确地理解他所要排演的剧本，但这还不够，他还应该在自己的想象中建造起‘剧本的第二层楼’（这是我的用语）。不管怎么解释，剧本对于戏剧艺术来说，不过是材料而已。”

“但像莫恰洛夫这样的表演艺术家,除了剧本台词之外,还能在自己的表演中通过面部表情、台词顿歇、手势和各种各样的弦外之音,加进演员自己的东西。观众很理解这个而且对此做出了反应,这就是我们称之为‘剧本的第二层楼’的东西。而这还是带有偶然性的,还有一半是属于即兴表演的,因为那时还不存在表演艺术。”(第50页)

“批评家还没有学会从演员表演的角度批评一部作品,多是从文学角度,或政治的、庸俗社会学的角度。”

“像安东·鲁宾斯坦(俄国钢琴家)的很多钢琴曲能成为杰出的演奏艺术的素材一样,这些文学价值并不高的剧本,也可能成为激动人心的演员即兴表演的材料。但是,只有很有才气和内涵丰富的表演,才能充实这些素材。”(第25页)

剧本只是演员创作的素材,在这个意义上,剧本只是戏剧创作的半成品,要靠演员在舞台上完成创作。过去,戏曲编剧就被称为“打本子”。就戏剧舞台而言,文学不是第一位的,加上“性”也不是。

“普希金在写剧本时就预见到将来的戏剧不是‘台词’戏剧,而是用动作来补充台词的戏剧。”(第71页)

“我剥落了谢尔文斯基的这个剧本(指《军长》)的哲学外衣,把它的戏剧行动的内涵暴露出来了。”(第196页)

“剧作家在写作这些剧本时,没有想着去适应当时的舞台技术,而是期望着改变这种舞台技术,试图以此创造出新的舞台演出形式。”(第72页)

这是两方面的问题,一方面,剧作家不懂舞台,大部分剧作家如此,他们只能提供一个“文学”本,戏曲剧作家表现尤其如此。在这方面，老派戏曲剧作家，如翁偶虹先生，则表现得非常优秀。另一方面，也有作家试图为舞台提供新的可能性，导演和演员必须适应他的这种创新，如高行健《绝对信号》《野人》《车站》等。

“戏剧变成了话剧。在人物对白的过程中看不见戏剧的手法，没有把戏剧情势利用起来。”（第 312 页）

至今还有人认为话剧就是语言的艺术。

（四）节奏

在梅耶荷德看来，音乐是戏剧节奏的灵魂。

“我为之奋斗的最主要的课题是——用音乐的基础来巩固戏剧艺术。”（第 314 页）

“通常，所有的演员都乐于把音乐当作‘渲染感情’的手段，但远不是所有的人都能认识到，音乐是演出中的时间的优秀组织者。——因为演出及其节奏还将是按照音乐的规律组织起来的，而且每一个演员心中都有音乐的存在。”（第 35 页）

音乐应该是演员的内心节奏。根据音乐原则组织起来的戏剧演出，不是一个劲儿地表演和唱歌的演出，而是有准确的节奏和时间的演出。音乐原则指什么？是个值得认真思考的问题。

“舞台调度——时间对于空间的作用。除了造型的因素外，其中还有时间的因素，即节奏和音乐的因素。”（第 48 页）

“如果演员表演是旋律，那么舞台调度就是和声。”（第 48 页）

“我认为节奏感的天赋乃是导演的最重要的天赋之一。如果对舞台时间没有敏锐的感觉,就排不出好戏来。”(第51页)

“对于杂技演员来说,音乐无异于节奏的支柱和精确掌握时间的助手。杂技演员的工作是建立在精确的时间掌握上的,在这方面稍有偏离就会导致失败和灾难。——我们这个戏剧学派除了发展演员的即兴表演的能力之外,还要求演员具备自我约束的才能。再没有什么比音乐背景更有助于演员在时间单元里的自我约束了。”(第99页)

比如京剧的鼓。

“古代希腊人就说过,演出的节奏概念是戏剧艺术的基本概念之一。”(第101页)

“最好让演员在一个非常好的音乐背景下进行训练,而且要立即教导演员如何有节拍地、有节奏地把音乐的语言转化为动作的语言,教导演员如何建立起和音乐总谱相适应的动作总谱。”(第136页)

(五)批评

“我们对剧评家们这样说,让我们演过二十场之后再来评判我们吧。只是到了那个时候,演员才能把握角色的基调。”(第29页)

我们的批评总是显得很匆忙。批评要慎重。记得钟惦棐先生在看了田壮壮的《猎场扎撒》之后说,这部影片要看五遍才有发言权。

“无论如何,应该在对作品的整体有了理解之后,才能开始创作,这就是为什么不能太长久和太细致地推敲作品的细节。对于任何一

部作品，都应该从整体上去把握，去理解它的基本内容和本质，而不能停留在局部的细节上。”（第 150 页）

批评也是这样，钟惦棐先生生前就曾多次强调这一点。

“普希金说：‘评论一个剧作家，应该根据他本人承认的原则。’”（第 65 页）

这也是我们的批评很难影响创作者的原因之一。我们的批评常常都是自说自话。

（六）舞台电影化

“使舞台电影化，使舞台变得更有弹性，能够迅速地一个接着一个地变换场景。”（第 179 页）

“在旧的戏剧中，戏剧的静态也表现在剧本的分幕上。——戏剧事件是多场景地展开的。我们也追求这样的多场景。把剧本分割成场景，可以把剧本结构得更巧妙，能够更深刻地揭示人物形象，使观众不感到疲劳。”（第 179—180 页）

“戏剧现在在谈论电影化，但到现在为止还没有从电影那儿学到任何东西。”（第 225 页）

九十年代断代

杨庆祥

一

时间的指针回拨到 1991 年 7 月。有两个人将从安徽省宿松县出发，前往南京。他们从一个叫下仓的水运小码头登上机动帆船，用近三个小时的时间穿过了该县最大的水域——黄湖。上岸后步行了近一个小时，在长江边上一个叫复兴镇的地方短暂休息，然后用半个小时坐轮渡横穿长江，抵达江西省彭泽县——就是那个著名的陶渊明不为五斗米折腰的地方。在彭泽县他们受到了热情的款待，在一条小街上，几乎所有的人都来向这两个人打招呼，有人买了西瓜切开，大家围坐在一家店铺的门口边吃边聊。当然更多的人是向那位来自南京的医生询问相关病情。第二天晚上七点钟，这两个人来到彭泽县的客运码头，他们将在这里登上驶往南京的大轮船。这两个人，一个是我，其时十一岁不到。另外一位，是我的叔祖父，年龄并不大，四十多岁，不过是因为家族人丁兴旺而早早就登上了祖父的辈分。他是南京八一医院肿瘤与肝病方向的专家。这一次他回家短暂探亲，并决定带上我去南京见见世面——在我们老家那一带，南京意味着极遥远的所在，如果小孩贪玩不回家，大人找到了往往会责怪一句：跑到芜湖南京去了。后来我才知道，因为长江水路的便利，这两个城市也往往是家乡生意人常去的地方，俗语的背后，是经济的脉络。

那是我第一次见到用于客运的大轮船，也是目前为止唯二坐过的客运轮船，另外一次就在数周后，我同样坐大轮船从南京返回。据相关资料，2003 年 4 月 25 日，武汉港关闭水路客运，2004 年底，南京港也停止长江客运，至此经营了四十五年的长江客运线路全线关闭。

那晚的所见是极其震撼的场景，巨大的船体停泊在宽阔的江面，灯光从几层楼高的舷窗、甲板和旗柱上投射开来，辉煌灿烂，这是我以前从未目睹的场景——现在想起来，这简直就是“现代”第一次直接呈现在我的眼前——虽然在此之前，我经常在电视里看到这些景象，但是艺术上的奇观呈现，对于中国人来说，却要等到 1998 年的好莱坞大片《泰坦尼克号》的全国热映。一种奇怪的同构诞生了，从现代以来一直构成中国文化核心象征的“船”在二十世纪九十年代一分为二：现实中的船和镜像中的船，中国的船和美国的船，或者更进一步，历史的船和观念的船。

叔祖父带着我走向检票口，他拿着一个很大很沉的包，我背着一个小包，大概是因为他穿着带有徽章的军装，那个年轻漂亮的女检票员啪地来了一个立正，举手敬礼，说：首长好。我瞬间面红耳赤——

我并非经历到了爱情，而是出于一种全人类都有的纯真——这是九十年代的序曲。在此以后，纯真这一类的情感将慢慢变得没有意义，但是在1991年的那个七月，在我开始我三十多个小时的单调旅程之前，它确实在我的心里激起了一种庄严神圣的情感，随着一声汽笛的长鸣，江水滔滔，未来似乎就在前方。

二

个人的记忆虽然如此鲜明，但却不能代表总体情势的九十年代的开启。实际上，相对于对八十年代的热议和怀念，九十年代反而是被放置到了更遥远的历史空间里面封存了起来，以至于我们不得不需要借助一种或许可以称为九十年代的知识考古学才能够将这一"总体情势"建立起来。詹姆逊在著名的《六十年代断代》一文中指出："所谓的'时期'无论如何不可解作某种无处不在且统一的共同思想和行为方式，而是指共有一个相同的客情境，因此也才有了林林总总、各式各样的反应和创新，但这一切总是在那情境的结构范围之内发生的。"同时他也指出要描绘出这种情境："史学家就应该重新表述其天职，即不再是'像真情实境那样'生动地再现历史，而是要去创造出历史的概念。"[①]詹姆逊明显受到后结构主义的影响，认为"叙述"高于"历史"。但这一方法论依然不能颠覆一个基本的历史叙述原则，叙述必须基于基本的"事实"。因此，"真情实境"、个人记忆以

① 弗雷德里克·詹姆逊：《六十年代断代》，收入"先锋译丛"之《六十年代》，天津社会科学院出版社，2000年。

及小说家一般的讲故事的方式都会构成对总体情势的建构的有机部分。

我的第一个问题是，作为总体情势的九十年代开启于何时？无论如何，会有一个时间的节点具有重要的意义，它类似于一个原点，借助这一原点建立的坐标轴，向前可以回溯九十年代的前史，向后则可以看到影响的延续和焦虑。丹尼尔·辛格在其极有批判性的著作《谁的新千年——他们的还是我们的？》[①]中认为，正是八十年代末的时间节点导致了世界史在此时的分裂变化。如果说六十年代是“三个世界”鼎足而立的时期，七八十年代基本上就是美苏两个超级大国的“冷战”时期，那么，八十年代末，这一“势均力敌”的局面被彻底打破了。苏联在其联邦之内和联邦之外的困境已成定局，这构成了一个巨大的历史疑问，《千年终结》的作者[②]认为其中最重要的一个原因在于苏联的管理体制已经完全不能适应现代化工业社会的发展，这让人想起黄仁宇在《万历十五年》中提出的观点，他认为明朝的危机来自政府无法进行“数目字”的管理，并因此压抑了资本主义最重要的历史发展契机。在这一大的历史语境下，在政治的层面，撒切尔夫人提出了著名的“你别无选择”（There Is No Alternative）的观点，这一观点为其赢得了一个非常有意思的外号“蒂娜”（TINA）。而在历史的层面，它直接影响到福山所谓的“历史的终结论”。这两者其实都指向一种共同的意识形态：资本主义（私有制、自由市场、代议民主）目前是唯一的社会模式。

具体到中国而言，类似的历史时刻只是现代以来众多动荡不安

---

① 丹尼尔·辛格：《谁的新千年——他们的还是我们的？》，中国人民大学出版社，2003年。

② 曼纽尔·卡斯特：《千年终结》，社会科学文献出版社，2006年。

的年份中的一个。它的普遍性在于它几乎是一种历史的必然,而它的特殊性在于它继承了自现代以来众多的政治遗产和精神遗产。该时刻的史前史是一个众说纷纭的问题。最自然的一种观点,当然是将其限定在“文革”后政治经济调整的层面来解释,比如价格闯关以及通货膨胀所带来的社会波动。稍微深入一点的观点是,将其理解为八十年代新启蒙语境下的一种文化延展,比如张颐武就认为:

> 其实八十年代的主题,就是如何将个人从计划经济时代的宏大的集体性话语中脱离出来。八十年代的“主体性”的召唤表达出来就是这种“个人”存在的精神性的要求。无论是萨特还是弗洛伊德其实都是为这个新的“个人”的出现发出的召唤。这个“主体性”的个人的展开,直接提供了思想和精神从原有的秩序中“解放”的想象。其实,八十年代文化的关键正是在于一种对于康德的“主体性”观念的新的展开。……而李泽厚的发挥似乎更加重要:“应该看到个体存在的巨大意义和价值将随着时代的发展而愈益突出和重要,个体作为血肉之躯的存在,随着社会物质文明的进展,在精神上将愈来愈突出地感到自己存在的独特性和无可重复性。”这里李泽厚召唤的康德的幽灵其实是对于八十年代新的精神的召唤。

张颐武很清楚地看到了李泽厚对康德的召唤,但是他忽略了一个很重要的问题:李泽厚对康德的召唤其实并非是直接性的,而是经过了马克思这一中介——实际上,在八十年代的思想讨论中,几乎无法绕开马克思,不过是更侧重于马克思的某一面向而已。更有意思的是,也正是李泽厚提出了“启蒙”和“救亡”这一现代以来的双重变奏模式。在这个意义上,该时刻就不仅仅是一个“主体性”的启蒙自我问题,同时也是一个“群众性”的革命动员问题,也就是说,八十年代不仅仅是“五四”的一次再现——这是八十年代以来学术界的基本观点,同时也是六十年代的再现——用大卫·艾普特的表达方式来说就是“八十年代发生的六十年代运动”。① 启蒙和革命在现代史上反复上演,这一次,它们合二为一,但是其后果却截然不同:启蒙和动员都在一种似是而非的修辞和幻觉中被强大的秩序中断了。

我在数年前的另外一篇文章中将九十年代初称为“沉闷的三年”②,今天我依然沿用这一观点,但是我也同样没有找到足够的资料来解释和说明这一观点。一个已知的事实是,资本主义已经开始其新的全球布局,1988 年亚太经济合作组织(APEC)在堪培拉宣告成立,并于第二年举行了首届部长级会议;1989 年 1 月,美加自由贸易协定正式生效;同年 6 月,拉丁美洲经济体系债务会议于委内瑞拉首都举行。“冷战”的终结产生了巨大的空白政治经济区域,这些区域需要资本、市场和劳动力去填充。历史的局势已经不允许这种“沉闷”继续下去,在普遍的期待中,1992 年,邓小平以出人意料的方式展开了行动,这位党内的改革派和实干家从北京出发,一路向南,并发表了系列讲话,这些讲话“重申了中国深化改革、加速发展的必要性和重要性,总结了前此十多年改革开放的经验教训,在一系列重大的理论和实践问题上,提出了新的思路和新的看法,并最终形成了中

---

① 大卫·艾普特:《八十年代发生的六十年代运动》,收入“先锋译丛”之《六十年代》。

② 杨庆祥:《二十年中国史和徐冰的〈凤凰〉》。这是为中国著名艺术家徐冰大型装置艺术《凤凰》在美国展览写的介绍性导言。

共意识形态史上继马克思列宁主义、毛泽东思想之后的'邓小平理论'"。在1992年,这些讲话内容被总结为一个更微妙复杂的政治修辞名词:中国特色社会主义市场经济。也正是在这个时候,我们才可以说中国的九十年代开始了。

三

邓小平在"南方谈话"中说:"改革开放胆子要大一些。看准了的,就大胆地试,大胆地闯。对改革开放,一开始就有不同意见,这是正常的。不搞争论,是我的一个发明。不争论,是为了争取时间干。"这段话有丰富的可解性,其前提是搁置长期困扰的意识形态(姓社还是姓资)争论,同时悄悄启用另外一种意识形态——即"时间的意识形态"。在现代化的矢量线性时间里,中国被丢在了后面,现在它需要用时间来赢得空间——这与抗战时期的"以空间置换时间"形成了微妙的对位关系。在现代的谱系中,时间和空间必须通过激烈的方式来予以置换——其最高的形式,就是战争,就像《国际歌》里面所唱的那样:这是最后的战争,最后的意思并非终结,而是以总体战争的形式来重新开启时空。就中国而言,有三次战争极有意义:第一是"抗战",民族性赖以重建;第二是朝鲜战争,"龙战于野",在他国的空间上为自我赢得时间和身份;还有一场被我们经常忽略的战争,那就是七十年代末的"对越自卫反击战"。这场战争几乎是以"闪电"的方式开始和结束,其主要的意义在于确立了一种新的利益原则,不是从意识形态的利益而是从实用主义的利益来区分敌我。

普通的民众可能不太关注这意识形态的变化，但是他们记得一句更明白晓畅的格言：“无论黄猫、黑猫，抓住老鼠就是好猫。”[①]发展现在变成了最硬的道理，而衡量发展的标准不再是盲目的“共产主义大跃进”，而是变成了实用的利润。作为从传统的计划经济体制向新自由主义市场经济的一次跨越，九十年代进行了激烈的试验：1993年朱镕基推行分税制改革和银行改革，1994年又结束人民币汇率双轨制，扩大外贸，同年出台《关于深化城镇住房制度改革的决定》……这一系列的改革都涉及一个核心命题：对所有权的重新界定和分配。在1993年推行的建立现代企业制度中，对此有一个集中的表述，现代企业制度被界定为：产权清晰，责权明确，政企分开，管理科学。虽然从资本主义的基本原则来看，这种所有权和经营权的分开还明显带有社会主义公有制的痕迹，但是对于九十年代来说，这是继八十年代联产承包责任制实行以来的一个巨大推进。这两者的前后相继以及相关政策的落地，意味着九十年代的改革是全方位的、立体覆盖式的，对此我曾经有如下表述：八十年代的改革开放更多的是针对“文革”与社会主义经验，它充其量是社会主义内部的一种有限度的调整；而九十年代的改革开放，更多的是针对全球化的资本浪潮。[②]

史无前例的大规模人口迁徙开始了。1949年以来居高不下的出生率为九十年代贮备了大量的劳动力人口，八十年代农村的基础性改革带来了基本的温饱，并提供了可供使用的闲暇时间，由于人身关系的松动，这些闲暇时间可以被用来从事更有利润性的工作，更重要的是，被压抑了长达三十年的欲望现在得到了制度和舆论的双重

---

① 邓小平：《怎样恢复农业生产》，《邓小平文选》第一卷。

② 杨庆祥：《二十年中国史和徐冰的〈凤凰〉》。

鼓励和刺激。根据相关数据，自 1992 年开始，进入城市的农民工以每年两千万的速度递增，2015 年的统计数据显示，出生于八十年代的“八〇后”农民工有近一亿人。这庞大人口的涌入虽然受限于种种的政策制度（比如严格的户籍制度），但依然非常直接和迅捷地改变了中国的现实景观：从 1990 年到 2000 年，中国的城镇化率提高将近十二个百分点。根据学者李中清基于中国华北农村地区的数据调查，这也是自近代以来中国最大的人口变迁，超过了此前任何一次战争、天灾和社会变革的影响。对于城镇人口来说同样如此，如果说“农民工”和“外来妹”是基于农村流入人口的两个新词，那么“下海”就是基于体制内人群的一个新词，“铁饭碗”看起来并没有那么吸引人，更雄心勃勃的人试图通过“下海”自由创业来获得财富和实现人生价值——“财富自由”在这几年变成了一个热词，但是其根源在九十年代已经埋下。在这一群人中，有一个著名的“九二派”，以区别于 1984 年诞生的第一代企业家“八四派”，这些“九二派”包括：创办了通恒公司的蛇口工业区原常委副区长武克刚；创办了“汇源”的副县长热门人选朱新礼；创办了“建业”集团的原河南省外经贸委公务员胡葆森；创办了“中坤”集团的原中国市场协会副秘书长黄怒波，等等。

我将这些人称为“社会主义特色新人”，以区别于“社会主义新人”。社会主义新人的要义是为了整体利益放弃个人利益，个人的存在价值是为了实现整体利益的进步；而社会主义特色新人将暂时搁置整体利益，激励个人利益的快速倍增。在某种意义上，社会主义新人一直停留在象征领域，而社会主义特色新人则集中在现实领域，他就是我们身边的每一个他者。九十年代创造并催生的社会主义特色新人包括农民工——一种混合了农民和工人的奇怪的指称；完成了第一轮原始资本积累的企业主，这些人中的一部分后来会变成资本大鳄,进一步融入全球化的资本体系;另外一些人则会成为出让了一部分权利的中产阶级;当然其中命运悲惨者除外,比如褚时健,他直接去了监狱。另外一部分更具有美学色彩的新人——小资产阶级,将会在这些资本大鳄的公司出卖自己的劳动力,并在获得一定生活资料的基础上维系其美学上的自由,所以他们的集中出现,至少要等到十年以后。

九十年代的市场化改革还诞生了另外一个词和另外一群人——“下岗”以及下岗工人。我没有将这些人放在社会主义特色新人里来讨论,是因为其本身的复杂性。从现实情况来看,他们似乎回到了阿甘本在《什么是人民》中论述的那种含义:“穷人、弱势者和被排除者”。[①] 他们和1993年深圳一家合资公司被大火烧死的八十二个女工一起,构成了九十年代的另外一面。对他们的书写和表达,要等到《铁西区》和《钢的琴》此类作品的出现,同时它也奇怪地构成了一种美学资源和题材,其中尤其以近些年的“东北书写”为代表——似乎可以引用作家路翎在四十年代末的一句话来为此旁证:……时间,在艰难地前进。

四

对于九十年代的文化界来说,沉闷期似乎显得更加漫长。很显然,对于过去了的八十年代和即将展开的九十年代,在八十年代接受

---

① 吉奥乔·阿甘本:《什么是人民》,收入《无目的的手段:政治学笔记》,赵文译,河南大学出版社,2015年。

了“新启蒙”和“主体论”精神训练的知识分子们都没有做好足够的思想准备。他们几乎是以一种非常直觉的方式来表达其对九十年代的不满——“公众文化素养的下降,人文精神素质的持续恶化,暴露了当代中国人文精神的危机”。他们对九十年代的娱乐文化和消费主义表达了一种美学上的厌恶,这一点类似于维多利亚时代的浪漫派对“阿尔伯特式”的商业主义应激式的心理反应。不过在维多利亚时代,还可以创造出一种崇高的“维持主义”来维持其文化上的优越感。但是在九十年代的中国,人文主义者们找不到解决问题的良方,他们的“姿态”遭到了嘲笑,并被比喻为“叶公好龙”的当下版本,当“现代化”来临的时候,这些曾经呼唤“现代化”的人却恐惧了——他们不能面对真正的观念和全体。对于现代化更加深刻和辩证的思考,要等到 1997 年汪晖《当代中国的思想状况和现代性问题》[①]一文的发表,虽然此文引起广泛的争议并直接导致了知识界的分裂,但是其将现代性置于“世界性”(普遍性)和“地方性”(历史性)的双重视野进行考量的方法论在今天依然具有范式的意义。

统一的文化共同体想象瓦解了,知识分子的幼稚病就在于想当然地以文化的创造者和捍卫者自居,而忘记了当文化的根系发生变化之时,知识者如果不及时进行调整,就会陷入“失语”的状态。他们中的一部分人开始转身去拥抱流行的观念,比如以写“改革小说”崭露头角的贾平凹敏感地嗅到了“新时代”的气息,1993 年引起热议的长篇小说《废都》应运而生——这个题目和“人文精神讨论”的主标题《旷野上的废墟》有异曲同工之妙,不同的是,借助虚构的人物和故事,《废都》隐喻的是启蒙之死,启蒙不但死了,而且启蒙的主角现代

① 汪晖:《当代中国的思想状况和现代性问题》,《天涯》1997 年第 5 期。该文 1994 年已发表于韩国知识界的重要刊物《创作与批评》(总 86 期)。

知识分子又重新轮回到由色情、变态和自恋妄想症为主要特点的传统文人。在这个过程中，女性重新被“客体化”，虽然借助1995年世界妇女大会在北京的召开，具有独立女性意识的作品得有机会发表和传播，但不过是昙花一现，早在1990年，苏童的《妻妾成群》已经暗示了一个重新“东方化”和“处女化”的男权时代的来临，正如垄断性的政治是克里斯马型的，垄断性的经济和商业同样也是克里斯马型的——在三十年后的今天，这一结构日益恶化，即使是全球性的me too运动也无法将其动摇。

但是并非所有的人都放弃了启蒙的使命，只不过是换了一个形式，王朔和王小波都采用了“反讽”的形式来讲“正话”，比较而言，王朔更有现实性，他直接拆解陈旧的权力结构和宏大叙事，因此他迅速在九十年代获得读者并被误解为是一种“痞子文学”。而王小波则借助更复杂的智性来建构他的“理性王国”，他和他的“门下走狗们”要等很多年以后才能获得更多的认可——对于九十年代的流行观念来说，他们可以轻易地接受金庸，甚至用金庸置换掉茅盾，却难以接受王小波这样一只“特立独行的猪”。

另外一个更游离的人物是张承志，在九十年代，他以坚决的“抵抗派”著称，并捍卫某种所谓的“清洁的精神性”。在《黑骏马》和《北方的河》中，他还是群体中的一员，分享着共同的文化观念和家国情怀，但是自《金牧场》开始，他陷入“文化的分裂”和“认同的焦虑”，在一种类似于鲁迅式的“回心”的挣扎中，他选择了一条自我放逐同时也是灵魂皈依之路——这条路还没有走完，在2018年出版的一部作品集中，他用了一句形象的短语来概括：三十三年行半步！

对于绝大多数人来说，“大步流星奔小康”才是正确的选择和方法。在日新月异的经济基础之上，大众文化和大众媒体开始蓬勃兴起。虽然在八十年代中期以后，以通俗文学和地摊杂志为标志的大众文化（文学）已经开始流行，但基本上还处在非法的地位，也经常遭受来自精英文化和官方文化的双重围剿。但是在九十年代，官方文化和大众文化找到了契合点：大众文化需要通过官方文化来获得承认和合法地位，而官方文化需要大众文化为其提供直接的经济利益，以及更重要的，去占据因为僵硬的宣传文化被抛弃后留下的文化真空。这一次，它们合作成功。九十年代以来，无论是从技术基础还是从情感结构来看，都是大众文化前所未有的胜利期。据相关资料，"截至 1990 年年底，京、津、沪、黑、吉、辽、皖、苏、浙、闽、川、粤等 19 个省区市有舞厅、歌厅 6 966 家，台球厅 37 201 家，电子游戏厅 17 039 家。再加上几年后遍布各地的录像厅，这些'厅'，构成了九十年代中国人的娱乐场所"。[①] 在这些娱乐场所被"消费"的文化是以金庸、琼瑶、三毛、汪国真、席慕容、刘德华、张学友、小虎队等为代表的以"传奇""浪漫""软抒情"为主要特色的"亚文化"系列，不过，这些以前被目为精英文化补充的"亚文化"现在变成了主流文化，并迅速占据了市场。自现代以来，因为市民阶层的兴起，大众文化被视作一种由市民——接受过理性启蒙并有文化意识的现代公民——创造出来的有效的文化形式，被目为对统治阶层文化的一种挑战和反动。在资本主义秩序下同样如此，一方面，资本主义的批判者们企图借助大众文化的形式切实地争夺文化领导权，比如本雅明就曾经一度天真地认为电影是组织大众改造社会的良器；另外一方面，如果大众文化的领导权并没有掌握在"先锋队"手里，则大众文化很容易沦为没有"内面"和"批判性"的附庸文化，所以阿多诺在六十年代的文化批判里

① 谭山山：《无人认领的九十年代》，收入《新周刊》编著：《我和我的九十年代》，中信出版社，2017 年。

一直强调他并不批判大众文化,而是批判大众文化的工业化——在某种意义上就是彻底的资本主义化。但一个悖论是,在资本主义的条件下,大众文化必然会工业化和产业化。因此,它必然会不断地阉割和排斥其内部的异质性,从而在文化调性上变成一种“无攻击力”“无害化”的存在——其最极端的肉体表现形式,就是一种性别的故意“错置”,一种老巴尔扎克所描述的“萨拉辛”式的存在。

1993年,香港摇滚乐队Beyond主唱黄家驹在日本因参加某娱乐节目而摔下舞台,不幸身亡,终年三十一岁,以一种隐喻的方式暗示了这种被排斥的宿命性,而中国内地的摇滚音乐在1994年“魔岩三杰”(张楚、何勇、窦唯)的盛极一时后转入沉默。温婉的,滑稽剧式的,小幽默、小励志、小清新的艺术形式成为普遍的选择——它的集大成者,是周星驰。

创造“人民群众喜闻乐见的艺术形式”一直是新文化的核心课题。在儒家、启蒙和革命三种情感结构的反复搏杀中,九十年代以最具戏剧性的形式终结了这三者。“民族—资本—个人”三位一体的闭环形成。唯一不变的是,大他者一直都在,而且越来越深不可测,不可抵抗。

五

九十年代会终结吗?如果终结,是终结于何时?

在“别无选择”派看来,九十年代永远都不会终结,因为九十年代确立的资本主义的秩序和符号体系已经构成了普遍性的真理。1994

年5月，太平洋盆地经济委员会第27届大会于吉隆坡举行，中国首次以正式成员国的身份与会，同年11月，第二届亚太经合组织领导人非正式会议在印尼的茂物举行，会议发表了《茂物宣言》；1995年1月，世界贸易组织在日内瓦成立，同年9月，联合国第四次世界妇女大会在北京顺利通过《北京宣言》和《行动纲领》；1996年9月，第50届联大全体会议通过《全面禁止核试验条约》；1997年7月1日，中国对香港恢复行使主权，同年，亚洲金融危机爆发；1999年12月20日，中国对澳门恢复行使主权；2001年，中国正式加入世界贸易组织（WTO），同年，美国本土遭遇建国以来最大的袭击，史称"9·11事件"……

如果将1992年的"南方谈话"视作九十年代的起点，那么2001年加入世界贸易组织可以视作是九十年代的终点。它的物理时间为九年，它所代表的意义是，中国试图加入全球经济世界体系并最终获得成功，且建构了一个成功和崛起的具有后发优势的"现代民族国家"形象。

但是，如果多年后我们检视这一段历史，基于不同的历史事实和历史瞬间，我们也许可以将这一段时期表述为"新的劳工阶级、新的剥削、新的剩余价值、新的资本扩张和新的全球殖民主义"重新合法化的过程。同时，也是一个"强权法"彻底战胜了"大地法"的时代——在后一种意义上，也许将2008年视作中国九十年代的终结更有启示性，这一年，万众瞩目的第29届夏季奥运会在北京盛大开幕，同年5月12日，中国四川省汶川地区发生里氏8级地震……

最后请允许我将时针再次拨回到1991年的那个七月。我们顺利抵达南京。穿过一条浓荫密布的法国梧桐大道，一群叔叔和姑姑在华侨路的军队家属院里欢迎我们。他们围坐一圈,问长问短。其中一个毕业于外国语大学的叔叔听说我刚刚开始学习英语,立即要求我朗读给他听,于是所有的人安静下来听我结结巴巴读:“Hello! How are you?”朗读完,叔叔纠正了我的几个发音。他说,外语非常非常重要,要学好。几天以后,我获得了一台“熊猫牌”单放机和两本初级英语听力磁带,另外一个毕业于医学院的叔叔看起来更先锋,他送给我几盒风格醒目的音乐卡带,指南针乐队,Beyond,张楚和崔健。这台单放机我一直用到上大学才换掉,绝大部分时间,它都没有用来听李雷和韩梅梅的中式英语,而是听数不清的各种音乐,从摇滚到民谣,从流行歌曲到古典音乐。时过境迁,那些卡带已经和那台单放机一起,不知道被我丢进了哪一个时间的垃圾桶,但是我曾经听过的一首歌,今天想起来,似乎正好可以用作这篇文章的结尾,那就是崔健的《九十年代》:

语言已经不够准确
说不清世界　世界
存在着各种不同感觉
就像这手中的音乐
语言已经不够准确
语言已经不够准确
生活中有各种感觉
生活中有各种感觉
其实心中我早就明白
却只能再等待　等待
一天从梦中彻底醒来

回头诉说这个年代
其实心中我早就明白
其实心中我早就明白
你我同在九十年代
你我同在九十年代

管窥新世纪话剧的现实主义创作

胡　薇

进入新世纪以来，中国话剧舞台上的现实主义作品进入爆发期，产生较大影响的剧目多为当代题材，于是有人“省事”地将“现实主义”与“现实题材”直接挂钩，甚至出现了大量类似于“现实主义题材”的错误表达，将现实主义的创作窄化、简化，将“现实主义”直接等同于“现实题材”。

实际上，“现实主义”作为一种审美原则和创作手法，可被运用到任何题材的戏剧创作中。像近年反复上演的《北京法源寺》，就是以现实主义为根基、以话剧语汇融会戏曲元素及舞台技巧而创作出来的现实主义作品。全剧表现的是对于历史的想象，却侧重于现实主义创作中最为重要的核心——真实，不拘泥外在的历史真实，而是将真实的着力点，穿越历史的外部真相，放在了对那群隐没于历史事件之后却实际主导了事件最终走向的人物内在情感与灵魂真实的揭示上。有效地利用话剧形式的却颇具戏曲化的场面呈现方式和表演状态，完成了一种情绪性状态和氛围的营造，增加了剧本内部的抒情性,为舞台场面带来了诗意的效果,也增强了情境的移情性,将观众带入人物的内心世界。因此,不论是历史题材还是现当代题材,反映社会现实、现象、问题,或是以古喻今、关注现实与过去有所关联之处并能引发当下观众情感共鸣的作品,才算是真正的现实主义作品。反之,即便是把作品设定为当下生活,在实际创作中却以脱离社会现实、将生活以简单的模式概括,附会在现实主义标签下的创作,最终呈现难免是悬浮现实主义、伪现实主义甚至庸俗社会学。

现实主义创作中最为关键处,不在描绘现实生活的表象,而在于对情感真实的深入开掘、表现和外化。新世纪以来,现实主义的创作手法在现实题材生活剧中一直被充分运用,不仅内容上已不再局限于表现现实生活问题或是家庭、个人的苦闷,而且在创作手法上也不断吸收和融入更多具有表现力的舞台手段和技巧,如原创话剧《家客》,就是披着家庭伦理剧的外衣,以表面看似“非现实”的三段假想的结构,来表现历史与个人、揭示世道与人心的。全剧借助在小楼拆迁之前,人物在收拾东西时所发生的或是可能发生的故事,表现出在几十年间不断加速的城市化过程中,诸多不同的变化已经或是可能会对人物的生活、心灵产生和带来的迥异影响。

一直以来,作为编剧的喻荣军在自己的作品中力图以个人遭际来传递时代风云,但是并非都很成功,比如在他担任编剧的、2014年获得国家艺术基金资助的原创话剧《老大》中,就反映了城市化进程对原住民(渔民)生活所产生的影响、对自然生活的改变。不过,全剧意图书写人生的传奇、无奈和无常,剧情也有大的跌宕、炽热的奇情,但却依然显得生硬刻意,情感不够细腻,人为的感觉较重。而到了他编剧的2017年国家艺术基金小剧场项目《家客》中,则去除了直白、急躁的笔法,隐去家庭伦理的重心转而将之结合,化为时代、人心等外在寄居之处，以离合之情写兴衰之感，表现了历史大格局之下小人物的选择、挣扎与坚守四十年的沧桑作为一切情感波动的背景和幕后暗场，令全剧的厚重先天而立。大时代的变换、个人选择的差异，带来蝴蝶效应，也有着不可避免的无奈——每一次情境中的选择，似乎都是人物们在此时此地的最好选择。

反观近年来中国话剧的叙事可谓是越发“实际”，不少作品忙于讲故事或是表达概念、宣扬理念，诗意反而被疏离舞台。仿莎士比亚式的骈句、赋比兴者多，但是真正在生活的表象下发掘现实自身的诗意的作品却罕见。而《家客》的时间、空间设置，都是双关意味的，内容与形式结合自然，创作者以生活化却又富于诗意的语言、结构设计、可能性的探讨等，把平面变为立体的表述和情感的流动，从而避免了坐而论道的宣讲或批判。把直白的生命选择与探讨转化为情感、良知的拷问，但因其生活化诗意的细节和情感流动，让简明的主题负载于人物自身而未脱离，因而显得亲切自然。

只有进入人物情感的深处，戏剧本身才能超脱单纯的叙事和事件的描述、故事的起伏而产生诗意。正因为作者深入到人物情感的深处，他才能随着人物情感的波动，让言谈中的家长里短也具有诗意。编剧喻荣军在大历史之下写小人物的挣扎、反抗与坚守。以三段不断的假设重演来推导人物的不同的可能性，实际上避免了在单一叙事中可能出现的薄弱环节。将历史的巨大阴影投射在舞台上，弥补了很多外在的、单薄的、人为的刻意之感，以历史魔咒扭曲着人的每一次选择，同时又在历史路口的重压下凸显人性的光辉，赋予了作品中国话剧诗化传统的延续之感。

类似于《家客》这种在创作形式上以现实主义为主体同时兼容并蓄的发展趋势，给予现实主义创作的助力很大，反哺到内容上，令现实主义创作的类型涉及面变广，创作主题变多，涌现出多种题材、多种创作风格，多元化倾向日趋明显。即便是在现实主义作品中一直占据重要地位的革命历史、军旅题材剧，也出现了《兵者，国之大事》《开天辟地》等不同于以往创作模式的作品；甚至在中国当代儿童剧的创作中，逐步出现突破以往创作格局的尝试，开始立足自身特点展开现实主义创作探索。实际上，正是对当下现实生活的浓墨重彩和对历史题材不惜笔墨的双重书写，才共同造就了中华人民共和国各个时期优秀的现实主义作品。而在现实主义美学原则的总体把控下，表现、复现甚至泛表现主义、结构主义的手法，都渐渐大展拳脚。

进入二十一世纪以来，现实主义作品的创作势头依然强劲，从作品的不同题材来看，历史题材的戏剧作品一直为创作者所眷顾；现实题材的作品数量众多，创作理念和创作手法也在日渐多样。从原创与改编的角度来看，二者各有创作的优势和特点，原创不乏佳作，但随着《四世同堂》《白鹿原》《北京法源寺》《平凡的世界》《沧浪之水》等大量优秀改编作品的涌现，改编作品在文学表达、剧场效果等方面则更为耀眼，体现出文学与剧场的整合与统一。而改编作品不断获得的赞誉和成功，更是激励着一些小说作家参与戏剧创作。

相较于一些职业戏剧编剧，作家跨界做编剧，其作品的文学优势明显，如莫言编剧的《我们的荆轲》、刘一达编剧的《玩家》等，都取得了不俗的口碑及票房成绩。似乎，作家参与戏剧创排，将是文学与剧场最为有效的结合，但在剧目实际创作和排演的过程中，作家因偏重文学表达所致的剧场性不足、对于舞台创作规律的不熟悉以及对于戏剧文学创作中极为重要的时间和节奏等的把控不够精准等，实际上被谙熟舞台创作规律的表导演团队所弥补，并在借由舞台语汇强化作品的剧场性的同时，开掘出蕴含在文字之下的文学的力量。二度创作不仅融合了写意与写实，而且从立意到表现手段、叙事方式，于时光的跨越、环境的变换中展现了世道人心的变迁，在舞台上重现了老北京几十年的风雨沧桑。二度创作配合剧作所进行的剧场性的娴熟表达，成为全剧赢得良好现场效果的重要保证。

可见，文学基础较好的文本，可为二度创作提供有力的保障；而如果剧本的基础较弱、表达不够充分，那么即使二度创作大量运用舞台技巧也无法再有大的作为。不过，在一些作品的创排中，由于创作者自身可在编、导的位置上切换无痕，常可最大限度地弥补二者之间的裂痕。比如田沁鑫在《北京法源寺》的创排中，就是编导合一，将历史的厚重以颇具个性色彩的导演语汇融入人物的心理、行动和情感中，令全剧由小说转化为戏剧并焕发出戏剧的独特魅力。这其中无疑也有城市化进程加快，城市的改变越来越大，反而激发了人们对心灵家园的依赖和怀旧情绪的因素，因此如《北京法源寺》一样借古喻今、表现精神坚守或是追慕精神故乡的剧目，在北京的戏剧舞台上不断呈现。而田沁鑫为浙江话剧团编导的《聆听弘一》，显然亦是一部力图追慕先贤、追寻精神家园的作品。但是，在《聆听弘一》中，同样的编导、同样的创作方式，效果却未能尽如人意，其原因值得深思。

戏剧是综合的艺术，一度创作和二度创作的配合需要相关部门、相关环节都投入极大的精力。而当下话剧舞台上诸多问题的本质原因，就在于话剧自身各创作环节的创作完成度不够。只有将内容和形式充分整合，戏剧才可能达到自身最好的舞台呈现效果，否则，在创作过程中每一步的偏差，最终就像是把一道半成品匆匆端上饭桌，伤害了观众对戏剧的整体印象。新时代以来，随着城市化进程的不断加快和变速，社会话题和社会现象越来越频繁地出现在现实主义作品中，比如北漂、创业、青春的迷惘以及励志奋斗等内容，紧扣了时代的主题,却依然出现了一些列举现象多、反思反省少的创作,缺少有血有肉的人物形象,缺少充满内心力量的人物,成熟的、有问题意识的社会剧更是难寻。加之多年来中国戏剧的宣传作用被不断强化和放大,导致少数创作者直接将戏剧作品作为概念、理念的直接承载容器,从而艺术品质不高。现实主义作品的创作,尤其是“主旋律”的创作,不应被人为窄化为宣传的传声筒,而应更多地、有效地表现对现实世界的认知以及对于真善美的传达。因此,决不能将之狭隘地解读和呈现为主题和题材的选取,而应重视其戏剧文学与二度创作的合力配合和具体表达,更多地去张扬其内在美好的精神、信仰的力量以及对现实的反思等,从而逐步改变现实主义的作品在内容和思想的表达上精神力不足、对于作品自身舞台性不够重视等创作倾向。随着戏剧观念的拓展、戏剧表现手段的丰富,努力提高自身的创作水平,平衡内容与形式,兼容并包整合表现和再现等手段,注重戏剧作品的精神内涵以及艺术创造力的提升,让越来越多不同层次的观众走进剧场,必然是中国戏剧发展的趋势和愿景。

书写城市的心灵史

——新世纪中国文学的城市化进程

张颐雯

一

从十七年文学开始，直至新时期文学的漫长时期，农村题材小说一直是中国文学创作的绝对主流。中国当代文学史上的经典之作中，无论是十七年文学中最为重要的若干作品，如柳青的《创业史》和浩然的《金光大道》，还是至今仍然在文学性上被广泛认可的作家赵树理和刘绍棠，农村题材的小说和它们的创作者都是最有分量和最为核心的部分。相较而言，写作以城市生活为核心的作家只有老舍等寥寥几人。

中国自古以来就是一个农业国家，农业人口占据社会的绝大多数，而当时的众多作家本身就是乡土作家，农村题材小说反映着中国社会的主要现实状况,其重要程度毋庸置疑。当然,近代以来,城市常被认为是腐朽生活方式的展现之地,城市文学本身也常具有消费、娱乐特征,因此以城市生活为主体的文学创作在当时天然地具有政治不正确性,难以成为经典之作,自然成了中国当代文学的薄弱部分。新时期以来,以城市生活为题材的作品虽然也层出不穷,出现了如王朔、王安忆等优秀作家和一批有较大影响力的作品,但作品总体的深度和广度,成为文学史经典的数量和质量,仍然远不如农村题材创作。虽然每个作家的创作方向不是单一的,但两种题材经典作品的数量和影响是有不小差异的。观察中国当下最为重要的实力派作家,侧重农村题材小说写作的作家,从数量上到文学地位上,比例依然远高于城市题材写作的作家。以上判断,从作家写作题材和创作状况,作品的经典化数量,包括中国重大文学奖项的分布就可以清晰地看到。

进入新时期以来,中国城市化进程高歌猛进,社会结构变得更为复杂,人们的生存空间和生存方式都大为拓展,文学作品的题材和形式也必然随之变得多样和丰富。各类以城市为主要背景的小说,包括与之相关的职场、官场小说,打工文学,家庭生活小说,爱情小说,还包括大部分底层叙事以及各类海外作家的作品。小说的主人公或成长在城市,乡村在他的生活中几乎是不存在的;或者主人公虽然出生于农村,与乡村有着千丝万缕的联系,但都已经来到城市生活,矛盾的焦点发生了转移,乡村只是一个背景,故事的核心已经在中国的某个或大或小的城市中展开。这个时期以城市生活为背景的小说开始增多,却常常被批评为不够广博和深厚,缺少思想根基和精神背景,是表达物质与欲望的浅薄之作。

二

新世纪以来,传统实力作家如刘庆邦、陈应松、阎连科,包括莫言和贾平凹,都坚持着他们在农村题材上的开拓,写作了一大批反映中国乡村现实的作品。他们作品中的乡村更多还是在反映改革开放后激烈的社会矛盾,或者更早期动荡时代的乡村故事,对当下农村的新变化体现较少。敏锐如莫言,也感受到了与当下农村现实的陌生。他在近期的一次活动中谈到了农村的种种新现象,新农村已经和自己曾经熟悉和深刻感受的农村有了不少的距离。曾经的赤贫已经在减少甚至消失,曾经的劳作方式也有了巨大的改变,和过去相比,主要社会矛盾也模糊起来。他也谈到了自己与这种农村新现实的疏离,发现了变化,但还没有找到对这种农村变化的新的表达方式。从事农村题材写作的实力新人也有出现,比较有影响的葛水平、胡学文、郭文斌、季栋梁等,都是这一时期出现的具有相当实力的作家,他们多在农村生活多年,对乡村的现实生活有深刻的了解。他们所写作的农村同样多为改革开放后一段时间的乡村社会矛盾,或者是书写作为记忆的乡村传奇,但与当下较为切近的乡村现实也已有了距离,观察和表达都不够充分。这两类作家作品构成了当代农村题材小说的主流。

而新一代作家中,写作农村题材,特别是写作当下农村生活的作家作品在迅速减少。我们这个曾经以农村题材见长的国家,当下创作中的农村生活被传奇化和符号化,尤其是底层书写,往往简单地表达苦难、挣扎和绝望,是上世纪八九十年代农村题材小说的简单重复,成为某种类型化写作。这也反映了作家对当下农村生活的不了解和不信任,把对生活的想象建立在一些单调的概念之上。

三

与此同时,文学创作的另一类分支在悄然成长。

二十世纪九十年代后期以来,人们开始习惯于用出生年代对作家进行代际划分,这里我们就用这种常见的方法来看一下当前创作题材的情况。

我在这里列举一下最新的《小说月报》百花奖的获奖青年作家作品,以及2017年各个文学排行榜青年作家的创作成绩,作为这一文学创作方向的参照。

《小说月报》百花奖是一个主要由读者评选,专家确定,风格传统中平的文学奖项。在2017年《小说月报》百花奖的获奖作家中,中年以上的实力派作家包括王蒙、冯骥才、李存葆、阿来、韩少功、苏童、迟子建、范小青、叶广芩、裘山山、叶弥、张欣等多届百花奖得主,他们的创作风格多样,除了作家张欣为写作城市小说的代表人物之外,多数作家写作乡村和城市题材并行,但是各有特色与侧重。

除了传统知名作家之外,获奖作者中还有一大批近年活跃于文坛的“七〇后”“八〇后”代表作家,如徐则臣、张楚、弋舟、葛亮、石一枫、双雪涛、周李立等。显而易见地,年轻一代作家的创作路径已经发生了改变。徐则臣在小说《摩洛哥王子》中继续他的北漂生涯,葛亮的《问米》中挣扎在阴阳两界的通灵师,弋舟描述城市警察生活的

《出警》，石一枫《地球之眼》中屌丝与富二代生活的双重失败……这一批青年作家，他们几乎都以各自不同的方式，将自己的写作重心放到了在城市中生活的人们，在这个获奖名单中，几乎没有见到写作乡村生活的青年作家。

而在2018年评选出的各种2017年度小说排行榜中，也可以发现相似的情况。诸多代表不同媒体立场、不同风格取向的排行榜几乎涵盖了这一年度大部分优秀的作品。这些风格各异、手法多样的作品，都在寻找与这个时代的交汇点。笔者统计的多个排行榜中，对传统中短篇小说进行排行的有三个，包括"中国小说学会2017年度中国小说排行榜""2017《收获》文学排行榜""2017年中国当代文学最新作品排行榜（《北京文学》月刊社）"，被不同排行榜重复选入的青年作家有孙频、胡迁、张悦然、葛亮等，他们的作品都是表达不同人群在城市中各个层面的生存状态，而除了东紫写的乡村母亲，董夏青青写的军事题材，其他入选的七〇后、八〇后作家如弋舟、鲁敏、南飞雁、贝西西、周嘉宁、张楚也都在讲述人们在城市中的种种遭遇，即使是专门写作中国农民的陈仓，写的也是农民进城后的故事。

长篇小说的创作也是如此。扫视十三个长篇小说和图书排行榜，重要作品中，当代农村题材还有关仁山写作的《金谷银山》和梁鸿的《梁正光的光》作为代表，两部长篇从完全不同的角度讲述新农村的故事，这也是硕果仅存的两例。而最常被提到的青年作家和他们的作品有阿乙《早上九点叫醒我》、徐则臣《王城如海》、任晓雯《好人宋没用》、郝景芳《人之彼岸》、石一枫《心灵外史》……这些小说用不同的方式展现了中国城市的今天和未来，这些写作者也都在成为中国新一代作家的中坚。更为有意思的是，在第二届中国长篇小说年度金榜（2017）中位列第一的作品是《寻找张展》，作者孙惠芬曾经专门致力于写作乡村题材小说，但这部长篇却是她的转型之作，完全摆脱了乡村的影子，写了当下官二代青年与他的亲人间的代际冲突。孙惠芬还专门提到，她以前的小说写的人物都是在乡村，或者从乡村出走。而《寻找张展》是以一个下一代的视角，来审视父辈三十年来的奋斗，她有了一个全新的观察社会变迁的角度。这部小说的写作也可以看作是一位农村题材作家面对新时代时对写作的转型和调试。

七〇后、八〇后一直到今天逐渐壮大的九〇后城市题材小说的作家作品，从构成比例到作品成就都在快速提升。也就是说，有更多数量和更有水准的青年作家在表达他们城市生活中的经历、成长与发现。在青年一代小说家中，写作题材的格局侧重已经发生了改变。

文学的发展变化永远跟随社会的发展变化，不是靠几个作家推动，更不可能自发地进行文体流变。作品题材产生变化不仅是一个文学问题也是一个社会发展问题。今天中国的城市化率已经越来越接近欧美国家，很多人的户口是农村户口，但是他的生活轨迹和生活方式已经和我们传统意义上的乡村生活没有关系了。城市生活已经成为中国人生活的主流。城市题材的写作也会逐渐成为未来中国人写作的主流。

四

在相当长的时期里，中国当代文学在乡土叙事方面十分发达，但面对城市经验却显得稚拙。二十世纪九十年代之后，以城市为背景的文学作品持续增多，相对于农村题材小说，还是被认为是缺少社会影响力的、经典化的，大量作品对城市生活的描写是消费化、娱乐化、故事化的，能够进入当代文学史的作品明显不足，与中国历史悠久、传统深远的农村题材作品相比尤显肤浅。那时的写作手法也更接近传统都市小说，多为日常生活叙事，被认为体现了商业时代中产阶级美学趣味。缺少纯文学作品所应该具有的纵深感和创造力。事实上，正是因为这群人缺少历史，他们变化的迅速、价值观的混杂不明才令文学对它失语。不过，读者需要表现这个庞大人群的文学作品，作家更需要对这样的生活保持好奇与关注，投身书写这个时代的一切。

二十一世纪过去的十九年间，中国城镇人口增长了三亿多，巨型城市持续发展，中国发生了迅猛的、传奇般的变革，无数家庭和个人也因此获得了新的生活，而这曾是纯文学作品疏于表达的部分。文学现象的产生有其必然，在城市蓬勃发展了几十年之后，作家的创作方向发生了根本性逆转。传统作家逐渐转型，对写作题材有了新的开拓，新一代作家的作品创作背景开始集中于城市，城市题材小说创作比重获得压倒性优势。从以上变化可以看到，文化最终反映现实。

与前代相比，青年一代作家包括没有经历过物质匮乏年代的写作者，包括第一代没有乡土经验的写作者，也包括中国新城市的拓荒者。在现实生活中，城市也早已经是他们的唯一生存之地，即便出生于乡村，故乡也仅仅是小说中模糊的背影。他们拥有城市书写与生俱来的优势与潜能，城市已经成为他们的来源与去处。同时，他们受过良好、全面的文学教育，熟练掌握经典叙事语言，尤其是上世纪八十年代之后在中国深入人心的先锋文学技巧。随着他们在语言上、观念上的成熟，最终，各种流派、技巧和观念都成为他们文学创作的基本表现方法。此时由他们去发现和书写的城市生活才渐渐脱离浮华的外表。

时至今日，出现了一大批描写不同阶层、不同境遇的人在城市生活、经历与成长的优秀作品。葛亮充满小资文人气息的城市书写，石一枫从大院顽主到底层女性的阶层跨越，徐则臣对北漂青年的长期关注，弋舟对城市人精神困境的再现……这一切构成了中国城市生活最真实、最有活力的一面。城市不再是一个表演的舞台，而是已经成为我们必须诚实面对的生存之地，人们要在这里面对诱惑、困扰和损害，寻找生活的意义，发现和确立自己的身份。至此“城市文学”终于成为纯文学创作中最为重要的一个部分。我们看到了一个个气象万千的城市，这些城市不仅有日新月异的物质世界、美轮美奂的现代建筑，更有被反复书写的心灵世界，饱满丰富的人性。

与此相对应的，农村人口，特别是农村常住人口大量减少，农村也在悄悄发生着巨变。此时反观对乡村的书写，一个值得注意的现象是，除了传统作家对乡村的回望，除了《中国在梁庄》（梁鸿）这样极少数优秀的非虚构文学，今天，还滞留在乡村的人们如何生活和劳作？他们又在想些什么？这一切已经在文学写作中越来越模糊。当代乡村已经成为一个在文学作品中慢慢消失的隐秘之地。

五

新世纪以来，文学类作品的阅读方式和阅读群体同样发生了重大变化。传统文学期刊、文学类书籍从大众阅读的主要提供者，转变成为专业性文学阅读的小众书刊。大众的文学阅读迅速扩展到畅销书和各类市场化的新生代文化、文学类刊物之中。

除了纸质书部分,另一种全新的阅读媒介“网络阅读”则用了二十年的时间,从一个全然陌生的阅读载体变得家喻户晓。网络阅读既有晋江、起点这一类超长篇网文网站,各个风格自成一体;又有豆瓣阅读这类兼顾城市小资群体,充满文学青年的都市经历与感悟,用“讲个好故事”接近传统文学趣味的文学网站;现在更出现了著名网络作家七英俊、匪我思存等人转用微博和微信公众号为发表平台,将兼具纯文学风格和讲故事追求的网络文学带给读者。

这种种新的文学作品的提供方式,文学阅读方式,他们的读者、作者、成名方式以及付费方式与传统文学几乎没有交集。这样的写作更依赖非专业读者的认可,因而也更加积极地寻找与社会的真实链接,要与社会的变迁发生联系,从而出现了从安妮宝贝开始直到唐家三少、马伯庸等一批有影响的网络作家。他们的读者群多为受过良好教育的城市青年,天然对亲近的、代表先进文化和先进生产力的城市充满兴趣。规模更大、影响更为深远的网络文学,也促使城市题材的文学作品进入大众的视野。以上种种,具有现实感和生命力的市场化文学写作反过来也会激发并影响传统文学创作。

今天的社会到底是如何?文学对此又负有什么责任?我们只能说,改革开放几十年迅猛的发展和变化,城市是中国社会巨变之中最前沿和最有活力之处,需要有分量和有价值的作品反映这种变化。每一位作家按照自己的背景、经验和思考发出自己的声音。这些声音汇聚在一起,就成了一个日益壮大的群体的集体经验。用艺术作品展现他们如何生长,如何面对自己的身份,如何确立自己的价值观,是一件必要的事,也是一件有意义的事。作家理应用自己的勇气、力量和想象力来关注和书写这片活力之地。

现实主义戏剧中的“真实”与维度

党 宁 张 杨

一 关于叙事与真实

汉斯·克里斯琴·冯·拜耳在《征服原子》一书中,有一段颇值得玩味的文字,转述如下:“物理学家利奥·西拉德有一次对他的朋友汉斯·贝特说,他准备写日记:‘我不打算发表。我只是想记下事实,供上帝参考。’‘难道上帝不知道那些事实吗?’贝特问。‘知道,’西拉德说,‘他知道那些事实,可是他不知道这样描述的事实。’”

事实、真实与真相在汉语中语义相同,都具有“强调存在的客观性”这一语义。

对于基督徒而言,上帝自然是无所不知的,上帝自然知道想知道的一切“事实”,然而在利奥·西拉德看来,上帝却不知道其文字所表述的“事实”。可见文字所书之事实,由于人的个体差异,由于文字这个“媒介”的介入，与那个已经发生过的事实不尽相同。

我们不是上帝，故而我们看到的事实、写下的事实、听到的事实、阅读到的事实，因时间、空间的差异，因人文背景的差异，因性情的差异，因生命阅历的差异而有所不同。从某种角度上讲，我们所知道的事实，只能是上帝眼中的“事实”的碎片。

我们对真实的认知与确认可以多几个角度吗？

事实是外部的存在，真实则是思想的判断，因此，人生行为的果断与坚持便有了依托。

在一百年的文化史中，我们以现实主义绘画与传统写意绘画相抵牾，以戏剧的“三一律”与戏曲程式化相攻讦，又或以集大成以为可以以上帝的视角建构艺术。

约瑟夫・库索斯1965年创作的作品《一把和三把椅子》被认为是第一件观念艺术作品。1965年美国“观念艺术”家约瑟夫・库索斯在《一把和三把椅子》这个作品中，将一把物质的椅子、一把椅子的照片同打印自《不列颠百科全书》中关于椅子词条定义的一张纸，一起放置在展馆中。

作为观念艺术家，约瑟夫・库索斯的本意是将艺术的非物质化以及观念化延伸到一个极端抽象的方式——文字。约瑟夫・库索斯在这个作品中深刻地质疑了艺术客体的问题，即艺术表现哪一个事实，才是艺术的使命。无疑，在这一作品中，作者认同的是百科全书中的以文字表达的椅子。在观念艺术上，约瑟夫・库索斯先生有权利认定他的“椅子”具有唯一的真实性，然而在历史的识读与当下大众看来，具有现实实用价值的椅子、图片中的椅子的真实性，不可能被否定掉。

时隔五十多年之后，再看这一观念艺术作品——它的意义不在于作者对“形式主义的审美特性”的背叛，而在于对艺术作品中描述对象真实性多元化的探讨。

应该说，一把有具体坐具功能价值的椅子，无疑是真实的，它应具有实用价值和审美价值；一张印着椅子图像的图片是真实的，它具有审美价值，也具有记忆、记述价值；一段解释椅子的文字也有其真实性，它不仅具有审美价值，也具有关于“椅子”的抽象概念或广义概念的价值。

对于上帝而言，约瑟夫·库索斯实物的椅子、图片的椅子、文字表述的椅子相合才是“上帝的椅子”。被锁在牛顿绝对时间、绝对空间里的人类，其对椅子逻辑式、科学式、艺术式的描述只能是椅子的一个层面。所谓多元文化，不过是承认不同认知层面的价值，所谓“进步”，不过是增添了认知的层面而已。

斯坦尼斯拉夫斯基、布莱希特、萨特、梅兰芳戏剧观的异同，也应作如是观。斯坦尼斯拉夫斯基、布莱希特、梅兰芳戏剧观之异，自黄佐临先生提出之后，我们讨论了近六十年。我们知道了“视幻觉”的戏剧、间离效果的戏剧、写意性戏剧三者的不同，但在相当长的时间里这个不同被理解为进步或落后，被理解为艺术手段的差异。而同呢？约瑟夫·库索斯的椅子是以坐具为原点而讨论椅子的真实性。斯坦尼斯拉夫斯基、布莱希特、萨特、梅兰芳戏剧观的原点，应该是他们的同之所在。在戏剧史中的表述：戏剧走过了祭祀—娱神娱人—人文主义的路径，人文主义则是人伦、人与社会、人与心理、人与潜意识行为的集合。戏剧的每一个历史节点，都有相对应的戏剧样式的存在，简而言之，都是人与精神的对话，这应是戏剧的原点。

高名潞先生在《意派论》一书中对此有如下表述：“观念艺术在

现代主义的理和形之外开辟了艺术认识论(什么是艺术)的广阔天地。所以,到二十世纪六十年代,西方艺术最终形成了三个极端的方向。那就是再现理念的艺术(抽象艺术)、再现可视现实的艺术(写实艺术)和再现艺术认识论的艺术(观念艺术)。这三者互相排斥,形成了西方当代艺术叙事的复杂理论基础。”

高名潞先生对西方当代艺术叙事的表述,同样适用于当下的戏剧活动。

当我们以为斯坦尼斯拉夫斯基、布莱希特、萨特戏剧观是完全不同的时候,我们努力将自己的那把“椅子”修正成别人理解的“椅子”的样子。相对于现当代西方艺术理论的积淀,我们近百年的时间几乎是以学生的姿态迎接着一个又一个西方文化艺术的浪潮,并构成了对自身文化的批评。关于中国式文化的真实性的批评,是否定中国式文化的利器,传统的守护者也常常避其锋芒。在业内这个自我评判的路上,我们以新为“美”,以深刻为“美”,以视觉冲击力为“美”,以票房为“美”,以申领国家资金支持为“美”。此风近十余年愈演愈烈。缺失对戏剧原点的理解,缺失了对“真”的要求,“美”无从谈起。

回归戏剧的本质以确认他们的同,梅兰芳所代表的戏曲艺术是一把别具风致的“椅子”。

高名潞在《意派论》“意派的原理”一节中有如下论述:“而在中国,这三个范畴则是互相亲和重叠的,他们互相渗透和重叠的那一部分,恰恰就是意。这在中国古代的诗学、书法、画学和哲学中都有丰富的论述……当然它面临当代性转化的问题。”

《传习录》中有一段王阳明先生与友人的对话。一友指岩中花树问曰:“天下无心外之物。如此花树,在深山中自开自落,于我心亦何相关?”先生曰:“你未看此花时,此花与汝心同归于寂。你来看此花时,则此花颜色一时明白起来,便知此花不在你的心外。”这段颇类于“薛定谔的猫”式的论断,表达了中国哲人对真的理解。

《列子·说符》中有这样一个故事:宋国国君令一个巧匠按照一片树叶的样子,雕刻一片玉叶,三年过后玉叶雕成了,它逼真得让人几乎无法与真树叶区分开来,宋国国君非常得意。列子则说:“使天地之生物,三年而成一叶,则物之有叶者寡矣。”三年而成的玉叶,成就的是树叶的“真”,却造就了玉雕艺术的假。

在《齐如山回忆录》中,齐先生写道:“近来看戏之人,常常讥讽,说真人哪有那样红的脸绿的脸呢?这话自然不错,不过仍是用看写实戏的眼光来批评旧戏,而且这种论调,思想也算是很幼稚,为什么说他是幼稚呢?因为脸没有那样红那样绿,是小孩都知道,不必等候学者文人才觉察也。须知这与作假者不同,作假二字也毫无贬义,作假者期其象真也,比方剧中人脸黑,则用黑色在脸上揉一揉,剧中人有须,则在口上粘上点假胡子,用以象真,所以曰作假。国剧脸谱,则是用以表现剧中人之心情,根本就没打算象真,所以用不着作假。”以戏曲为代表的中国式戏剧,因意的主导而使其表达游离在虚与实之间。戏曲艺术之真,真在意。

斯坦尼斯拉夫斯基的真,是可触摸、可倚坐的椅子,以期观众对照;布莱希特的真,是提供了具体的图片,以期观众可以追忆、思考;萨特的真,是直指存在的本质,以期观众面对现实的悖论时,可以有活下去的隐忍;而梅兰芳的真,则是对三者其一既非确指的肯定,也非是对他者的绝然否定,而是游离期间的意之真。

真、真实、真相、真切、事实,在汉语语义中各有所指,但以人生论,“真”的持有者,会使行为平和而坚定。戏剧的“真”,不过是戏剧人所持有的真。这个“真”会使其作品具有真实、真相、真切、事实的陈述性,但这个“真”不可能是上帝眼中的“事实”。

二 现实主义戏剧的误读

现实主义戏剧作为戏剧流派,有着一套完整的表现方法。

现实主义戏剧所要表现的“事实”,是在工业革命后的城市文明需要的基础上,重新梳理人与社会结构、人与人关系的问题。对应着这样一个“事实”,才会有现实主义戏剧的具体表现手段。斯坦尼斯拉夫斯基的不凡在于他运用其所处时代的技术能力,以艺术的手段在消解剧场性的基础上,建构了具有戏剧视幻觉现实主义戏剧的表演、声腔、舞台调度、舞台空间形态的塑造的戏剧体系。

任何一门艺术,其形式与内容都是相对应的存在。没有了相对应的形式,内容便流露出假。

京剧《智取威虎山》在戏曲现代化的过程中具有里程碑的意义,在“打虎上山”一折,童祥苓先生扮演的杨子荣凭借着良好的传统表演“跑圆场”,诠释杨子荣上山寻找匪巢的过程,但不变的天幕绘景彻底消解了程式化表演“跑圆场”的原本之“真”。豫剧《焦裕禄》的扮演者贾文龙在“救险”一段中,用一个“抢背”表现因重病与劳累而晕倒的情节,这个“抢背”强化了对焦裕禄这个人物的塑造,特别是导演运用群演的洪水舞蹈,有效地消解了舞台景对程式化表演“抢背”的干预。对应于程式化动作,童祥苓的“跑圆场”、贾文龙的“抢背”都很真,对应于戏剧演出,杨子荣的“跑圆场”很假,焦裕禄的“抢背”则倒下得很真。

斯坦尼斯拉夫斯基认为:“那些总是企图去表演或表现契诃夫的剧本的人是错误的。他必须存在于,即生活、生存于他的剧本中。”“在外部的、顽固的粗糙的和剧场性的虚假中,要去创造内部真实,情感和体验的真实,是很困难的。”换言之,斯坦尼斯拉夫斯基的“视幻觉”是努力建构戏剧艺术的真实,并非力图在舞台上复制生活的真实。近年来大量剧目对LED的运用,让舞台美术更加“真实”,但表导演的手段不能有效地运用或处理剧场性的问题,无疑景之真会压迫出表演的假。对于原教旨的现实主义戏剧而言,“视幻觉”的营构是消解剧场性的手段而不是目的,目的是让观众更好地进入戏剧,因而手段无所谓新旧。焦菊隐版《茶馆》是中国具有经典意义的现实主义戏剧,三幕戏,每一幕都符合法国古典戏剧“三一律”的要求。因为三幕式文本结构与“三一律”的约定,换场便是剧场中物理时间的必然,这个必然存在将剧场性直接呈现于观众面前。焦菊隐先生用唱数来宝的大傻杨幕前串场的方式进行连接,而串场的方式与传统戏曲副末引场用法别无二致。旧法新用,大傻杨及数来宝具有《茶馆》叙事时代的符号属性,数来宝的内容也完成了幕与幕之间时间缺失的叙事。

建构工业时代新的道德、伦理关系,梳理出人与社会结构新的关系,是斯坦尼斯拉夫斯基时代现实主义戏剧者的精神属性。换言之,为我们所处的时代寻求符合这个时代新的道德、伦理关系,梳理出人与社会结构新的关系,是现实主义戏剧者当下的使命。

现实主义戏剧者所承担的社会责任与叙事形式无论怎样契合,都必然在剧场中完成,剧场性的客观存在是戏剧人无法回避的话题。现实主义戏剧在表演中强调“要去创造内部真实,情感和体验的真实”。在舞台空间形态中,努力营构“视幻觉”以帮助观众进入戏剧、感受人物,从而更便于观众接受现实主义戏剧者的思想。斯坦尼斯拉夫斯基厌恶剧场性的粗陋,但他确认并重视剧场性的存在,他的现实主义戏剧在剧场中运用戏剧艺术手段融化、消解剧场性。对于剧场性,斯坦尼斯拉夫斯基没有一丝的忽视。

而今天的从业者以为舞台只是个演出场所,现实主义戏剧中的人物关系、人与戏剧环境的关系,依托现实生活的关系展开讨论,并以为将这一讨论的结果直接搬上舞台即大功告成的现实主义戏剧。他们关心剧场,而从不关心剧场的剧场性对戏剧的人物关系、人与戏剧环境的关系塑造的作用。

现实的题材并不等于现实主义戏剧的内容。今天的舞台上,伪现实主义戏剧大行其道。除去生产方式、生活方式变化过快,从业人员来不及沉淀的因素之外,毋庸讳言的是各种政府与从业人员的投机心理在其间的主体因素。笔者有幸参加去年的一次戏剧评选活动,各地报送的剧目,其中七部是扶贫类题材,六部以留守儿童的意外死亡为戏剧的转折点(四部是儿童掉入山涧,两部是儿童被洪水淹死)……在这些剧目中,我们可以看到属于这个时代的话题,可以看到坏人变好人、落后变进步、贫困变富庶,就是没有人与人、人与社会结构关系在时代改变中的改变。

斯坦尼斯拉夫斯基的现实主义戏剧的“视幻觉”是在与剧场性的对抗与妥协中呈献给观众的,换言之,现实主义戏剧的“视幻觉”属于剧场。现实主义戏剧的“视幻觉”具有双重性,一是帮助观众更好地进入戏剧之中,二是具有诱发演员进入角色的目的性。今天的舞台上大量所谓现实主义戏剧的舞台空间形态,其建构者的“视幻觉”的营构,并不以剧场性的必然存在为其先提条件,以为 LED 一开,舞美工厂的仿真道具一放，现实主义戏剧的“视幻觉”便必然被观众所接受。LED 作为新技术手段进入舞台艺术的创作，首先要接受剧场性的约定，没有剧场性的约定，LED“视幻觉”的舞台或许可以创造出一个新戏剧的样式，但这个“视幻觉”与现实主义戏剧的“视幻觉”无关。

从业者经济利益的驱动是这一现象的问题所在，但管理层对舞台艺术的误读则使问题变得更深刻。有一次为各省调演的院团长讲课，分析某一很优秀的剧目，其舞台的道具极简，我笑道：“这个剧目在行政部门审查中应该有麻烦。”言罢，见台下有人举手要求发言。该同志是该剧院的业务副院长，他说：“您猜对了，省厅的副厅长认为摆上几把椅子凭什么给他这么高的设计费，并且拍了桌子。最后是在编剧、导演的力争之下，才有了这个面貌的这出戏。”满场的哄笑流露出在场的大多数人都曾遭遇过这类境况。

当中国进入网络时代，我们需要建构起新的人与人的伦理道德关系，建构起新的人与社会结构的关系，现实主义戏剧依旧还有强大的生命力，只是它的面貌或许不再是斯坦尼斯拉夫斯基现实主义戏剧的样子，而现实主义戏剧所要面对的问题以及现实主义戏剧的内在逻辑不会改变。

简单地将现实题材对等于现实主义戏剧，是对现实主义戏剧文学性的误读；简单地将斯坦尼斯拉夫斯基对剧场性的反对，理解为应该彻底消灭剧场性，以为“视幻觉”是消灭剧场性的手段，是对现实主义戏剧剧场性的误读；简单地以为掌握了现实主义戏剧的表演、声腔、舞台调度、舞台空间形态的塑造，便建构了现实主义戏剧，是对现实主义戏剧的误读。

以现实主义戏剧理想，在剧场性的基础上讨论现实主义戏剧的文学性表达,在剧场性的基础上讨论现实主义戏剧的“视幻觉”剧场性表达,现实主义戏剧具有永恒的价值。

糟糕的不是现实主义戏剧,糟糕的是伪现实主义戏剧。

不变的是现实主义戏剧的精神,而其貌一定是变之又变的。

三 《生命如歌》对现实主义戏剧的当下表达

十九世纪末至二十世纪初,科学技术、文化艺术都发生了超过人类历史任何一个时期的变化,而且愈演愈烈,至今未有平息、减缓的迹象。正如前文引用高名潞先生的判断那样:“到二十世纪六十年代,西方艺术最终形成了三个极端的方向。那就是再现理念的艺术(抽象艺术)、再现可视现实的艺术(写实艺术)和再现艺术认识论的艺术(观念艺术)。这三者互相排斥,形成了西方当代艺术叙事的复杂理论基础。”

现实主义戏剧自斯坦尼斯拉夫斯基建立以来,历经布莱希特、梅耶荷德导演体系的变化,历经象征主义、存在主义戏剧的洗礼,历经荒诞戏剧、质朴戏剧的演化。二十世纪七八十年代之后,主义之争渐弱,转而着意于戏剧家个体性、“这一个”的表达。由是,艺术手段的创新与互相借鉴成为艺术活动的主流。对于现实主义戏剧所要面对的问题,是其不变的价值所在,而表达形式必然要因应时代。

罗中立完成的油画《父亲》使用了超级现实主义的绘画方法,但其精神母体却依旧闪烁着现实主义绘画的光彩。

黄宾虹先生对于中国文化有这样的判断:“所变者貌,不变者精神。”对于现实主义戏剧也当如是观。

山西省话剧院的《生命如歌》是一部表达“坚守信念”的现实主义戏剧，这样的戏在当下的剧场中常常因剧作家、导演及表演者急于申明政治态度并做出相应的价值判断，而使戏剧家们忽略了生活逻辑的依托性，忽略了对人物性格的刻画，以及缺乏相对应的艺术形式表达，结果只能是使戏剧艺术失色以致简陋，甚至流于图解。

《生命如歌》有别于传统现实主义戏剧的是主创者对剧场性存在的态度，编导与舞台设计者使用了许多剧场性的要素来诠释这一部现实主义的戏剧。

《生命如歌》由老八路、老军垦陈旭刚将过九十岁生日这一时间点展开。戏剧结构简朴而饱满，当历史事件构成的戏剧冲突被释放之后却又呈现出生命本身的困境。剧中陈旭刚与陈保国父子都是信念的坚守者，具有同样的家国情怀，但经世事流变，父子选择了不同道路。《生命如歌》的编剧与导演却并不流俗于世事流变，也不着意于对道路的选择作评价，而是将浓墨重彩着意于父子在殊途同归过程中所经历的各自不同的心灵苦难，甚至是家庭每一个成员的苦难的刻画。

在第五场中编剧为陈旭刚设计了这样一段台词：“这些年来我也一直在想这些问题，我也问过自己，难道是我错了吗？是我做得太过分吗？不，不，绝不是，我没有做错什么，我逼你跪下发誓也是为了屯垦戍边的大业！八二年恢复兵团建制，今天的党中央又再次强调兵团在新疆的作用是不可替代的，兵团是稳定器，是大熔炉，是示范区！为了国家和民族的利益，让自己的儿子下跪，这虽然对你有些不公，但是，但是我不愿看着这片土地被你……被我的后代们抛弃！”历经七五年兵团解散，七九年出现返城浪潮，倔强而刚烈的陈旭刚对信念的坚守超越了世事流变,如此的坚守方式又展现其性格的特质。

在第六场中编剧用陈旭刚的“检讨书”,为其设计了这样一段台词:“我曾经发誓一辈子扎根边疆,就是将来死后也要埋在五家渠。可是我越老就越想我的爹娘,总希望死后能回到他们身边……这已经从思想上违背了我的誓言,是非常错误的。”陈旭刚是多情的,其对信念的坚守努力跨越着情感的羁绊,但终究落寞于生命自身的困境。

超越了世事流变,跨越着情感的羁绊展现了陈旭刚对信念的执着,也刻画着陈旭刚血肉之躯的倔强,从而呈现出独有的生命光彩。

陈保国与父亲有着相同的信念,只是有着不同况味。

在第五场中,编剧为陈保国设计了这样两段台词:“我的人虽然走了,可我的心从来未曾离开,我要用后半生,去回报那片土地,让那里富起来,让四面八方的人们都愿意到这里来,让这里的孩子们不再离开!”“兵团人的后代离开了兵团,可是他们继承了兵团人的创业精神,他们把他们的成就回报给了兵团!他们绝不会丢我们兵团的人的脸!不管是去还是来,他们的生命的意义和价值是一致的,是应该得到认可的。”

陈保国无疑有着与父亲同样倔强的性格,却少了表达上的刚烈。他对信念坚守的价值在于不忘初心。顺应世事流变,初心不迷于世事外象之惑,不失于流变之幻,陈保国对信念的执着呈现着另一番心灵苦难。

剧中,坚守着同样的信念,承受着不同的心灵苦难的父子,在分别了三十五年后终于坐在了一起,却是阴阳两界的对话。父子间精神世界的平复,却是现实世界的永诀。这一文本结构处理,将关于信念坚守的话题推向哲学与生命共有的高度。

《生命如歌》是一部真正的现实主义戏剧作品,却又不落现实主义戏剧范式的窠臼。执着于信念的人们必然有着殉道者的宿命，其精神世界的辽阔映印着现实的苦涩，非如此不能生出雄浑苍厚的意蕴。

《生命如歌》的舞台呈现上，空间环境的设定是陈旭刚院落中的家，戏剧展开的空间形态既有陈旭刚家及院落的存在，又有回忆、插叙及心理空间等空间表达的需要，而全剧的时空转化在流动中完成。这样的文本结构与导演手法为舞台设计者设置了难题，同时也提供了创造的契机。

舞台设计师黄楷夫为陈旭刚家设计了一个表现院落的木栅栏门，置于舞台后区中间；前区左右各摆设或在中区摆两把藤椅及若干方凳，为演员提供必要支点；同时利用天幕投影为陈家所在的自然环境提供背景，并表现时间的变化。更重要的是舞台设计将剧场中的边檐幕、吊杆与灯具等这些现代舞台上不可或缺的装置与设备也纳入舞台设计，成为舞台设计的语言，并参与戏剧时空流动性转化，从而推进戏剧进程。这一有别于传统现实主义戏剧对剧场性的态度，一是缘于《生命如歌》使用了心理外化的叙事方法，二是一幕到底的戏剧结构使得戏剧时空必须具有流动性的转化。《生命如歌》的舞台空间“视幻觉”，不着意于场景的分辨，而是着重于叙事方法的转换的“视幻觉”。

《生命如歌》一剧的舞台设计者设计了一组可以投影并能左右大幅度移动的景片，当戏剧发生在陈家时，这些景片静止在舞台的两边，承担着边幕的功能；当戏剧出现插叙及心理空间需要外化时，后区的一组景片开始左右移动，投影上去的大都是灰色基调的、具有岩石纹理的素材；当最后位置的景片停止下来，之前的一个或两个景片左右慢速度继续移动，景片的两侧结构在移动中具有切割完整画面的作用。这样的舞台视觉效果，很好地帮助了观众进入戏剧叙事，并理解、接受戏剧的插叙及心理空间外化的表现方式。

如在序幕与尾声，老年的陈旭刚与刘玉凤分坐在舞台前区左右两端的藤椅上，前区光收掉；年轻的陈旭刚与刘玉凤坐在舞台中区的中间部位，在定点光的照射下进行表演；后区的太行山的投影在被移动的景片反复切割中完成其完整度。这段戏既是给陈旭刚性格的形成提供的历史注脚，也可以理解为老夫妻在似睡非睡中回到了战火纷飞的青春岁月。

在全戏结束时，青年与老年的陈旭刚与刘玉凤向后区走去，直至身影被移动的景片遮蔽，犹如走进了历史，这一处理手段让观众感受到强烈的震撼。

导演对故去的陈保国的几次下场的调度做了同样的处理，这为陈旭刚与刘玉凤下场方式所产生的震撼效果，做了非常有意味的铺陈。

又如第五场中，父子进行心灵对话一段戏，景片的移动与静止的处理同样介入了戏剧演出。已经亡故的陈保国上场与坐在前区中场的父亲对话，后面的景片在移动中；当陈保国坐下之后，父子的上方吊下一个小的黄色灯，父子身后一个景片静止下来，乐池中立起一个低视角的射灯，将父子巨大的身影投射到静止的景片上。一个幽闭、沉重又有几分怪异的空间，通过舞美手段呈献给观众，以对应亡者与生者的对话。

《生命如歌》的舞台设计介入了戏剧演出，这样的设计方式很难。这个戏的人文精神是现实主义的，而文本不是“三一律”结构方式；它的演出是在戏剧时空的自然流转中完成现实与往事、外部世界与精神世界的转化。它的戏剧空间形态的“视幻觉”是立足在“这一个”

戏的基础上建构,它是将剧场性当作戏剧艺术手段融于"这一个"戏"视幻觉"的营构。

守着斯坦尼斯拉夫斯基现实主义戏剧的范式,当然是一种现实主义戏剧样式的真实,遵从现实主义戏剧的精神实质,再建一种符合时代特质的现实主义戏剧的范式,应该说这更是现实主义戏剧的一种真实。《生命如歌》即是这样的一种创造。

只要人类的生活、生产方式还在改变,人与人、人与社会结构的关系便需再梳理、再建构,现实主义戏剧的使命便不会完结。秉持现实主义戏剧的精神,创造现实主义戏剧新的表达样式,这在当下巨变的中国尤为重要。

我们熟悉的那些法国艺术名家，原来都站在他长长的影子下

颜　榴

疫情期间，看到法国绘画之父尼古拉·普桑的画作《阿什杜德的瘟疫》(1630)，想起了去年年末在上海与他的一幅小画偶遇的经历。

当时，我随北京组织的一次会议，偶然走进上海博物馆“美术的诞生：从太阳王到拿破仑——巴黎国立高等美术学院珍藏展”展厅，迎面直击众多法国古典油画和雕塑。

仍然是宏大的历史画成为吸睛重点。再次见到安格尔的《阿喀琉斯接见阿伽门农》，好不惊喜。擅长历史画的欧洲画家个个都有雄心壮志，越过那些描绘血腥杀戮与强力争斗的场面(那些也是观众聚集最多的作品)，我寻找更为平静和内敛的画作。皮埃尔·莫尼耶的《智取金羊毛》和路易·利施海·德·博歇的《阿比盖尔向大卫献礼》正是如此。雅克-路易·大卫有两件作品：《厄拉西斯塔特发现了安条克生病的原因》中，穿红衣的医生厄拉西斯塔特伸出手臂，指向右侧立着的白衣女子斯特拉托尼斯，她低头抚胸，不敢迎接坐在病

床上朝她看的继子安条克的目光,那眼神里分明充满着爱欲,这一动作像是一个开关,启动了一场戏的揭秘,让画中主次人物的表情次第展现,循环播放;《安德洛玛克面对她丈夫赫克托耳尸体时的痛苦与悔恨》是又一出戏剧的高潮时刻,在晦暗的背景中,安德洛玛克右手搭在丈夫的尸体上,脸颊挂着泪珠,这件以让·拉辛悲剧人物表情为对象,受命于学院的命题作画,近三米高,是此次展厅里最大的画。大卫巨作毗邻的两幅风景画,则开启了另一种缅怀,塞万多尼的《历史建筑废墟》与罗贝尔的《里佩塔港》让人平添文艺复兴的沧桑感。肖像画中,一位华服加身、姿态庄严的男人气度不凡,金色礼服与黑色领结象征他一生的荣光与晦暗,原来他就是由尼古拉·德·拉吉利埃刻画的法兰西皇家绘画与雕塑学院的院长夏尔·勒布伦。

走过一圈,忽觉缺了什么。普桑,号称法国绘画之父的尼古拉·普桑,为何不见?再转到进门时初入的那个大厅里,门框边的一幅小画出现了,疾走过去,那正是普桑的油画《墨丘利,赫尔斯和亚格劳洛斯》(下文简称《墨》),显然被之前的人群遮挡了。于是接下来的时间成为我享受画作的“沦陷”时刻,瞬间被画面本身所征服。墨丘利的急迫、亚格劳洛斯的阴郁、赫尔斯的羞怯,普桑用动作来展现人物情感的画艺让人叹为观止。这件作于1626年左右的普桑的油画,才是展厅里最早的法国绘画,它的尺寸只有53.5厘米×77.5厘米,与其他那些大画相比小了许多,我却非常感谢策展人挑选了它送到中国。

普桑的这幅小画,描绘的是古罗马诗人奥维德《变形记》中的故事。信使之神墨丘利爱上雅典国王之女赫尔斯,可她的姐姐亚格劳洛斯心生嫉妒并阻挠两者相见,墨丘利便将亚格劳洛斯变成了石头。画面中最打动人的,莫过于我在原作前感受到的那种强烈的激情表现。中央美术学院的于润生教授揭示，在古代赫尔墨斯（墨丘利）崇拜的神秘主义信仰背景下，墨丘利作为人类灵魂的指引者，他的行为寓意着人摆脱异端迫害与真理结合的道德劝诫；同时围绕信仰发生的中世纪炼金术，汞（墨丘利）是重要的第一物质，利用它可以提炼出力量非凡的“哲人石”；更隐晦的是，普桑曾感染了梅毒这种在十七世纪足以致命的可怕疾病，后来幸运地康复，正是用汞治愈的，因此对墨丘利心怀感激。如此说来，画作蕴藏的图像密码与视觉表达，或许是我喜爱它的深层原因。法国画家普桑一生的转机是受到意大利宫廷诗人马里诺的赞助，他在 1624 年三十岁时访问罗马后并定居于此。据马里诺说，初到罗马时的普桑，是一个冲动易怒的年轻人，可是后世的我们看普桑的画，全然没有那种暴躁的火气，因为他在五年之中实现了风格的转型。《墨》画正是普桑曾经贪恋情欲的肉身渡过疾病的一劫，由此获得精神的开悟，艺术踏入正轨的参照性作品。

此时想起上博展厅里喜见的那些大画，均绘制于《墨》画三四十年之后，已然都成了普桑绘画的背书。画“金羊毛”的莫尼耶，他的父亲与普桑是好友，普桑成了他的启蒙老师。那位晚年神情落寞的勒布伦，其一度显赫的地位来自他在二十岁出头学画的年纪，恰好遇到了从罗马衣锦还乡的普桑，投入其门下。虽然普桑与路易十三的大臣及法国画家们相处不睦，两年后便败走巴黎，重返罗马，勒布伦却得以游学意大利，跟随普桑穿梭里昂到罗马，浸淫在古罗马遗迹中达四年之久，复制了大量仿品。待他重回法国，很快成为古典绘画艺术家圈子的核心人物，加之他善用权术，两年后推动成立了法兰西皇家绘画与雕塑学院，并于 1661 年升任为院长。作为十七世纪法国艺术标准的制定者，勒布伦践行的是普桑成熟期的风格：追求古典的明晰和宏伟，选择刻画在危机时刻坚守美德的智性人物，自然界即便杂乱也要归纳为几何学的秩序，树木的形状要接近建筑艺术。由此不论是历史画还是风景画，画面均构图精细，结构十分严谨。勒布伦的学生利施海，懂得老师的标准，他的画作《阿比盖尔向大卫献礼》在审核的当日便通过，他也被皇家学院录取。这种标准到了十八世纪已根深蒂固，天分很高的大卫是布歇的学生，三次角逐罗马奖失败后几乎要自杀，当他试着摆脱老师的风格尊崇普桑时，终于凭《厄拉西斯塔特发现了安条克生病的原因》赢得了罗马大奖。回想起来，大卫画作旁的那两幅风景画所描绘的，不正是终老异乡的普桑所热爱的意大利风光吗？

“美术的诞生”展里没有见到勒布伦的画作。有人说，他画艺平庸，只是普桑的翻版，也许勒布伦一辈子都生活在普桑的阴影里。而普桑的不幸，是在罗马享有盛名却被法国同胞所排挤，死后三十多年才被祖国褒奖。但也可以说，他们两人是互相成就。勒布伦成了普桑艺术的代言人，他设计出那些以意大利“伟大风格”为范本的艺术教条，在皇家绘画与雕塑学院内部生根定型，实实在在地传播了普桑的精神。1665年，也就是普桑去世后的第二年，勒布伦奉命到美术学院始发地的罗马，创办了罗马法兰西学院，这等于是向欧洲高调宣示法国艺术的大国崛起。

站在今天看欧洲艺术的繁荣，从十五世纪到十七世纪，意大利、荷兰与西班牙等国无不群星璀璨，法国却寂寂无名，直到十七世纪下半叶才渐渐发蒙，并在十八世纪勃然起势，十九世纪大师辈出，直至二十世纪又孕生出现代艺术名家。这一切不是拜普桑所赐吗？

法国绘画艺术在今天中国人的心目中享有尊崇位置。这自然离不开二十世纪初中国第一代油画家、雕塑家多负笈法兰西，他们受教最多的正是历经政治动荡与学院更名后却依然稳固的巴黎国立高等美术学院，归国后的翘楚们也是借鉴法国学院派艺术建造了中国美术的一套学院体系。1979 年的“法国农村风景画展”和 1982 年的“法国 250 年（1620—1870）绘画展览”让圈内人一睹惊艳，2004 年“法国印象派绘画珍品展”又引爆大众热情。近年来中法合作的美术展览中浮现着一个主题：中国美术家从法国学院派艺术那里学到了什么？这种影响是如何发生的？

2014 年，先后在北京、郑州、上海展出的“大师与大师——徐悲鸿与法国学院大家作品联展”，首次将徐悲鸿与他的法国导师，也是法国学院派大家们的绘画作品同时展出，国人第一次从展览中的人体与表情竞赛的得奖作品，以及罗马大奖的油画原作（包括油画稿）知悉了巴黎高美的学院派艺术标杆。四年后，由中国国家博物馆推出的“学院与沙龙：法国国家造型艺术中心、巴黎国立高等美术学院珍藏展”（包括云南省博物馆的“法国梦：从学院到沙龙展”），将“学院的培养”这一概念加强，详细展示了艺术家们为了夺得罗马大奖，是如何在各种情绪表达绘画、肖像画、风景画、草图和装饰艺术中展开美术竞赛的。五年来的三次展览，分别截取了从十七世纪到二十世纪的几段时空，交代了法兰西美术学院制度的权威与规则的锻造过程，以及法国学院派艺术曾经的辉煌，从中不难听到傲娇的法国人的内心独白：“看，这颗叫‘美术’的种子，当年是这样种下的，它蓬勃生长，变成了一片森林。”

与上述展览呼应的是 2019 年 2 月，由中央美术学院美术馆推出的“先驱之路：留法艺术家与中国现代美术（1911—1949）”大展，二十世纪上半叶的四十四位中国艺术家留学时期的作品与他们的十五位法国老师的作品同时展出，亦发出了另一种声音，在写实的主旋律之外，分明跳动着现代主义的音符。这是困扰了几代中国油画艺术家的苦恼课题：我们是否应该先完成对学院派艺术的深刻体悟，掌握相关的写实造型技巧，才能顺利地走入变形与抽象的现代主义？今天看来这个谜题并没有结束，通过安格尔回望普桑，是一条途径。

让-奥古斯特·多米尼克·安格尔无疑是法国美术森林中的大树，是十九世纪法国新古典主义的最后一面旗帜，他是如何学习普桑的呢？我想起 2014 年在中华世纪坛艺术馆见到的《罗马法尔内西别墅的墨丘利》，那是安格尔二十九岁时在罗马留学时临摹的拉斐尔作品，也是以寻找美和真理的墨丘利为主题，亦可视为向普桑的致敬。还是在中华世纪坛艺术馆，2017 年年底推出了来自大师故乡蒙托邦博物馆收藏的“安格尔的巨匠之路”展，少见其原作，以他的习作和临摹品为主，却出现了一张普桑的历史风景小画，它意在宣示普桑是安格尔艺术的源头之一。紧接着在国博开展的“学院与沙龙”展上，安格尔的巨幅画作《朱庇特与忒提斯》太过耀眼，让其他艺术家都显得黯淡了。借此我们得以体会安格尔“素描者，艺之操也”的深意，他凝练的线条是对古典艺术的高度简化，而他的老师之一普桑对意大利文艺复兴艺术所做的简化，还需要我们仔细阅读其作品才能体会。

遗憾的是，虽然法国学院派艺术对中国绘画影响如此之大，普桑作为法国学院派教宗，其作品来华的机会却不多，迄今约有四次。第一次早在 1982 年，他最负盛名的《阿卡迪亚的牧人》（约 1639）来北京展出（见于“法国 250 年绘画展览”），第二、三、四次却隔了三十多年，分别见于 2014 年中国国家博物馆的“罗马与巴洛克艺术展”、2017 年中华世纪坛的“安格尔的巨匠之路”展与 2019 年上博的“美术的诞生”展。这些作品就有我在国博见过的《奥维德的凯旋》（约 1625）和在上博所见的《墨》（约 1626），恰都是他初到罗马时的作品。那时普桑受雇主之邀，描绘了一系列以维纳斯、阿多尼斯、墨丘利为主的场景，充盈着美丽的主神和可爱的小天使。此后他转向崇高的历史题材，在画作中注入高贵的思想而成为法国古典艺术的教宗。然而，从他早期的罗马作品不难看出，即便去掉那些考古学、历史学、哲学及心理学的种种剖析，我们也能毫不费力地感到画作自身和谐的魅力，尤其是线条之美，那既来自普桑年轻时追慕的拉斐尔，又凝聚了他个人的天才。这种由普桑开创的典雅精致的绘画修词美学，属于法兰西民族独有，也藏在后世一代代法国艺术家的基因里，否则无法解释，在新古典艺术退场之后，现代艺术的先驱仍对普桑恭敬有加：年轻的德加临摹普桑的作品，马蒂斯专门去同一地点画普桑画过的风景，塞尚说："每次我从普桑那儿回来，我便更了解我是谁。"

说回文章开头提到的普桑画作《阿什杜德的瘟疫》，那是画家对公元二世纪古罗马安东尼瘟疫的想象。普桑在他青春渐逝并遭遇磨难的重生后，对历史悲剧显现出理性思考。如今人类已经远离了那个古希腊的理想美时代，普桑在"阿卡迪亚"墓碑上的题词并未过时，唯有保持画中的牧人与少妇那般的庄严姿态，才更有可能达至心中的田园牧歌吧。

北方的冬天，下了一场南方的雨

——写给文珍和她的新诗集《鲸鱼破冰》

亦　可

2019 年，北京下了两场大雪。第二场雪来临的年终盘点时刻，文珍的新诗集《鲸鱼破冰》悄然而至。清爽简洁的蓝色封面，一条硕大的鲸鱼尾似从海面蓬勃跃出，应和了这独特的书名。我盯着封面看了许久，感觉这条肥肥的翘尾又像一只戴着假面的精灵猫咪，眨巴着妩媚的眼睛朝你微笑，嘿，朋友，你好。

你好啊，十二月；你好，这个封面很文珍的《鲸鱼破冰》。

一　活跃度和新鲜感是创作需要的一种姿态

我和文珍好像认识了很多年，又好像总是刚刚认识。

我们好像认识了很多年，是说我们初识时居然就带着一种自然而然的熟络。是呢,完全没有陌生人想要探究对方时那种有点不安又有点侥幸的小心翼翼,或者是活动组织方和受邀嘉宾首次见面时需要寒暄一番的客套,反而是那种见到对方后,冲上去给对方一个结实的拥抱,然后就开始漫无边际的笑谈。这种感觉让人诧异,却也久违。我们都很放松,就像只是隔了很多年没见的老朋友,下一秒就可以敲着对方的脑袋说,嘿,本家姑娘,你消失了这么久,去哪儿疯了?来来来,约起来。是呢,文珍叫我“本家姑娘”,后来我也习惯了这么叫她。她第一次这么叫我的时候,我忘了是在微信里还是见面时,总之因为这一个称呼,不仅让同姓的我俩深感能在这大千世界捡到一个同族姐妹的温暖和窃喜,更多的是我们在日后的接触中发掘出来或多或少相谈甚欢的精神交集。

我们好像刚刚认识,是说文珍总是能带给她的同行、读者一种随心所欲的新鲜感。这种新鲜感源于她不同风格的文学作品,包括她的书,她的评论,她的随感,甚至她的发型和首饰。

先说作品。她书上的简介的确很简洁:青年作家,曾出版小说集《柒》《我们夜里在美术馆谈恋爱》《十一味爱》,台版自选集《气味之城》,散文集《三四越界》。而对于她所获得的那些荣誉,如第十三届华语文学传媒大奖最具潜力新人奖、第五届老舍文学奖、第二届“西湖”新锐文学奖、2013“紫金·人民文学未来之星”中篇提名、“十月”文学奖、山花双年奖等,在之后的新书中就很少提及了。或许,这些荣誉对于她来讲都是过往,接下来要走的每一步更值得我们关注。之前那些更利于宣发的大张旗鼓的名头正在被她一一卸下,逐渐回归朴实的、诚恳的姿态。这是那个真实的文珍,外界给她的种种标签和评价,在她看来都是一顶顶或华丽或苛刻的帽子,戴上,取下,都不是为了取悦他人,最终还是要遵从内心。看看她每年发表的作品,对于一个青年作家来说，是一份还不错的成绩单。在诸多的报道和评论中，她多被划入近年来比较活跃的青年作家。这层意思的“活跃”，最直观的体现可能就是她出版作品的频率不低，参加活动的曝光率足够，这是外界对她勤于耕耘的一种肯定和认可，也是一种更直白的鼓励和有所期待。

越过作品，文珍的身上还有另外一种不够活跃的“活跃”，这种活跃是隐秘的、低调的、内敛的，带着暗暗的积蓄。这种感受更多源于我们曾共同参加过多场活动带来的直觉。每一个场合，不讲话时的她，是安静的，低眉顺目的，像一只等待的猫，低着身子，湿润的眼睛里泛出迷蒙的光，但撑起的骨架里却蕴含了一股隐隐生长的力量，是热气球里跃动的小气团，是星座中燃烧的小宇宙，却并不会让你透过皮肤看到它们。等到她讲话时，虽然讲出来的每一个字是温柔的、软软的、缓慢的，但不知为什么，她身体里的那股小气团立刻运转起来，连带着每一次呼吸，像冬季最猛烈的雪花，绽放出光芒，带着锋利的冰凌扑向你，却在即将达到你面前时，倏地化成温柔的羽翼或蒙蒙的雨滴，在你面前缓缓落下。这是一种很奇特的，仅仅属于文珍身上的特质。

所以在这样一个时时刻刻带着新鲜感的青年作家身上，我们在这个冬天等到这本诗集《鲸鱼破冰》时一点也不觉意外，反而觉得这是一份水到渠成、顺其自然的时间礼物。

文珍是多面的，她带来的另一种新鲜感，是一种看得见、感受得到的新鲜感。比如，当我还在执着于多年的披肩卷发，她已经干脆利落地剪掉长长的马尾，换了利索的短发；下一次见面，这利索的短发又带着一种小小的妩媚微卷出现在众人面前。但让人奇怪的是，每一种发型都很适合她。又比如，我们的聊天大多集中在深夜甚至凌晨,也只有在那个时候,我刚好把幼小的孩子安顿入睡,她刚好在电脑前整理她的书稿。我们能聊美食、美物、美剧、美景、美人,也能聊现状、人生、爱情、婚姻,甚至各种家长里短和我们都钟爱的小玩意儿。她无时无刻表现出来的这种新鲜感,无论对于朋友还是家人,都极为难得。赶上我们都心情好的时候,每次见面都给对方拍美美的照片,似乎也变成了一种默契。她还极为勤奋,除了要写稿、看稿,还写专栏,我就颇喜欢她给凤凰网写的节气专栏,感觉也可以收录到她的下一本新书中了。

有了这些平日的感情铺垫,我们再顺着作品的时间轴去读文珍,会感受到她随时随地冒出来的想法都是新鲜的、有用的,她把这种细微的生活细节以诗的形式展现出来,用了和以往写作截然不同的断句手法,这种带着让你意想不到的停顿的呼吸,就显得从容又动人。比如这首2015年的《你我之间》,读下去满是湿漉漉的心事。“我们都读过太多书/有用的,没用的/我们都受困于限制视角的这人生。独享欢愉也活该/受罪。以一己经验谬误地/判断他人,或者不/即便相爱也一样。即便曾结合得/紧密也一样。”在回旋的低喃声中展现出一种理智、倔强,是参与者,也是旁观者,冷静得让人无法呼吸。“萎谢的蔷薇,早夭的蝉/一个戴帽的女人走过/随即掩面沉没于自身/风暴。而我们都袖手旁观。我猜想你很快乐,在我所不确定/的某日。我又收到你未寄出的信/听你说不出口的情话并梦/你从不曾梦见的脸孔。我的。”创作的时间是在深秋,寥寥几句勾勒出这个季节孤独的剪影,“你”是谁,“我”又是谁,这并不重要,你我之间,从标题就能读出的爱情,被很多人写过的爱情,文珍觉得,不需要再散落甜蜜的小颗粒。粉尘,也是爱情的一种姿态。

文珍身上还经常浮现出一种婴儿般的纯净之光。有一次,我们一起受邀参加一位老师的新书发布会，我俩的座位挨着，她在旁边一直低头看书，有时会发出微微的轻叹和低低的笑声。可能是看到动情之处，她偷偷拽拽我的风衣，待我探过头去指给我看她认为的精妙之处，还要小声说一句"你说是不是？"就像看到一颗好吃的糖果一定要分享给小伙伴的样子，充满了天真纯净的孩子气。《平安夜前夕》《麻辣香锅，人民剧院和电影》等，都呈现了这种放松的姿态。而在《鲸鱼破冰》《初一的诗》《我们的大船在上升》等诗中，文珍又可以在宏大和微小的情绪中随意切换，把对亲人、故乡、祖国大好河山的复杂之感立体地呈现出来，运用自如的戛然而止和反转，让人惊叹。

二　诗歌和小说是生命中不可或缺的两面

《鲸鱼破冰》是文珍的首部诗集，从她 2003 年至 2019 年这期间创作的两百多首诗歌中，反复挑选出七十三首收录其中。不知道这样一个数字对于一个诗人来说，算不算一个大体量，但入选的每一首诗，都是精致的，像样的，被细细熨过的。这部诗集分为三个单元：巴西鸢尾 2015—2019，孔雀与蜂鸟 2009—2014，河马史诗 2003—2008，用一种倒流的近叙事的标签，把各个时期的心事和状态透明地呈现，成为一种生活化的格式存在。先不去探究诗歌本身的质感如何，单看每一首诗的名字就都带着温度。《我定有缺点》《一个良夜》《关于我们所爱吃的花生米》《我不》《月光光光光吃糖糖糖糖》《叠，叠被子》……它们是滚烫岁月的留痕，是女孩到少女再到女人的情感变化，一字一句中，我们完成了或按捺隐忍，或理智疏离，或平淡喟叹，或俏皮欣喜的洗礼。诗歌中几乎没有特定的名字，大量的“你”“我”“他”，带着隐喻或广喻的标志性符号，以或对白或讲述的方式把文珍珍藏了十六年的细碎光阴娓娓道来，每一个字的出现都经过深思熟虑，每一段话的出现都像一首绝妙的咏叹调，我们像观看了一场酣畅淋漓的浓缩歌剧，和她一起享受了这次勇敢又美妙的“破冰之旅”。

重新说回这部作品，但凡涉及“首部”“第一”等字眼，就要和自己的过往经历逐一比较。这是一个带点跨界的情绪，作为一个青年作家，文珍的第一部诗集，不能回避的一个问题就会提到诗与小说的创作特点和异同。虽然文珍在她以往的小说和散文中已经凸显了一个诗人的气质，但她一定是想到这本书出版后会遇到大家这样提问，所以她在自序中就直接回答了这个问题：“诗与小说。这两种看似不可调和的文体，时常如雨雪冰雹交汇于心底，构成我生命不可或缺的两面。我总是对别人说，写不出小说的时候就（才）写诗。就好像诗歌于我只是一种写小说之余消磨光阴的不务正业。事实上，这说法也许仅仅出于对诗艺不够自信的某种自我保护。不论如何，小说和诗都是我真正喜欢的事，共同安放了许多有幸的光阴；甚至诗歌比小说所能容纳的，还要更多一些。”这是一个经过思考的回答，文珍把自己的写作习惯和对写作的理解做了一个很巧妙的小结和梳理。任何一种带有灵魂的写作都是值得被人欣赏的。这是一本诞生在冬天的诗集，它的身上，蒸腾出一股夏日雨后的清新味道。

为什么要出版一本诗集，可能除了北京十月文艺出版社韩敬群先生的赏识，责编江汀先生及一众好友的鼓励外，文珍也要对自己多年写诗的坚持做一个系统且完整的交代。当然，她还是保持着一贯的清醒。“我写诗其实早于写小说许多年；只是一直不确定自己这些分行的句子，到底够不够格称之为‘诗’。两种看似不可调和的文体，时常如雨雪冰雹交汇于心底，构成我生命不可或缺的两面，共同安放许多有幸的光阴；甚至诗歌比小说所能容纳的，还要更多一些。”你看，文学就是如此善解人意，任何看上去矛盾的情况都有交融的时刻，读文珍的诗，可以尝试并肯定地说，一个好的小说家，有时候也可能是一位好的诗人。

三　爱是被包裹着的一颗温暖种子

印象里，文珍是过于顺其自然、随遇而安的一个人。她和我们在一起时说得最多的一句话，就是谢谢大家，希望不要打扰到大家。有段时间我觉得她太过于小心谨慎，后来才知道，她是真的怕打扰别人，有时候这种体贴反而会成为她情绪的一种累赘。或者，这也是她对待感恩态度时一种顺其自然的表达。那我们应该尊重这种表达，至少，你看到了一个作家如一个朋友的善意。

不过文珍也有她性格的另外一面。我还记得第一次见到她的名字时，忍不住去百度了一下，点开她名字的第一条居然是一个原创游戏中的角色，里面是这么介绍的：“文珍是那个灰暗世界的一道灿烂光彩。她善良，伶俐，且勇敢。她目睹了在自己之前同伴的悲剧，并未听从主人的安排。她渴望将自己的命运紧紧攥在手中，于是她放手一搏——灿烂的人生一搏。她看透世事，内敛锐气，为旧世女子开出了一条新的路。”当然这可能只是凑巧了，但一刹那我有点恍惚，似乎已经预感到,这个游戏中的角色,和生活中的文珍本人是有一些吻合的。

今年五月,文珍邀我去看改编自她的作品《请和我跳最后一支虚舞》的首部书店版沉浸式话剧。我欣欣然接受了她的邀请,还义气地在书店网页上订了早鸟票。谁知当天凑巧拉肚子,文珍说,要不然就不来了吧,我为了这个约,却也固执地在再三挣扎中依旧艰难地打车到了书店,一整晚,窝在主办方给我提供的软毯子上,在书架一角看完了整场演出。文珍当晚有事,在演出临结束时到场,我们俩发了微信,只是知道对方都在现场,但她看不到我,我却能看到她。她没有和任何一个人打招呼告诉她来了,只是悄无声息地隐没于现场戴着面具的观众中,大家不知道这场精彩演出的原作者,就和他们一起徜徉在动听的旋律和精彩的对白中,体会了这场虚无幻灭的爱情。结尾时,在女主角深情的表白中,我看到文珍凝重严肃的神态,而她身边观众的眼睛中,有大颗大颗的眼泪砸下来。这可以说明,话剧改编得很好,演员演得也好,终归,是原著写得好。

我还记得那天散场后已是深夜,文珍、我,还有码字人书店的老板苏皖,以及当晚那场演出的演员们在书店外的长椅上聊天。我和他们并不是很熟,因是文珍体贴,开了车,要送我回家。夏日夜色深沉,暮霭徐徐,码字人书店灯光明亮,忘记了是谁给苏皖点了一支烟,她拿烟的姿势性感极了,还有宋伟侨的扮演者李全斌、李易,女主角之一的栾禹瑶,都是努力上进的小伙伴,文珍一一帮我介绍,大家笑着互加了微信。演员们为今天的成功演出欢欣鼓舞,文珍捧着读者送她的花笑得灿烂,不停地感谢大家,声音依旧柔柔的。这一刻他们都是闪闪发光的小太阳。有时候我也在想,过多的赞美对于一个作家或者一个人来讲到底是不是一件好事,但后来我发现,赞美和客观认识一个人一点都不矛盾。优点和缺点都是不可以忽视的，只不过当你的眼中充满爱时，你看到的才都是赞美吧。

我办公室的抽屉里一直放着文珍 2017 年给我画的一幅画。抽屉里的东西反反复复，文珍送我的这张小画居然一直被我留存着，也说不清楚什么原因，觉得它就该待在这里，拉开抽屉时就可以看到这群精灵古怪的小猫，心情也会变得晴朗起来。

A4 纸上，六只胖乎乎的猫占领了满满一纸，神态各异，可以看出来这只猫肯定是猫界的美女猫，细胳膊细腿，你看它还梳着双马尾，噘起的小嘴可能刚刚涂过口红；这只尾巴短短的、像只棒棒糖的猫应该最聪明的，滴溜溜的大眼睛转啊转，平日里肯定没少给一起偷鱼的伙伴出主意；这只眼睛长、尾巴也长的猫可能刚刚吃饱，懒洋洋地蹲在地上准备打个盹儿，眼睫毛都要低垂下来了；这只脑袋大、身子小，尾巴拖成一根毛线的猫是不是受到了什么惊吓，两边的胡子都惊得支棱起来了；这只耳朵小小、斜眼向上看的猫，乍一看以为是一只兔子，可能就是一只变异成为猫的兔子吧，因为它的眼神一直盯着右上方两只依偎在一起的辣椒和一只孤独的茄子，这两种蔬菜并不知道发生了什么，还笑眯眯地傻乐着；还有一只圆滚滚的猫咪从角落里探出大大的脑袋，脸蛋圆圆，杏眼圆圆，仔细一看，它居然没有长胡子，为什么没有胡子呢，文珍在旁边写道：

假装
瓜子脸的代价
就是胡子也没有了

哈哈！这首诗是不是配得很绝妙！如果不是因为我们都在会场

上,我当时都忍不住要大笑起来。我指着这几句话对文珍点点头,那一刻可能我们都想到了每次自拍时必须打开美颜相机的梗。虽然这张纸被猫儿们填充得满满的,但是文珍还是在空出的一角画上了由各种形状组成的花边,还有小星星、糖果、圣诞树、贝壳、青草、大象、犄角、金字塔……你看,文珍就是有这种本事,给人带来那么多惊喜。她那瘦瘦的身体里,有多少精灵般的细胞,我想,可能是无穷无尽吧。

在这页纸上,文珍给我写了一首诗,她居然还带了彩笔,仔仔细细标注了是送给我的:

> 茄子长出脸
> 辣椒西红柿都长出脸
> 微凸起的小鼻子,细黑眼睛,噘着嘴
> 隔壁的王阿姨变成小粉象,刘奶奶表示
> 想当大河马,沙发上有只土豆在发芽
> 发青发黑,长叶子,长高
> 我认不出哪只猫变的
> 天花板下起细雪,粉尘一样的水晶
> 很快新茶几就冻住了
> 它决定摇摇摆摆,变成一只肥胖的企鹅
> 一时之间,所有事物都在兴高采烈起变化
> ——胡乱涂鸦,送给本家姑娘亦可一哂

是不是很动人。那个时候,我还不知道文珍写诗的事儿,只是觉得这首诗写得好玩又有趣,并为收到一首只写给我的诗而感到兴高采烈。现在看来,诗对于她,原本就是渗入生活中最平实的存在了

吧，就像一饭一蔬，像白开水，是她不会刻意提到却不会消逝的痕迹。而说到此，细细回想了一下，其实我们并不会因为一件什么事去刻意联系，也说不上因着本家姑娘的关系去刻意为对方提供或者做些什么，却因着一种说不清楚的友情，随时关注、关怀着对方。这种友情不炽烈，却很实在。比如某天不知道说到了什么，文珍就突然发过来一句话：我们单位附近的糖炒栗子很好吃，你下次来，我买给你。不知道为什么，这个时刻就会让人忽然想说，我们从不插手其他人的人生，但是需要我们出现的时刻，我们义无反顾。你看，曾经那么勇敢的我们，是不是就像这憨憨的鲸鱼，乘风破浪，一往直前。

文珍在新诗集《鲸鱼破冰》的自序里提到一首她创作于 2006 年 5 月的短诗，这首诗同样也深深打动了我：

五月的槐花很香
雨水充足
和你漫游的那些清凉的夜晚
对我助益良多

这种感觉让人熟悉，似曾相识的经历，温暖且甜蜜。那就这样吧，《鲸鱼破冰》的到来，让我们重新梳理过往，并对未来重怀希望。与此同时，在手机里告诉对方，在北方这个冰冷的冬天里，下了一场南方湿润的雨。

经典叙事法、哲学与宗教视角下的思维与逻辑关联

——中外电影文化建构比较研究

张　冲

朱光潜先生曾历数我国学术界“最危险的通病”，即“无爱真理的精神、无评判的精神、无忠实的精神、无独立创造的精神、无实验的精神”。[①] 中国电影进入二十一世纪以来朝着良性态势发展的特征逐渐明显，包括类型多元化、故事深入化以及观众最大化等。但纵观某些电影，朱先生所说的学术界的通病在电影创作中也存在着类似的症候。针对这种最危险的通病，朱光潜先生提出了三项“治病措施”，其中两项与“留学”相关，旨在了解与学习外国先进的思想与方法。外国优秀电影的文化建构所蕴含的先进方法与思想，有助于中国电影“取人之长，补己之短”。亚里士多德在《诗学》中阐释悲剧时

① 王一川：《跨文化艺术美学》，中国大百科全书出版社，2017 年，第 50 页。朱光潜：《怎样改造学术界》，载《朱光潜全集》第八卷，安徽教育出版社，1993 年，第 30 页。

说:“诗人的职责不在于描述已经发生的事,而在于描述可能发生的事。”[①]所以“诗是一种比历史更富哲学性、更严肃的艺术,因为是倾向于表现带普遍性的事”。[②] 亚里士多德把“普遍性”作为叙事艺术的倾向或至高原则,所谓“带普遍性的事”,亚里士多德认为是“指根据可然或必然的原则某一类人可能会说的话或会做的事——诗要表现的就是这种普遍性”。[③] 作为叙事艺术之一的电影,将图片从静止状态发展到运动状态,在其运动过程中形成了长短不一的时间轴,在此叙事时间轴上铺满运动的符合可然与必然原则的情节,使其具有普遍性特征。

在不同的电影中,电影创作者对普遍性的思考与认知不同,构成了电影文化的不同层次及多元化特征。比如,曾为第五代电影导演写作剧本的编剧邹静之认为,电影创作的三种不同境界是“出故事、出人物与出情怀”[④],这一点不同于其他国家艺术者的创作认知。罗马尼亚诗人索雷斯库说,“诗人必须与哲学联姻。诗人倘若不是思想家,那就一无是处”;俄罗斯诗人丘特切夫说,“用理性不能理解俄罗斯,用一般的标准无法衡量它,在它那里存在的是特殊的东西。对俄罗斯你只能信仰”。[⑤] 每位创作者在论及创作作品普遍性的时候,都会论及不同的标准,至于什么是优秀的电影,本人比较认同恩格斯关于优秀戏剧的标准:“具有一定的思想深度,反映一定的历史内容,同时还具有莎士比亚戏剧的丰富性与生动性。”[⑥]本文从此标准出发,

① 亚里士多德:《诗学》,商务印书馆,1998 年,第 81 页。
② 同上。
③ 同上。
④ 摘自邹静之在北京电影学院“学院大讲堂”的讲座。
⑤ 尼·别尔嘉耶夫:《俄罗斯思想》,三联书店,1995 年,第 1 页。
⑥ 摘自恩格斯写给萨·拉斐尔的信。

尝试从中外电影文化建构中的经典叙事法、哲学因素、神学因素及非理性因素等几个方面，对中外电影的不同文化建构进行比较研究。

一 “净化与升华”的叙事法与文化的关联

《诗学》中提到，“悲剧是对一个完整划一，且具一定长度的行动的摹仿，一个完整的事物由起始、中段和结尾组成”。[①] 而“Katharsis”（译为净化、升华、疏泄、宣泄等）是其终极追求，“Katharsis”通过“恐惧”与“怜悯”而得以产生，与古希腊经典哲学的“至善理念世界”息息相关。关于“善”，俄罗斯宗教哲学家别尔嘉耶夫如此阐释：“真是实现善的途径，美是善的呈现，善是三者关系中的终极目的。”中国当下电影进入新世纪以来，在叙事与类型上进行了前所未有的多元化尝试，但与世界经典电影的文化建构相比，还有流于疏浅、思想不够深入之嫌，究其根由，主要来自电影制作者的知识结构、知识积累及其认知。2002 年的国产影片《英雄》利用红、蓝、绿、白四种颜色在叙事形式上来模仿黑泽明的《罗生门》，试图从士人角度讨论“天下”苍生与战争的关系，但因人物缺乏“英雄”特征与逻辑，难以引起观众同情与怜悯，遑论“净化与升华”；而其模仿对象《罗生门》不但讨论了复杂的人性，还讨论了关于“真相”的普遍性问题，它从情感、情怀层面谈起，但超越了它，具有一定的普遍性。电影《三枪拍案惊奇》购买了科恩兄弟的导演处女作《血迷宫》的版权，二者在叙事与文化建构上不尽

① 亚里士多德：《诗学》，第 74 页。

相同,《三枪》中的乏善可陈的人物让人觉得荒唐,无法让人同情与怜悯,而《血迷宫》中,酒吧老板娘因无法在虚无的家庭生活中继续自己的人生,也为了不杀害自己的丈夫而离家出走,她的行为一直牵动着观众的情感与注意力,不时引发观众的同情与怜悯,其“净化”效果远远超过《三枪》的低俗。最近的电影《影》对黑泽明的电影《影子武士》进行了形式上的探索,但其立意与普遍性方面与后者皆有不同。《影》着意于人面对权力之时的选择,将人性的“恶”与“丑”的显露殆尽,有人认为它缺乏打动人心的艺术魅力,并认为“好的电影,应该给人以希望,通过对人性之恶的揭露与鞭挞,伸展人性之美,让银幕之下的现实生活,得以良性促进”。[①]《影子武士》不同,不只描述人性卑琐,还在于更高的立意,即一个死去的贵族对一个卑琐灵魂的完美改造,呈现的是人性光辉魅力带给人的净化与升华作用,充满了悲怆意识。

塔可夫斯基在访谈里说:“按照我现在对电影艺术的能力和特性的理解,我认为必须使剧本情节符合时间、地点、动作三一律这个古典主义的原则。我觉得,这种尽可能质朴和节制的形式处理可能具有更大的表现力。”[②]塔可夫斯基在《乡愁》《潜行者》等影片里都比较朴素地运用着经典叙事原则,《乡愁》中的知识分子安德烈从开始的迷茫困惑、不知道自己要往哪里去,到发展部分受到“疯子”多米尼克的影响,终于知晓“我是谁”“我该往哪里去”等终极问题,解决了影片经典叙事的问题预设,同时在影片中对人物的建构和突转也沿着

---

① 摘自上海影评学会画外音公众号,2018 年 10 月 7 日,刘巽达:《〈影〉:满眼的人性之恶》。

② 李宝强编译:《七部半:塔尔科夫斯基的电影世界》,中国电影出版社,2002 年,第 354 页。

着“净化”“升华”(“卡塔西斯”)的动作走向向前推进。塔可夫斯基所说的情节应该符合的“古典主义原则”也是亚里士多德在《诗学》中所阐释的“可然律与必然律”“突转与发现”“恐惧与怜悯”与“卡塔西斯”等原则。电影《哪吒之魔童降世》,其立意“我命由我不由天”来自个人英雄的情怀,而英雄的塑造是在经过选择后,做了“可怕之事”后才确立起来的,在这一点上,《哪吒》完成了对英雄在技术层面的塑造,在叙事上遵循了经典叙事原则。而相较于塔可夫斯基《乡愁》中的疯子多米尼克所做的“可怕之事”——在罗马广场发表演讲然后自焚,其立意在于警醒处于“世界末日”之中的迷失的普罗大众,他们陷于娱乐至死、暴力以及物质泥淖之中而不自知,多米尼克通过“自焚”试图让被奴役与异化的现代人能够悬崖勒马,重返精神的彼岸自救。哪吒为自证的立意与多米尼克作为知识分子的“醒世”立意颇不同。但不管怎样,《哪吒》《战狼 2》等是对完型叙事,即包含了“净化与升华”等技术因素的一次类型尝试。

艺术史学者曹意强在论述“艺术是什么”时,他认为这种本质论应该“问源于柏拉图哲学,它假定在所有的艺术作品之上存在着一个永恒不变的理念,所有实际的作品都是这单一理念形式的摹本。由此推论,艺术的本质就是理念,就是‘真、善、美’,因此,艺术具有泛文化、超历史的审美价值”。[①] 从“净化与升华”的角度,看《超时空同居》《后来的我们》与《爵迹》等商业电影,这些商业电影在形式上奢华、唯美,但内容上较多的是情感的宣泄或者对某种情绪的渲染,虽然符合了“故事为王、情感至上”的电影情感追求,但未能对人进行“净化”与“升华”的教化与影响,也较少给人启发。编剧冉平说:“好

① 曹意强、孔令伟主编:《艺术哲学与史学理念》,中国美术学院出版社,2015 年,第Ⅱ—Ⅲ页。

莱坞靠两条腿走路,一条腿是情感,另外一条腿是智力。”好莱坞这样的商业电影非常多,以《黑客帝国》为例,作为商业片,这部电影充斥了女性主义、禅宗文化、消费文化、存在主义、真实的真相、古希腊哲学,等等。所以,虽然是商业电影,但也必须与哲学联姻,否则经不起信息量、知识量越来越大的观众的检验。文牧野的《流浪地球》对好莱坞大片进行了一次科幻类型化的尝试。但在叙事内容方面,仅仅是停留在“情感”或者“情怀”至上,而相较于《后天》《神奇的密码》等同类型题材电影,后者善于运用的模式为“牺牲/救赎”套路,使人处于极端的情况下,比如世界末日,主要人物需要完成“我是谁”“我从哪儿来”“我将要去哪里”等哲学与神学的终极问题,以此通过选择完成从人性向神性的升华,进而达到艺术作品的“卡塔西斯”的作用。

二 “好人”在中西电影的文化建构中:哲学观念与逻辑的人物体现

《诗学》中说,悲剧模仿的对象是“好人”,即“英雄”,而“好人”是“敢做和能做可怕之事”的人,“好人”面对“可怕之事”时必须进行两难选择,进而建构“好”或者“善”的理念。从苏格拉底“至善的理念世界”来讲,“善”的建构具有一套形而上的逻辑与认知,同时“好人”形象的建构亦体现了对普遍性问题的深入程度。中国电影史上曾经不乏与世界电影一流大师比肩的中国电影作品,如《小城之春》等,但近些年中国电影难寻与世界电影大师比肩的作品。近期艺术片导演毕赣、李睿珺等人皆有获奖作品出现,但其电影与费穆、基耶斯洛夫斯基、塔可夫斯基等人的电影相比,还存在一定的差距。在内容上,毕赣、李睿珺较多关注情感与情绪或社会问题,而费穆显示出了对“家庭/婚姻/爱情”进行选择的普遍性问题,并具有对观众有同理心理的“净化升华”效应。

关于电影的形而上性,为方便,在此可举绘画中关于抽象、具象的例子,当我们观看伦勃朗、达·芬奇的时候,会被他们具象的写实风格折服,但是在欣赏毕加索的立体主义或者斯塔埃尔、罗斯科的抽象绘画时,如果没有古希腊哲学关于世界本原的认知,就会感到有难度;而培根由一堆堆变形或扭曲的肉所构成的绘画内容,如果没有一定的古典的、现代主义的知识积累,就很难引起共鸣。这是文化上的差异,如果真的想进行文化跨界,必须从形而上的角度对这些抽象或形象的绘画进行文化积累。吉尔·德勒兹认为“培根的绘画以纯粹的形象取代了具象绘画,从而在抽象与具象之间,找到了第三条道路,拯救了形象在二十世纪的命运”。[①] 培根用扭曲、变形或者叠加在一起的肉进行绘画,但是“肉并非死去了的肉体,它存留着一切痛苦,并在它身上保留了新鲜肉体的全部色彩。在培根的笔下,肉有着那么多的痉挛的、脆弱的痛苦,但同时又有那么多迷人的新发现、色彩和高明的杂技。培根不说‘对动物的怜悯’,而是所有痛苦的人都是肉。肉是人与动物的共同区域,是‘不可区分’的区域,它是这一‘事实’,在这一状态下,画家与他恐惧或怜悯的对象相认同。画家是屠夫,那是一定的,但他在这一屠宰场中,就像身处教堂之中,肉是他的十字架上受难的人,惟有在屠宰场中,培根才是一名宗教画家”。[②]

① 吉尔·德勒兹:《弗兰西斯·培根:感觉的逻辑》,董强译,广西师范大学出版社,2017 年,第 xii 页。

② 同上。

培根将个体感觉以肉的形象呈现，强调个体对世界的愤怒、恐惧与失望，恰如伍尔夫所说的“一切事物、一切感情、一切思想都是小说的恰当素材，头脑和心灵的一切特点都值得吸收；一切知觉印象都有用处”。[①] 培根运用形象将教皇、屠杀、人与狗等形象以变形的方式呈现出来，折射言语或者思想无法描述的恐惧、愤怒与羞耻感等。关于了解一幅画或一部优秀电影，确实需要一定的知识积累和认知，或者比较敏感的感觉。再比如外国优秀的先锋实验电影《一条安达鲁狗》《去年在马里昂巴德》以及史云梅耶动画电影《斯大林主义在波希米亚的死亡》《食物》《对话》等，它们对诸多普遍性问题进行了思考与视觉呈现，如无形的潜意识、言语与事实的关系、极权意识形态的发展以及对事物的存有及发展状态等，这些具有先锋实验意义的实践，目前在国内已经有人开始尝试实践，如影像制作者杨福东等人，其作品《竹林七贤》，形式与具有思想性的内容还有距离。第六代导演贾樟柯从讲当下中国人存在的普遍性特征的《天注定》到《江河故人》的存在主义与人道主义一度缩小这种差距，但较为遗憾的是之后的作品《江湖儿女》又回到了泛滥的男女情感叙事模式，一种江湖义气与女性的豪情充斥银幕，不再如前两部作品在思想深度上具有普遍性。

中国内地电影也曾尝试进行中西文化跨界与融合，如《三枪拍案惊奇》《罗曼蒂克消亡史》等，这两部电影都与《血迷宫》有些关联。《三枪》并不试图建构“英雄”或“反英雄”形象，小沈阳与闫妮的关系、孙红雷与闫妮的关系以及老板与闫妮的关系，任何一方的动机都无法构建好人“善”的特征，英雄人物设计并不明晰，只是侧重呈现较

① 弗吉尼亚·伍尔夫：《伍尔夫读书笔记》，译林出版社，2015年，第1页。

为低俗的三角恋情杀故事。《血迷宫》则试图描述后现代社会中人的迷失之存在状态，在揭示世界及人的存在的"荒诞"本质之时，讨论现代人类该何去何从。《罗曼蒂克消亡史》与《血迷宫》都有活埋人的情节设置，但不同的是，《罗曼蒂克消亡史》中年轻的男主角杀人非常快，毫不犹豫，一铁锹下去就把人拍死，立即呈现了男主角年轻时的凶残与冷酷的扁平形象，但令人反感；而《血迷宫》则不同，导演用"杀人是一件非常非常非常……的事"来呈现反英雄们的选择、困惑与痛苦，在良知、命运与虚无中徘徊，人物形象丰满而令人同情和怜悯。《血迷宫》也对"真相"是否可知这一形而上问题进行了影像化呈现，电影中有这样设置情节：雷伊发现了私家侦探维斯的存在，他来到艾比租住的房子里，雷伊警告刚刚走入房间的艾比把灯关上，说有人在监视他们，惊吓当中艾比不敢关灯，她害怕雷伊在黑暗中杀害自己，因为她在睡梦中梦到了丈夫马迪死去的画面。当雷伊向艾比解释为何凌晨打电话说"我爱你"时，他说"那是真话"，艾比受到惊吓，机械地回答说"我也爱你"，雷伊说"你是因为害怕"，这句话同艾比梦中丈夫马迪所说的话如出一辙。随后，灯光下的雷伊被黑暗中的维斯射杀，但艾比误以为是嫉妒成性的丈夫杀了雷伊。最后，在巨大的恐惧中，她用雷伊还给她的手枪里的最后一颗子弹杀死了那个射杀雷伊的人，她以为是丈夫马迪，其实是维斯。观众很清楚地知道电影中的人物关系，但是电影中的人却如"当局者迷"一样，对真相毫无头绪且一无所知，充满歧义和迷障。科恩兄弟借此讨论了"真相是否可知"的形而上问题。李安的《冰风暴》描述了1973年美国人的物质存在与精神存在。实现了财富自由的美国人面对世界该何去何从，它们是存在主义中关于人的选择与人的存在的问题的讨论，《东京物语》从现代性的角度重新诠释家庭中人和人的关系、人和人是怎样一种存在，以及人的独自存在。

指挥家弗朗兹·威尔瑟-莫斯特说：“当你悲伤，当你感到快乐，音乐都能够带给你更多人生的启发和领悟，这也是伟大的艺术所在。伟大的艺术与哲学在某一点上是共鸣的，他们都旨在探寻人生的奥秘。”同样，电影与哲学在某一点上也是共鸣的，它代表着电影艺术家对人的存在的认知和对人生奥秘的探寻。在塔可夫斯基的电影《乡愁》中，导演把主人公安德烈定位为“知识分子”。用普希金的话讲，作为知识分子的诗人，其目的与使命就是要“唤起人们善良的感情”，强调精神的升华以及信仰的激发。安德烈到意大利画家莫兰迪的老家博洛尼亚搜集农奴音乐家索诺夫斯基的传记资料。但在风景如画的博洛尼亚，诗人却这样说道：“我对这种美景早已厌倦，我自己别无他求，这已足够。”这种美如油画的景色让他觉得“艺术之美令人反感”。[①] 同样，性感迷人的女翻译尤吉妮娅也吸引不了他，纵然她对他崇拜、爱慕，百般暗示、挑逗、引诱乃至告白，都无法达到目的，因为安德烈的忧心和担心不在“她”这儿，也不在如画的美景中。他忧思的是别的事物，刻画在墙壁上的圣母形象、索诺夫斯基的选择以及自己此时精神上的困惑与迷茫。然而一个把家人囚禁了七年的疯子，却唤起了安德烈的注意，他们心有灵犀，共同分享精神的奥秘和交流孤独的力量，进行彼此身份的置换达到共鸣。导演通过安德烈与女翻译尤吉妮娅的对比设置，呈现哲学家克尔凯郭尔所界定的人的存在的三种级别：感性存在、理性存在与宗教性的存在。同样使用克尔凯郭尔哲学命题的，例如伯格曼的《假面》，克尔凯郭尔说：“人之所贵，并非由于他有一个命定的存在，并非由于他的历史背景、家世，

① 安托万·德·贝克：《安德烈·塔可夫斯基》，北京大学出版社，2011年，第109页。

亦非由于他出身的地位，而是在于人有选择改造自己的本质的自由，他如何选择做自己想要做的人，选择自己想要做的事，这就是人的本质。”《假面》中护士艾玛一直困惑“有没有可能两个人成为一个人，是指内在方面”。艾玛通过三次凝视镜中的二人镜像，从开始试图成为伊丽莎白，到最后镜像中是自己，以及中间过渡的两张合二为一的面孔，伯格曼用影像和镜像的方式展示了一个哲学命题：人有改造自己本质的自由，这就是人最可贵的自由，来源于哲学家克尔凯郭尔的思想。

三　作为电影文化建构的重要内容：宗教与文化的逻辑关联

牛顿在剑桥期间阅读了大量学业规定的神学文献和亚里士多德著作，他的“‘哲学问题’笔记本中的许多条目都涉及灵魂的本质与确切所在，以及内在的、主观的精神与外在的身体在人的体验中各自发挥的作用”。[①]“灵魂”这一假设是联系哲学与神学逻辑的纽带，提及基督文化的来源势必与新柏拉图主义普罗提诺联系在一起，他提出的“三位一体”与基督文化的“圣三位一体”具有同构性：“灵魂是带着努斯所体现的太一理念而进入肉体的，这样我们就可以部分地窥见太一。这样一来，太一、努斯、灵魂这三个概念就构成了一种辩证的关系——太一通过努斯(一)而分化为灵魂(多)，居住在我们的

① 罗布·艾利夫：《牛顿新传》，译林出版社，2015年，第35页。

肉体之中，众多的灵魂通过对独一无二的努斯的认识而窥见那个不可认识的太一。……只需要改换一下名称，把太一称为圣父，把努斯称为圣子，把灵魂称为圣灵，普罗提诺的哲学‘三位一体’就变成了基督教的神学‘三位一体’了。”[①]托马斯·阿奎那认为神学是“一门思辨性的、理论性的科学”，基耶斯洛夫斯基的《蓝色》片尾曲的唱词是《圣经·新约》哥林多前书中的文字，其中提到了“Faith”是较好理解神学思想的一个关键。从形而下到形而上的“Faith”问题彰显了基督文化的一整套认知与逻辑，并且与哲学息息相关。1984 年的《血迷宫》英文名字为 *BLOOD SIMPLE*，科恩兄弟是借此影片讨论二十世纪七十年代以来实现了中产阶级梦想的美国人的困惑与迷失，具有强烈的存在主义思想特征。在《血迷宫》里，科恩兄弟用“血”来讨论美国的文化之道，论述其文化逻辑与日常生活的关系，电影片名直译过来是“血简单”的意思，之所以简单，关乎西方文化的诸多方面，一旦知晓“血”的“Faith”逻辑关系，诸事简单。科恩兄弟在《血迷宫》的宣发里引用的语句中也谈到了血，他们在记者招待会上谈到“无辜者应受苦，罪者应受惩罚，人饮血而为人”的文化逻辑，关涉“人往哪里去”等终极问题。

如果按《孙子兵法》“求其上，得其中”的策略，中国电影文化建构应该学习世界一流的思想与方法，那么就有必要对电影进行一流、二流与三流等的分类。国内近些年引进了中等难度与深度的印度电影，如《三傻大闹宝莱坞》《摔跤吧，爸爸》《神秘巨星》《小萝莉的猴神大叔》《巴霍巴利王 2》《起跑线》等，引起不少观众对印度电影的关注。印度一直是电影出口大国，对中国普通观众来说，有较强吸引力

---

① 赵林：《西方哲学史讲演录》，高等教育出版社，2009 年，第 173 页。

的是，他们的电影既欢快又有深入人心的思考，这些离不开深深植根于多种宗教信仰的主智主义印度文化，或者说是广义的哲学与神学思想。在以上提到的印度电影中，其神学思想无处不在地进行渗透与影响。李安得过国际电影节和奥斯卡等奖项，他的电影在中西文化跨界上比较自如，他经历了较长时间的西方文化浸润，熟悉在“哲学”与“神学”方面文化跨界。如在《卧虎藏龙》里提到了“心诚则灵”——同义于“Faith”问题；在《少年派的奇幻漂流》里出现了四本书，分别是讲述印度教的卡通书《黑天》、凡尔纳的《神秘岛》、陀思妥耶夫斯基的《地下室手记》和加缪的《局外人》，并且在电影中向伯格曼的《处女泉》致敬：在狂风大作的晚上，海浪夺走了船和老虎以外的所有东西，这时派向天而喊道：“我失去了家人，失去了一切，我臣服，你还要怎样！”第二天早晨风平浪静，影片的情节设置如同《处女泉》的结尾一样。在《比利·林恩的中场战事》里多次出现毗湿奴形象，并且提到了“一种超越个体力量”的存在。电影伴随着比利的成长与觉醒而进行叙事，从比利开始应征入伍，到面对穆斯林家庭的恐惧与敌意，到和圣战士的近身搏击直至杀死对方，到回到家中对家人及战争的犹疑，到拒绝谈杀死一个陌生人的体验，到一个人自信而傲慢地站在碧昂斯的表演台上，到对投资商的有力回击，到对乌合之众的合谋报复，到比利最后选择回归战场，直面荒诞的世界，不管是美国世俗社会中的还是伊拉克战场上的战争，经由“某种超越个体力量”的神学思想到对荒诞世界的真面目认知，比利是逐渐成长起来的西西弗斯式终极英雄。在这部影片中，李安再次完成了对西方文化中哲学/神学的跨界与融合。

关于“Faith”问题，在动画电影《功夫熊猫》中，龟大仙也多次对浣熊师父说“你要相信（他就是神龙大侠）”，虽是关于中国功夫的动画电影,其本质还是在论述与呈现西方基督文化中的“Faith”逻辑。所以可以看到,西方电影中的基督文化力量强大,涵盖了从商业片、艺术片到大师级的西方影片,也涉及西方世界一直关注的“认识你自己”“我是谁”“我从哪里来”“我要到哪里去”等终极问题,如《黑客帝国》《蓝色》《乡愁》《八部半》等。中国当下也有影片呈现对“Faith”认知,如《长城》中景甜几次对马特·达蒙说“相信我”,“相信”的意义虽然与西方的“Faith”翻译意义相近,但整部电影在文化上并未形成对普遍性逻辑的认知,其台词中的“相信”只是尝试相信某个人,而不是西方一整套哲学与神学的认知与逻辑。近年来的电影《摆渡人》《无问西东》与《我不是药神》等,开始逐渐关注信仰在电影中的表达。《摆渡人》以“放下执念”对“贪嗔痴慢疑”进行了一种现代表达,并对“做事一定要成功”的观念进行了反思。而电影《无问西东》《我不是药神》中出现了教会神职人员的设置,如传教士、牧师等,虽然只作为叙事的一种形式,但在影片中及观众中的影响不容忽视。《无问西东》中一位外国传教士领着中国西南处于饥馁中的孩子们唱着美好的灵魂之歌,他解决的不仅仅是孩子们吃饭、温饱的基本问题,还应了中西方的共同逻辑,即他亦带给这些孩子们以希望,或者叫“授之以渔”;《我不是药神》中的牧师,秉承真善美的原则,为善举而采取行动。外国神学中的这些元素的使用,一方面在形式上产生一种新的美学效果和社会现象的介入,另一面也暗示了哲学、神学思想在电影中的突破,形成一种新的风尚或者新思想时尚。

万玛才旦的《撞死了一只羊》虽然没有直接谈到藏族族群的神学终极问题,但却谈到了人的终极追求——救赎与施舍慈悲,这部电影具有科恩兄弟的荒凉气氛,但与其无力与荒诞不同,《撞死了一只羊》呈现了希望与解脱后的狂欢:“啊,多么辉煌灿烂的阳光,暴风雨过后天空多么晴朗,清新的空气令人精神爽朗!"司机金巴的复仇之梦充满了狂欢色彩,天葬台上的秃鹫蜂拥着啄食尸体后冲向天空,到了空中秃鹫突然变成飞机。这是现代文明对古老文化的侵入,也是藏族族群对外面世界的一种想象,平静可能被打破,也可能以另外的方式坚守。狂欢僭越了理性秩序的钳制,金巴和那些秃鹫一起完成了复仇,既救赎了康巴汉子金巴,也救赎了玛扎的戴罪之心,完成了由秃鹫带他们上天的完整生命轮回。"金巴"在藏语里是施舍、给予慈悲的意思,活佛为两个男孩起名为金巴,这是活佛的意思,也是藏族文化的核心内容:施舍与给予慈悲。

当然,除了"净化与升华"的叙事法、哲学与神学逻辑外,某些优秀的外国电影在文化建构上也将色情、欲望与非理性的狂欢等糅合进电影的叙事文本,进行普遍性问题的另一种角度的思考。有人说"色情世界与思想世界互相补充;没有它们的协调一致,全体性就无法完善"。[①] 在外国很多电影中亦可以看到色情成分与思想性的有机结合与互相补充。比如运用色情世界或者身体对权力意志、社会秩序或极权等进行反思、抨击或颠覆,达到了与思想世界的互补。在塞尔维亚导演马卡耶维奇的电影中,"如何面对性"使得电影《男人不是鸟》中两个出身不同的女性通过选择走向了截然相反的命运。罗马尼亚导演内策尔的《安娜,我的爱》从一对青年男女的性爱开始,来演绎不同阶层的男女的阶层置换,具有黑色幽默特征,也具有狂欢的颠覆特征。波兰斯基《穿裘皮的维纳斯》中,女孩通过性吸引与性引诱,由弱到强,展示"Will to Power"(权力意志)的力量,将开始处于主导位置、具有主动选择权的男权导演摔在自己的石榴裙下。今

---

① 乔治·巴塔耶:《色情史》,商务印书馆,2004年,第13页。

村昌平在《赤桥下的暖流》里，描绘性、欲望与现代生活的关系，性的解放让处于刻板工作、机械生活的丈夫恢复了生机，再次具有能量和力量来面对世界。库斯图里卡在他的电影中通过非理性的狂欢来讨论严肃的“宽恕”问题。狂欢是《地下》《黑猫白猫》等电影最重要的特征之一，他的电影里充满了离经叛道的酒神精神：蔑视权威、热爱生命的激情、向往世俗生活，追求富丽堂皇的俗世精神，宽容地看待意识形态。不管狂欢中的人物关系如何繁复，在库斯图里卡看来，人和人之间总是存在着一种牢不可破的关系，即爱的关系：在男人和男人之间为友谊，如两位老英雄出生入死结成的友谊；马特科为欺骗了自己的达旦冲刷身上的粪便，表现了《卡萨布兰卡》里那种警察/“匪徒”之间对立关系的消解，体现了狂欢正反同体的特质，权威秩序被解构，重新建立新秩序。在女人和男人之间，即为爱情，如《黑猫白猫》中的小瓢虫/格尔加的大孙子，丽达、扎尔/库斯图里卡对于人之关系的认识超越了意识形态，库斯图里卡运用非理性的狂欢方式，将其电影思想上升到了普遍性层面。

新媒体时代文艺评论何为

周南焱

文艺评论是文艺创作的一面镜子、一剂良药,是引导创作、多出精品、提高审美、引领风尚的重要力量。只有加强和改进文艺理论和评论工作,褒优贬劣,激浊扬清,才能更加有效地引导创作、推出精品、提高审美、引领风尚。当下文艺创作有高原但缺高峰,文化乱象频出,文艺创作鱼龙混杂,在这种情况下,文艺评论尤其显得不可或缺。

但在当今新媒体风起云涌的大环境下,文艺评论的整个生态也发生了急剧变化,各种自媒体上的评论良莠不齐,博得了大众的眼球,而传统文艺评论的声音日益式微,面临前所未有的危机。套用《双城记》里的一句话:这是文艺评论最好的时代,这是文艺评论最坏的时代;这是文艺评论百家争鸣的时代,这也是文艺评论泥沙俱下的时代。面对这样的时代挑战,传统文艺评论必须适应全新的媒体环境,才可能焕发出新的生机。

传统文艺评论故步自封久矣,陷入小圈子的不良循环。传统文艺评论主要由两部分构成：一部分是高校、科研系统的学术论文，一般的载体是各种学术期刊、大学学报；另一部分是文联、作协出版的报刊，以及传统报纸上的文艺评论副刊。这两种渠道，一直是文艺评论刊发的主要平台，也具有典型的精英式话语特征。

众所周知，高校、科研系统的学术论文，早已饱受诟病。学者女真就严厉批评道：“这类论文大多为完成学位或是科研量化指标而作，不排除真知灼见、有感而发，但不必讳言，很多论文是‘为赋新词强说愁’。功利的写作出发点，注定了这类文字缺少激情，不可能引起普通读者的关注、互动、共鸣。”这类论文的一大特点就是充斥从西方舶来的学术概念、名词，往往生吞活剥各种后现代理论，真正源于自己的观点不多，而长篇大论往往味同嚼蜡。除了圈内人会有所关注之外，大众读者对这类论文漠不关心。

而传统报纸上发表的文艺评论，篇幅相对短小精悍，比较注重可读性，时效性比较强，跟当下的文艺创作现象关联密切。这类文艺评论曾经发挥了重要作用，也有较大的公众影响力，推出过不少知名文艺批评家。不过，这类文艺评论的缺陷是作者大多学养不足，谈问题往往不够深入，而且受圈子人际关系影响，大多以表扬为主，真正一针见血的文章并不多见。与此同时，随着新媒体的迅速兴起，传统纸媒影响力下滑，这类文艺评论的受众群大幅缩小，也逐渐变得越来越小圈子化。

随着传统媒体的萎缩，特别是大量都市报的停刊，传统文艺评论日益固化、僵化、边缘化，新媒体上冒出的文艺评论方兴未艾，迅速抢走了大众注意力，成为当下文艺评论最有影响力的存在。很多爱好文艺的网友在豆瓣、人人、天涯等网站上集聚，微博、微信等新媒体平台也有很多“群”，形成数量巨大的文艺评论新媒体社群。更突出的是，以文艺评论为主题的微信公众号不断涌现，有的动辄粉丝数十万，甚至多达上千万，对文艺评论的传统传播格局形成巨大冲击和挑战。

比如在电影评论领域，“毒舌电影”是影视行业排名第一的垂直媒体，也是中国最大的电影自媒体影评平台（在经历过一次封号事件后，它更名为“Sir 电影”）。该公众号最突出的是吐槽烂片，调性定位犀利泼辣，一面服务 C 端用户，一面通过品牌广告实现流量变现。辛辣、犀利、毒舌、一针见血，是大家对毒 Sir 的第一印象。看影评之前你只是感觉一部电影很烂，并没有深层的概念。在看完毒 Sir 的影评分析后，你才恍然大悟，原来这部电影烂在这些方面。

相比之下，传统电影杂志如《大众电影》《电影世界》等，曾经热销一时，如今或已关闭，或已销声匿迹。“毒舌电影”有着上千万的粉丝，完全取代了传统影评刊物的影响力。而它的整个操作模式乃至影评写作模式，也跟传统文艺评论大相径庭。比如，在工作流程上，公众号内部人员每天通过晨会报选题、定选题，然后收集资料并进行制作等，每篇文章大概需要花费两天时间。评论一部电影，几乎要把这个导演的全部作品都看一遍，文章会进行多次测试和修改，最后用大家能接受的形式去呈现。最后，在标题呈现上，多人煞费苦心，集思广益，以想出一个有吸引力的标题。

传统文艺评论大多是作者个人撰写，编辑负责修改，很少会有团队集体作战，也不会花那么多的精力去考虑传播效果。与此同时，“毒舌电影”这类新媒体推出的影评，不再只是文字评述，而是中间大量插播图片、动图、表情包，以及短视频链接，让整篇影评看起来很生动活泼，读者接受起来很轻松，也更明白易懂。比如谈到某个演员表演好坏时，评论文字配上动图，就会非常简明直接，读者一看就懂，因此,其传播效果显然不是传统文艺评论所能比拟的。相对于传统文艺评论的僵化刻板,新媒体文艺评论有自身的突出优势,也抢占了话语权的高地。

新媒体上的文艺评论层出不穷,影响力巨大,但也存在诸多问题,甚至问题越来越突出。正如学者女真所言:“大多数遮蔽了写作者身份的网络文艺批评文章或者文字碎片,由于写作速度的快捷、发表门槛的降低、商业利益的驱动,难免泥沙俱下:不排除沙里淘到金疙瘩的惊喜,也会有大量的口水、污水、泡沫。新媒体助推新的批评势力打破传统文艺批评壁垒的同时,并没有马上显示出更高的理论水准、思想洞见,大多数只是表述上更短小精悍、通俗易懂,迎合了碎片化的阅读新潮流而已。”

事实上,不少新媒体的文艺评论,标题党大行其道,哗众取宠,利用低俗、色情图片打擦边球,评论文章的写作粗制滥造,充斥着各种动机不纯的商业营销,真正有营养价值的评论并不多见,久而久之,这也招致许多网友的阅读疲劳和逆反心理。即便是“毒舌电影”,也多少有这类毛病。正是新媒体文艺评论存在的诸多弊端,给了传统文艺评论以新的机会,传统媒体和文艺评论并非死路一条,而是有着自己的独特优势,只要抛开以往的僵化思路,完全有可能开辟出一条阳光大道。

当下传统纸媒的影响力在降低,传统文艺评论要想发挥主流影响力,不能继续只停留在报纸、杂志版面上,还必须在新媒体阵地上发声。比如,本人参与负责的《北京日报》文化新闻部,积极探索新媒体的出路,把纸面稿件转化到各个新媒体平台。我们从 2014 年创办至今的文艺公众号“艺绽”,就承担起了部分文艺批评的功能,并把报纸栏目“周道”“艺谭”的文艺批评文章,进行新媒体的阅读转化。又如“艺绽”每周推出的“鉴剧”“鉴片”栏目，对每周热点影视剧、影片和戏剧进行适合新媒体传播的有趣评论，也收获了良好反响。

“艺绽”除了自身平台及日报相关平台传播，还先后入驻了今日头条、一点资讯、网易公号平台、搜狐文化，在这些平台上也取得了非常好的传播效果，10万+的爆款文章可谓屡见不鲜，几乎每周都会出现。另外，“艺绽”积极进行品牌推广，进一步扩大影响力和知名度。在打通各个平台渠道、扩大自身影响力的基础上，文艺评论传播得更广泛，比如今年上半年，我们撰写的对热门剧《都挺好》的批评文章，在网上引发热烈反响，就得益于《北京日报》微博和“艺绽”公众号的联动传播。

必须强调的是，传统文艺评论要想在新媒体阵地上有所作为，不能只是简单把文章从纸面上照搬到新媒体上，而是需要进行转化，适合新媒体读者的阅读需求。新媒体是文艺评论的新瓶，新瓶还要装新酒，不能装陈腐的旧酒。如果写作立场不变、文风不变，仍然是学术期刊上的新八股文或者报纸上的官样文章，即便搬上了新媒体，恐怕也无人问津，读者面、影响力也不会有任何扩大。

对此，中国文联文艺评论家协会副主席夏潮在接受媒体访问时曾经指出：“文风决定着影响力和传播力。好的文风，对于评论的生命力至关重要。长期以来，文艺评论工作者集中在高校和研究机构，很多人文章的学理性、学术性要求决定了他们不太符合新媒体的语言要求，这就更加需要学习。新媒体时代，尤其要注重语言和风格的创新，内容上要深入浅出，语言上要生动活泼。”

当然，文艺评论家改善和改进文风，并不是一味迎合网民的口味，更不是为了降低品格而粗制滥造。恰恰相反，需要以己之长，去战胜新媒体大量口水泛滥的碎片化评论，发出自己的独家见解，要敢于对泥沙俱下的丑陋现象亮剑，拨乱反正，正本清源，给人以启发。

如今，各种自媒体公众号的文艺评论，常常来得也快，去得也快，各种话题碰撞，众声喧哗，但缺乏主流声音引导。在这种大环境下，当然很难有一锤定音的评论。但传统文艺评论不能因此消极观望，而应该积极介入舆论场，发出自己的独家声音，发挥主流媒体多年积累的权威声望，对网上泥沙俱下的话语场进行激浊扬清。从2014年7月开始，本人在《北京日报》文化新闻版正式开设“周道”专栏，坚持每周五发表一篇热点文化时评，一直坚持到2016年年底结束，为期两年半，发表了近百篇评论文章。该专栏观点新锐，不拘一格，自成一家，先后写出了一批高品质和影响力的评论，其中部分评论引起强烈反响，并被权威媒体转发。

本人认为文艺评论必须具有锋芒，不能搞温吞的批评，不能不痛不痒，打一巴掌揉三揉，而应该刺刀见血，发表观点鲜明的文章，对文艺界的热点现象、热点创作进行批评，彰显主流媒体的立场。事实上，正是因为敢于对文化热点现象，尤其是对各种怪现象发表尖锐评论，“周道”说出了公众的心声，从而赢得了自身的口碑。比如《演员韩寒》这篇文化时评，一经发表，在天涯论坛和新浪微博上引发热议，引起众多网友的共鸣。

又如发表在“周道”专栏的《莫因体制内外身份抹杀是非》，针对时任湖北作协主席方方质疑作家田禾职称造假风波发表评论。当时一些公知指责：方方和田禾都是作协体制内作家，方方捍卫的只是作协体制，而这个体制并不合理。本人的评论认为，这种以体制内外身份抹杀是非的论调，简单、粗暴且荒唐，这种以体制内外身份二元划分的做法，从根本上忽视了个人的道德良知法则和主体行为能力。该评论发表后，因一针见血的观点，受到广大读者好评，被各大网站纷纷转发。

又如，近几年还流行各种“神曲”，此前流行的《小苹果》，特别是歌手王蓉的《小鸡小鸡》MV 出炉时，其衣着暴露，头套一个破蚊帐，像患了癫痫症一样抽搐，扯着嗓子跟旁边的母鸡一起瞎叫“鸡鸡鸡”。本人对此写了一篇评论《“贱文化”流行，无聊时代病》，对此现象进行辛辣批评。这种“贱文化”起初有其自身意义，消解了那些假正经和装腔作势的主流文化。但随着恶搞、自我作践的泛滥，“贱文化”的破坏作用越来越突出，它嘲笑或无视一切有价值的高雅文化，骨子里抱持的是虚无主义、犬儒主义。在新媒体兴起的环境下，“贱文化”的视频往往像病毒一样传播，背后还常常掩藏着投机和功利，实际上并非草根文化。音乐界流行“神曲”，影视剧何尝不是如此。有专家说前几年影视文化进入“贱时代”，出现了一批电影、电视剧，它们呈现出自轻自贱、糟蹋自己以取悦大众的趋势。对文艺怪状，文艺评论家不能视而不见，恰恰要发出自己响亮的观点，提倡主流审美观，还文艺界一股清风正气。

关注文化热点，对文化怪现象进行拨乱反正，同时还要积极发现那些闪光的文化人物、文艺创作，正大光明地加以赞扬，张扬新时代的主流价值观。比如，《北京日报》的文艺批评绝不只是停留在批评层面，更多是从文化建设角度出发，评论那些令人景仰、钦佩的人物现象，表明主流媒体的立场，从而影响公众的价值认知。比如我们刊发的《方方纵然败诉也不失光荣》，就是当时针对湖北作协主席方方质疑诗人柳忠秧拉拢评委试图入围鲁奖一事发表评论，认为方方即使败诉也不失光荣。

事实上，在浮躁之风盛行的当下，仍然不缺乏默默无闻、兢兢业业的文化人，他们不求名利，奉献自己的毕生精力，为中华文化事业添砖加瓦。对于这样的人物，市场化媒体或喜欢跟风的自媒体肯定不会关注到他们，也不会发出他们的声音，从而形成了一种遮蔽。而主流媒体和文艺评论家恰恰有责任关注这类文化人，也借他们传递正能量价值观，塑造我们时代的精神标杆。

本人在《北京日报》刊发的文化时评《有何胜利可言，挺住意味着一切》，就关注到了当时少为人知的翻译家陈宁。当四卷本共十册的《里尔克诗全集》出版时，翻译家陈宁已经英年早逝。但作为二十世纪最伟大的德语诗人，里尔克的作品全集一直未能译介过来，直到陈宁的译作出版。诗人王家新将这一套全集评价为迄今两岸三地所有里尔克中译本里“最全面、最专业、最严谨”的版本，并赞誉陈宁是翻译的“圣徒”。

如今不宜轻易用“圣徒”一词来评价一个人，但陈宁当得起这一赞誉。他的身上有二十世纪八十年代文学热潮和理想主义青年的烙印，曾是一个摇滚音乐爱好者，更是一个虔诚的文学翻译者。他在辽宁一家报社上班，长年业余翻译里尔克作品，贴在网上供同仁阅读，并未奢望出版。翻译里尔克全集的难度很大，需要逐句反复推敲，耗费了其大量心血。年仅四十二岁的陈宁便因心肌梗塞病逝，去世前桌上还留着未完成的译稿。友人前去探望，发现其家里除了堆满里尔克的作品资料，几乎家徒四壁。

料想，里尔克的作品也曾经给了陈宁极大的启发和抚慰，让他能够安于寂寞去从事艰难的翻译。里尔克还有一句名诗：“有何胜利可言，挺住意味着一切。”这句话可以送给远去的陈宁，也可以送给更多在寂寞中从事艺术工作的人。《有何胜利可言，挺住意味着一切》这篇评论，带着人文温度和理想激情，令不少读者感动。主流文艺评论绝对不是打官腔，摆出一副盛气凌人的面孔，而恰恰需要在有温度、有热血的文字里，给人以感动和力量。

总而言之，新媒体时代的传统文艺评论，既要继续发挥传统报刊的优势，同时也要开拓新媒体，才会发挥最大限度的主流舆论引导作用，澄清当下文艺怪状，促进文艺繁荣，才会成为文艺舆论场的定海神针，否则，只会被时代淘汰，沦为自娱自乐的小玩意儿，距离文艺评论的本义也就越来越远。

阐释、建构与被建构

——文艺评论与城市文化的纠葛

高永亮

考古研究证明，人类城市的历史已有近万年。城市是人类的栖息地，人类在这里生产生活、生息繁衍。城市更是人类的精神家园。城市的地理环境、人文环境孕育建构了城市文化，在精神上滋养着生于斯长于斯的人类。城市文化包括物质文化、精神文化、制度文化，这些都是城市文化的组成部分，也参与着城市文化的建构。作为一种精神文化形式，文艺评论也是城市文化建构的结果，同时也参与着城市文化的建构。

一　文化地理学视角下的文艺评论与城市文化

作为人文地理学的一个分支，文化地理学产生于二十世纪二十年代的美国。学术界通常把 1925 年美国文化地理学家索尔《景观的形态》一书的出版视为文化地理学诞生的标志性事件。“文化地理学研究人类生活的多样性和差异性，研究人们如何阐释和利用地理空间，即研究与地理环境有关的人文活动，研究这些空间和地点是怎样保留了产生于斯的文化。”①实际上就是探讨文化与地理环境、地理空间的关系。早在文化地理学诞生之前的两个世纪，一些思想家、学者就开始了这方面的思考和探讨。

十八世纪意大利哲学家维柯在《新科学》一书中指出，人类的语言、文字、科学、艺术等源于人类对自然的无知、好奇，进而由此产生想象和情感表达。他写道：“当时天空终于令人惊惧地，翻转着巨雷，闪耀着疾电，这只能是由于一种暴烈的压力第一次在空气中爆发的结果……于是就有少数巨人（一定是最健壮的、散居在高山森林里凶猛野兽筑窠穴的地方）对这种他们还不知原因的巨大事变感到恐惧和惊惶，举目仰视，才发觉上面的天空，由于在这种情况下，人心的本性使人把自己的本性移加到那种效果上去，而且因为在这种情况下，巨人们按本性是些体形粗壮的人，通常用咆哮或呻吟来表达自己的暴烈情欲，于是他们就把天空想象为一种像自己一样有生气的巨大躯体。”②因无知而产生好奇。“这样他们就开始运用本性中的好奇心。好奇心是无知之女、知识之母，是开人心窍的、产生惊奇感的。凡俗人至今还保留着这种特性，每逢看到一颗彗星、一种太阳幻相或其他自然界的离奇事物，特别是天象中的怪事，他们马上就动起好奇心，急于要了解它有什么意义。”③因

① 迈克·克朗：《文化地理学》，杨淑华、宋慧敏译，南京大学出版社，2003年，第4页。

② 维柯：《新科学》（上册），朱光潜译，商务印书馆，2017年，第189页。

③ 同上，第190页。

对自然的无知、好奇，进而激发探索欲望，于是就逐渐产生了语言、文字、艺术等。正如维柯所说："渊博的学者们所强加于希腊神话故事和埃及象形文字的那一切高深哲学的玄秘意义都是文不对题，因为希腊神话故事和埃及象形文字所应有的历史意义必然都是从自然来的。"[①]他进一步提出了"诗性地理"的概念："人类本性有一个特点，人们在描绘未知或辽远的事物时，自己对它们没有真正的了解，或是想对旁人也不了解的事物作出说明，总是利用熟悉的或近在手边的事物的某些类似点，诗性地理无论就各部分还是就整体来说，开始时都只限于希腊范围之内的一些有局限性的观念。后来希腊人离开本土跑到世界其他地方去，地理的观念才逐渐扩大，直到它所流传到我们的那个形式。古代地理学家们都承认这是事实，尽管他们还不能利用它，因为他们都承认古代各民族，在迁徙到外国或远地去时，对新发现的城市、山、河、丘陵、海峡、岛屿和半岛都还用他们本土的一些老名字来称呼它们。"[②]也就是说，特殊的地理环境孕育产生的文化通过文艺作品或人类迁徙流动，可以不断向更广阔的地域传播扩散。"因此，在希腊本土以内就有本来的东方，叫作亚细亚或印度，在西方就叫作欧罗巴或赫斯庇里亚（Hesperia），在北方就叫作色雷斯（Thrace）或西徐亚，在南方就叫作利比亚（Libya）或毛里塔尼亚（Mauretania）。这些称呼希腊小世界各地区的名字后来就用来称呼广大世界中各地区，由于希腊人看到二者之间有相应或类似之处。"[③]

① 维柯：《新科学》（上册），第 194 页。
② 同上，第 429 页。
③ 同上，第 429—430 页。

泰纳在吸收总结孟德斯鸠等前辈对艺术与环境之间关系的论述基础上，提出了对艺术产生和发展至关重要的三个因素，即种族、环境和时代，他指出，“居住在寒冷潮湿地理环境下的民族，受环境困扰生成忧郁性格，倾向于狂醉、贪食，渴望战斗流血的生活；而居住在地理环境美丽的海岸的民族，则向往航海和商业，偏爱社会的事物、雄辩术、科学发明、艺术等”①，强调自然环境对科学与艺术发展的影响。

中国古代虽然没有专门的文化地理学这门学问，但古代思想家从两千多年前就已经开始探讨地理环境与艺术创作及创作者人品性情养成之间的内在联系。《论语·阳货》中孔子对学生说学习诗可以“多识于鸟兽草木之名”②，指出了诗歌创作与自然地理环境的关系。《文心雕龙·原道》中写道：“文之为德也大矣，与天地并生者何哉？夫玄黄色杂，方圆体分；日月叠璧，以垂丽天之象；山川焕绮，以铺理地之形：此盖道之文也。仰观吐曜，俯察含章，高卑定位，故两仪既生矣。惟人参之，性灵所钟，是谓三才。为五行之秀，实天地之心。心生而言立，言立而文明，自然之道也。”③强调“文与天地并生”，人与文章与自然环境并处共生，文艺创作源于自然。“傍及万品，动植皆文：龙凤以藻绘呈瑞，虎豹以炳蔚凝姿；云霞雕色，有逾画工之妙；草木贲华，无待锦匠之奇。夫岂外饰，盖自然耳。至于林籁结响，调如竽瑟；泉石激韵，和若球锽：故形立则章成矣，声发则文生矣。夫以无识之物，郁然有彩，有心之器，其无文欤？”④《诗品·序》写道：

---

① 刘金祥：《文艺批评的文化地理学视角》，《文艺报》，2014年2月24日，第2版。
② 杨伯峻译注：《论语译注》，中华书局，1980年，第185页。
③ 周振甫：《文心雕龙今译》，中华书局，2013年，第9—10页。
④ 同上，第10—11页。

“气之动物，物之感人，故摇荡性情，形诸舞咏。欲以照烛三才，晖丽万有。灵祇待之以致飨，幽微藉之以昭告。动天地，感鬼神，莫近于诗。”①指出了诗歌创作的关键动因是“物”，“气动物”，“物感人”，然后“摇荡性情”，这里的“物”就包括自然环境。“若乃春风春鸟，秋月秋蝉，夏云暑雨，冬月祁寒，斯四候之感诸诗者也。”②

从文化地理学视角看，一个城市的地理环境、人文环境对建构和形塑文化、艺术至关重要。或者说，一个城市的文化本身就是地理环境、人文环境建构的结果，城市文化一旦形成，反过来又可以参与地域环境的建构。不同城市的文学艺术创作不可避免地带有各自城市地理环境、人文环境基因，在此基础上产生的文艺评论也相应具有各自的特点。从这个意义上说，文艺评论就是城市文化建构的结果，被建构之后反过来参与城市文化的阐释和建构。

二　文艺评论与城市文化认同的建构

文艺评论对城市文化的建构主要通过文艺评论与文艺作品之间的互动完成。这种互动不仅仅体现为文艺评论对文艺文本的阐释和批评，而是通过对文本的阐释和批评实现更大意义上的城市文化认同建构。这种建构主要通过建构一种认同话语来实现。认同话语“是个人或者民族对于他们的个体存在，及其作为共同体存在的本质

① 杨君译注：《诗品译注》，上海三联书店，2014年，第3页。
② 同上，第21页。

理解”。[①] 文艺评论就要通过对文艺作品的阐释和批评，不断在一个民族、一个区域(城市)中建构这种认同话语。《毛诗序》中说：“关雎，后妃之德也。风之始也，所以风天下而正夫妇也。故用之乡人焉，用之邦国焉。风，风也，教也，风以动之，教以化之。”[②]“风天下正夫妇”“用之乡人”“用之邦国”，就是在通过诗歌建构一种认同话语，进而实现和完成道德认同的建构。文艺评论建构的认同话语不仅指道德方面，也包括一个城市的物质文化、精神文化、制度文化在内的系统性建构。物质文化通常指满足人类生产生活需要的物质产品及体现在这些物质产品中的精神、情感、欲望等，主要包括人类衣食住行各种物质产品和生产技术等；精神文化指人类在长期社会实践中形成的思维方式、价值观念、道德意识、宗教情感、审美旨趣等，包括艺术、宗教、道德等内容；制度文化指调节人与人、人与社会之间关系的各种规范，包括法律、政治、军事、教育、婚姻等。文艺评论通过阐释文艺文本，不断增强人们对于个体及共同体存在的本质的理解，进而形成一种认同，并通过这种认同完成自我及群体身份确证，进而更好地进行和实现共同体的协同与交往，促进共同体发展。

哈贝马斯写道：“生活世界的各个部分，如文化模式、合法制度以及个性结构等，是贯穿在交往行为当中的理解过程、协调行为过程以及社会化过程的浓缩和积淀。生活世界当中潜在的资源有一部分进入了交往行为，使得人们熟悉语境，它们构成了交往实践知识的主干。经过分析，这些知识逐渐凝聚下来，成为传统的解释模式；在社会群体的互动网络中，它们则凝固成为价值和规范；经过社会化过

---

① 林雅华：《文艺批评与文化认同之建构》，《文艺报》，2017年8月7日，第3版。

② 本文所引《毛诗序》出自汉代郑玄笺，唐代孔颖达疏，朱杰人、李慧玲整理：《毛诗注疏》，上海古籍出版社，2013年，第4—23页。

程，它们则成了立场、资质、感觉方式以及认同。产生并维持生活世界各种成分的，是有效知识的稳定性，群体协同的稳定性，以及有能力的行为者的出现。”[①]文艺评论就是哈贝马斯所说的“交往实践知识的主干”，是形成具有稳定性的有效知识（文化模式、合法制度、个性结构）的重要手段，并通过社会化过程完成认同话语建构，进而维护群体协同的稳定性，推动共同体交往行为。认同话语的建构就是文化认同的建构。“文化是储存起来的知识，交往参与者通过就某事达成理解，而用这些知识来支持自己的解释。社会是由合法的秩序构成的，它促使交往参与者属于一定的社会群体，确保他们之间能够协同起来。”[②]文化认同建构的完成也就意味个体和群体身份确证的完成，从而使合法的社会秩序建构成为可能。

文艺评论对城市文化认同的建构旨在促进和实现个体或群体对其存在本质的理解，其最终指向是黑格尔所说的“绝对理念”。在黑格尔看来：“理念作为主观的和客观的理念的统一，就是理念的概念。这概念是以理念本身作为对象，对概念来说，理念即是客体。在这客体里，一切的规定都汇集在一起了。因此这种统一乃是绝对的和全部的真理，自己思维着自身的理念，而且在这里甚至作为思维着的、作为逻辑的理念。”[③]作为主观与客观统一的、“绝对的和全部的真理”的理念，是“绝对理念”的先决条件。他进一步论述道：“绝对理念首先是理论的和实践的理念的统一，因此同时也是生命的理念与认识的理念的统一。在认识里，我们所获得的理念是处于分离和差

① 于尔根·哈贝马斯：《后形而上学思想》，曹卫东、付德根译，译林出版社，2012年，第82页。

② 同上，第82—83页。

③ 黑格尔：《小逻辑》，贺麟译，商务印书馆，1980年，第421页。

别的状态下。认识过程的目的,即在于克服这种分离和差别,而恢复其统一,这统一,在它的直接性里,最初就是生命的理念。生命的缺陷在于只是自在存在着的理念,反之,知识也同样是片面的,而且只是自为存在着的理念。两者的统一和真理,就是自在自为存在着的理念,因而是绝对理念。”[①]文艺评论通过阐释和批评文艺文本建构认同话语,是实现理论与实践两个理念统一、生命与知识自在自为两种存在统一,通往“绝对理念”的精神通道。

当前中国社会处在转型期,各种复杂的社会问题、尖锐的社会矛盾浮出水面,并在文艺创作、文艺评论中以不同形式、不同程度呈现出来。互联网、移动互联网、人工智能等新兴媒体技术的迅速发展、普及和应用,又为各种社会思潮的广泛传播提供了前所未有的技术便利和通道,各种话语权力在不同文化与文明之间博弈,争夺葛兰西所说的“文化霸权”。在这样的社会情境下,文艺评论在城市文化认同乃至民族文化认同建构中应进一步发挥积极作用,营造和巩固社会主义核心价值观文化意识形态环境,维护和健全合法的社会秩序。

三 当前城市文化建构中文艺评论的缺席或无力

《毛诗序》在谈到诗歌这种艺术形式的起源时说:“诗者,志之所之也,在心为志,发言为诗。情动于中,而形于言。言之不足,故嗟叹之。嗟叹之不足,故咏歌之。咏歌之不足,不知手之舞之,足之蹈之

---

① 黑格尔:《小逻辑》,第 421—422 页。

也。”也就是通常说的“诗言志”。这里的“志”就是人类(创作者)各种复杂的思想和情感。文艺创作源于思想和情感,没有思想和情感就没有文艺作品。思想和情感是文艺作品的精神内核,因此文艺作品也必然要表达思想和情感。“情发于声,声成文,谓之音。治世之音,安以乐,其政和。乱世之音,怨以怒,其政乖。亡国之音,哀以思,其民困。故正得失,动天地,感鬼神,莫近于诗。先王以是经夫妇,成孝敬,厚人伦,美教化,移风俗。”这种情感不仅包括个人喜怒哀乐,也包括家国情怀,所以才有诗经“六义”。正如《毛诗序》所写:“故诗有六义焉,一曰风,二曰赋,三曰比,四曰兴,五曰雅,六曰颂。上以风化下,下以风刺上,主文而谲谏,言之者无罪,闻之者足以戒,故曰风。至于王道衰,礼义废,政教失,国异政,家殊俗,而变风、变雅作矣。国史明乎得失之迹,伤人伦之废,哀刑政之苛,吟咏情性,以风其上。达于事变,而怀其旧俗者也。故变风发乎情,止乎礼义。发乎情,民之性也;止乎礼义,先王之泽也。是以一国之事,系一人之本,谓之风;言天下之事,形四方之风,谓之雅。雅者,正也,言王政之所由废兴也。政有大小,故有小雅焉,有大雅焉。颂者,美盛德之形容,以其成功,告于神明者也。是谓四始,诗之至也。”《诗品·序》也有类似论述:“嘉会寄诗以亲,离群托诗以怨。至于楚臣去境,汉妾辞宫;或骨横朔野,魂逐飞蓬;或负戈外戍,杀气雄边;塞客衣单,孀闺泪尽。又士有解佩出朝,一去忘返;女有扬蛾入宠,再盼倾国:凡斯种种,感荡心灵,非陈诗何以展其义,非长歌何以释其情?故曰:‘诗可以群,可以怨。’使穷贱易安,幽居靡闷,莫尚于诗矣。”①

古人就已经认识到,文艺创作不只关乎个人,更关乎王道、礼义、

① 杨焄译注:《诗品译注》,第21页。

政教、国事、天下事。介入家国社会是文艺创作的题中应有之义。在此基础上开展的文艺评论亦复如是。改革开放以来，中国城市发展迅速，城市人的生活方式、思维方式、行为方式、价值观念发生了前所未有的深刻变化，但文艺评论对城市的关注和介入显得有些迟钝和滞后，甚至是缺席或无力。这首先源自文艺创作对城市关注和介入的不力。以文学为例，当代文学界比较认可的具有代表性的一线实力作家如张炜、韩少功、莫言、张承志、贾平凹、阎连科、刘醒龙等大多缺乏对城市的持续深入关注。近年来茅盾文学奖获奖作品中，关于城市题材的也不多见。影视创作情况也大抵如此。近年来，无论是在互联网等新媒体大行其道的网剧、网络电影，还是在院线或荧屏上产生较大影响的影视作品，如《战狼2》《红海行动》《流浪地球》《哪吒之魔童降世》《延禧攻略》《庆余年》等，动辄创造数十亿票房神话，刷新数百亿播放量纪录，但鲜见真正关注城市文化、关注城市人生存状态的作品。

比较而言，西方文艺界对城市的关注和介入较早也更为深入。十九世纪时，托尔斯泰、陀思妥耶夫斯基、巴尔扎克、波德莱尔、雨果、歌德、席勒、劳伦斯等就开始怀着复杂而炽烈的情感，用文学的笔触观照城市，他们笔下的莫斯科、巴黎、诺丁汉充满着爱与恨、生与死、富贵与贫穷、战争与和平、忠诚与背叛，这些城市及其文化也因进入伟大的作品而不朽。正如有论者指出的，他们“一直在质疑日益膨胀的现代都市：批判现实主义和浪漫主义揭示出资本主义商业城市的贪婪，自然主义和现代主义批判了工业城市对人性的损害，而后现代主义则为人们提供了关于后工业城市的洞见。长达两百多年的城市文学批判路径，由外在现实转向内在自我，思想向度从怀疑启蒙理性到质疑个人主义，再由自我危机发展到主体解消。可以说，阅读西方城市文学就是阅读西方现代文学史，而阅读西方现代文学史也是阅读西方现代思想史”。[①]

近年来，国内有一些城市文学或影视作品问世，但真正高质量的作品凤毛麟角。这些作品大多关于都市情感、家庭伦理、职场风云，过多呈现城市奢华生活、畸形复杂的情感及职场钩心斗角等，缺少对城市、社会乃至民族历史、文化的深刻反思和批判。文艺评论也表现出浮躁和急功近利，阿谀奉承、曲意迎合、言不由衷，缺少历史、文化、哲学上的反思与追问。

综上所述，城市不仅是文艺创作、文艺评论的地理空间，也为文艺创作和文艺评论提供了丰富的精神土壤和精神养料。文艺创作和文艺评论是城市文化建构的结果，文艺创作和文艺评论的发展繁荣离不开城市文化的精神滋养。同时，城市需要文学及其他各类艺术的想象及文艺评论建构价值取向和文化认同，这关乎城市人的生存和城市的发展与未来。无论是对于城市文化还是对于文艺评论自身，在城市文化建构中，文艺评论都不应该缺席。特别是面临当下中国社会转型的复杂情势，文艺评论既要有普罗米修斯式的勇毅、果敢和担当，又要有西西弗斯式的坚忍、执着和不懈，以开放包容的心态、严谨科学的理性意识、捍卫生命尊严的人文精神深入思考城市与城市人、个体与群体的存在及本质，在历史、文化的深处不断追问生命的意义与价值。

---

① 颜敏：《城市文学发展与文艺批评》，《文艺报》，2012 年 3 月 12 日，第 3 版。

鲁迅的艺术观念与中国现代艺术方向

李亚祺

二十世纪初叶，众多思想家和改革家决心对中国制度和文化进行全面改革，除了在器物和体制层面，重视国民性改造成为新文化运动的重要着眼点。前有严复基于对国民性的批判，提出“鼓民力、开民智、新民德”；继而陈独秀办《新青年》，将国家的希望寄托于青年；蔡元培更为教育救国，不计风险力推教育改革，奠定了中国现代教育体制——其具体的方法之一就包括提倡“美育”，以“图德育之完成”，并“把美育特提出来，与体智德并为四育”。

但就近代教育家和思想家对“美育”的定位而言，无论是王国维、蔡元培还是朱光潜，均认同康德美学“审美无功利”说，与此同时，又将美育的意义与传统儒家礼乐、诗教相联系，指向美育对国民性改造的重要意义，倡导艺术对人自我修养的提升。既要“无功利”，又要“新民”，在实践上产生了困境，很难产生具体的民众影响。

此时，在现代教育体制的建构之外，就具体艺术门类而言，可以看到,蔡元培在北京大学开设艺术学科,对现代中国艺术本是影响最大之处在于“新音乐”建设。其与萧友梅推进成立的“音乐传习所”,参考西方现代音乐学院建制和教学,推进中西音乐交融,是中国近代以来第一个现代专业音乐教育机构。萧友梅本人更是投入歌曲和器乐曲的创作,表现“五四”时期人们的爱国反抗热情,突破此前“学堂乐歌”仍要用西方乐曲填词的被动,是中国现代音乐生成和发展的奠基,也是“美育”在音乐范畴上的实践展开。此时,回到艺术不同门类自身的独特性,可以发现,音乐发展与视觉艺术发展的差异在于,相较于美术,音乐直接具有感性表达的“沉浸”式的感召力,且更易于把握;而美术方面虽有留学西方的画家学习油画技巧和西方构图,但多体现个人志趣,与时代的诉求和大众的感受相距甚远。

而就以美术为代表的视觉艺术而言,从一种“美育”的教育观念到实际的艺术实践乃至成就,则与鲁迅的推动密切相关。重要原因在于,鲁迅在意图上既非尊崇西方美学的“美术无功利”,也非强调道德的超越性,而是在形式上充分寻找现代美术在中国的民间基础,并以此尊重人自身的力量,呼唤主体的“生命意志”。于是反而在关切国家时局,体味人民的心声中,成为此后的左翼艺术和现代中国主流美术表达的重要起点。因此,可以说这样的美学成果基于悉心的“培育”,也可以说基于鲁迅对艺术的定位——美术意在召唤人心,落实在思想和创作能力上。而鲁迅之所以能够将“美育”从一种教育观念,变成主体广泛参与、自发创作,并在革命时期成为主要艺术形式的“育美”的实践,基于鲁迅自身对国民性、对艺术都有超越时代思潮的理解。

一 鲁迅的“美术”观及实践

首先,在进行“国民性”思考的同时,鲁迅也进行了有关人性“生命意志”的思考。在日本宏文学院学医时,鲁迅时常与同在日本留学的许寿裳讨论“中国国民性最缺乏什么”等问题,并最终弃医从文,确立自身“用文艺改变国民精神”的人生目标。而基于对鲁迅文学研究的深入,关于鲁迅“国民性”立场的诸多纷争十分突出。有人认为鲁迅基于日本芳贺矢一《国民性十论》“吃人”意象的启发,将矛头指向封建中国,写作《狂人日记》;也有人认为鲁迅在阅读日本人涩江宝翻译的美国传教士史密斯所写《支那人气质》后,以“后殖民”的视角批判“国民性”,在西方霸权的立场上否定中国文化乃至中国……诸多说法,不一一列举,但共性在于:其一,夸大鲁迅思想的外源性;其二,片面曲解鲁迅学说的立场;其三,将鲁迅的国民性思考等同于国民性否定。而三种评价往往单纯从鲁迅文学作品的人物形象中截取可供拼贴的例证,忽略鲁迅整体性的文艺实践和诸多文艺观点的表达。而从鲁迅知识谱系的底色讲,鲁迅对国民性的思考,尽管一定程度上继承晚清严复、梁启超等人对国民性问题的分析,例如严复认为专制统治和异族统治造成国民性萎缩和怯懦,“上既以奴虏待民,则民亦以奴虏自待”,但鲁迅在此基础上,结合自身对西方十九世纪末启蒙意识的认知,认同尼采、叔本华的个体生命意志,摩罗诗人的“立意在反抗,指归在动作”,始终呼唤着“精神界之战士”,强调主体的反抗力量,构成对近代以来国民性批判的超越,与后期推进左翼联盟的诸多活动有着思想渊源的连贯而非断裂。正如鲁迅所言“揭出病苦,引起疗救的注意”,病与苦是近现代中国人文知识分子对中国人精神与生存状态的普遍思考,但病相揭露之后,需要进一步寻求“救苦”的方式,尤其是,当鲁迅经历辛亥革命的鲜血与牺牲,饱含对“范爱农”的深刻同情和反思,依然决定以“生命意志”走下去,并唤醒民族自身的“生命意志”。而这种唤起民族感情的方式,恰好在于其对“美术”与人生关系的认知,“美术”是人自身关于世界的表达,是生命自身彰显自我的方式,具备感通的力量。正是在这一点上,鲁迅及之后的左翼知识分子,在十月革命胜利和传播马克思主义的基础上,以文艺宣传的方式,以民族资本和工人运动发展突出的上海为阵地,在救亡关头,以推进视觉艺术传播的方式“育美”和“立人”。

其次,思理和美化:鲁迅有自身对艺术的定位。就对艺术功利性的思考而言,在鲁迅看来,为人生和为艺术并不矛盾,正因为与人生相关,所以艺术才“成为艺术”,美术本就需要通过个人情感的思理和美化才能达成,“并非人为美而存在,乃是美为人而存在的”。

也正如鲁迅于1913年在教育部任职事撰写《拟播布美术意见书》时即有所言:“盖凡有人类,能具二性:一曰受,二曰作。受者譬如曙日出海,瑶草作华,非若白痴,莫不领会感动;既有领会感动,则一二才士,能使再现以成新品,是谓之作。故作者出于思,倘其无思,即无美术。然所见天物,非必圆满,华或槁谢,林或荒秽。再现之际,当加改造,俾其得宜,是曰美化,倘其无是,亦非美术。故美术者,有三要素:一曰天物,二曰思理,三曰美化。”

可见,在鲁迅看来,先有主体自身对物有所领悟,进而思考加工,然后改造美化,才能成就美术。这里包含着一个能动的构造性的逻辑,是对以道德提升为美育目标单一观念的突破,也是对美育观停留在观念本身而无实践路径的突破。相比较将美育与“诗教”相联系,这种实践的角度更尊重中国人创造艺术时的“感兴”“感悟”之说,正如清代叶燮所言,“必先有所触,以兴起其意”,且鲁迅强调艺术之所以产生作用的原因,需要进一步从“领会感动”,到“再现以成新品”,以“思理”美化“天物”。因此,尽管这里的“美术”是对艺术诸多学科的总称,但鲁迅之后对新兴木刻艺术的推进,正是在对“思理”和“美化”的具体实践中,打开了“美育”在美术和视觉艺术方面的向度,并构造现代中国视觉审美的主流表达方式。

进一步说,既然人人都有领会感动的能力,“思理”和“美化”的能力和实践则是创造艺术的基本逻辑,前者是对现实认知和把握能力的要求,后者是对“才能”即专业性的强调,二者相互依存,缺一不可,且统一实现在个人对事物“领会感动”之后。事实上,思理和美化都从主体的能动力量出发,内在包含着对客观世界的充分把握,继而寓之以艺术。这一具体的实践行为,是在突破了“美育”的观念后,对如何“育美”指出的实践路径,也奠定了后期鲁迅用近十年的时间推进“艺术”对“人生”的关照,推进新兴木刻运动的基本出发点。

由此,新兴木刻运动的推动,一开始就蕴含着深沉的民众意识,是鲁迅对“育美”的定位,那便是须用图像的隐喻和共情寻找变革的共鸣。正因为国家被动挨打的事实,因此以一种能为任何人理解的艺术面对并抵抗生存的环境,展现民族自强的期望,实际是所有人的共鸣。而且,同样是“揭出病苦”,相比较鲁迅小说和杂文的批判性,他更希望木刻艺术能通过再现和表现的手法展现中国人的生存状态,为国民性赋予反抗的意义。从另一个方面讲,小说创作实际上构成了鲁迅推进和策划中国木刻运动发展的前奏,从强调文字的语言转向突出“图像的语言”。其中,图像语言的优势与生成逻辑在于通过策展、出版、教学的方式,强调“看”的权利和意义,以视觉的丰富隐喻,激荡起主体的反抗意识,推动文化思潮并创造历史,构成广义上“育美”的实践。这种用视觉塑造社会、建构社会的实践,与二十世纪世界革命思潮的整体运行有着密切关联,并经由延安“鲁艺”的继承和“改写”,构成中国近现代以来到新时期之前图像叙事的主流。

第三,木刻艺术的实践与推进。反观鲁迅的文学和文艺实践,毋庸置疑,鲁迅后期的文学实践有着较大的转型,就《呐喊》和《彷徨》中小说的主要发表年月来看,鲁迅小说创作的高峰期在1918年至1927年之间。自1927年10月定居上海之后,他将更多精力投入杂文写作、古典文史资料的修订和编纂,小说创作也主要以《故事新编》的方式重写传统民间神话和历史人物原型。但正是在后期,鲁迅开始推动图像叙事在中国的建构和发展,将很大一部分精力放在美术和新兴木刻运动在中国的推进和传播上,具体可以从鲁迅大量实际工作中看到,这里列举重点:1928年鲁迅译《近代美术史潮论》,言“在新艺术毫无根底的国度里,零星的介绍是毫无益处的,最好是有一些统系。其时适值这《近代美术史潮论》出版了,插画很多,又大抵是选出的代表之作,我便主张用这做插画,自译史论,算作图画的说明,使读者可以得一点头绪”。1929年鲁迅与崔真吾、柔石等合资印刷文艺书籍及木刻《艺苑朝花》,介绍说“虽然材力很小,但要绍介些国外的艺术作品到中国来,也选印中国先前被人忘却的还能复生的图案之类。有时是重提旧时而今日可以利用的遗产,有时是发掘现在中国时行艺术家的在外国的祖坟,有时是引入世界上灿烂的新作”。同年,鲁迅译成并出版卢那察尔斯基《艺术论》。此后的1930年至1936年,鲁迅进一步推进版画在中国的实践创造,在当局的监控下,谨慎将革命意味的画作穿插于法国作品,说“苏联的难以单独展览,就需请人作陪”。接着,鲁迅不断策划“版画展览会”“木刻展览会”,请内山嘉吉教学生木刻术,亲自担任翻译,并为一八艺社木刻部讲演。其间,又印成梅斐尔德《士敏土之图》,印成自己编序木刻连环图《一个人的受难》。出版自己编序之木刻《引玉集》以及《木刻纪程》。并于 1935 年印成《十竹斋笺谱》第一册。整理作序《死魂灵百图》木刻本。1936 年编印出版《凯绥·珂勒惠支版画选集》。1936 年 10 月 8 日往青年会观第二回“全国木刻流动展览会”,参展版画有五百余幅,直到 1936 年 10 月 9 日逝世。

可以说,正是鲁迅实现了“启蒙”的民间向度,在视觉艺术的共鸣中“育美”,激发人们对美好的向往和对暴行的抵抗。作为文艺运动载体的版画艺术,以其独有的传播效力和视觉冲击性,试图塑造中国人的主体力量,将普通工人,被压迫的人,召唤为英雄、反抗者,这种情感的张力给予现代中国艺术悲壮和震撼之美,并以此将“国民性”批判背面某个“新人”的能指,落实在每一个时代中人自我力量发现的所指之上。

一些说法认为鲁迅思想后期转变极大,甚至是一种“夭折”,却没能注意到鲁迅正是以图像语言的实践,延续自身一贯以民族自救、民族发展为己任的启蒙精神。正是在小说的民族性和民族形象的刻画,以及杂文对时代思潮具体的思辨和担当之外,借助在中国具备历史渊源和民间基础的木刻版画——强调个人主观能动性的发挥在民族救亡阶段的重要意义,并试图寻找与世界美术范式相接洽的结点,力图自下而上地唤醒民族情感,是一种“美化”和“育美”的实践行动。正如鲁迅在致唐英伟的信中谈到了对所谓“木刻的最后的目的与价值”的看法:“人是进化的长索子上的一个环,木刻和其他的艺术也一样,它在这长路上尽着环子的任务,助成奋斗,向上,美化的诸种行动。至于木刻,人生,宇宙的最后究竟怎样呢,现在还没有人能够答复。也许永久,也许灭亡。但我们不能因为‘也许灭亡’就不做,正如我们知道人的本身一定要死,却还要吃饭也。”因此,新兴木刻运动的推进,正是冷静之后幽长的思考,诠释着革命热情之后,原本无路也要走出一条路来的具体实践,是对发表于1925年的《过客》中“我还是走好罢”,哪怕“夜色跟在后面”的贯穿和信守。

二　作为“育美”的新兴木刻运动

之所以将新兴木刻运动作为现代中国“育美”的实践与实现,在于其以艺术的方式达到了对人生现实的具体关照和强有力的感召,“美”因此被赋予更深刻的含义,即对世界和个人处境的美学把握,包含着情感性,也包含高度的艺术创造力。而鲁迅正是在这一点上以“版画”创作为基点,打开“美”关切和感召人心的向度,奠定版画艺术在现代中国视觉艺术中的重要位置和关键作用,笔者就其艺术逻辑的展开加以分析。

第一,木刻艺术的“劳动性”和“生成性”。

首先,回到中国现代图形语言的生发,伴随工业印刷术而来的传播方式的改变,商业性图像的醒目、绘画艺术方法与主题的迅速丰富,鲁迅从艺术造型的方式上肯定最多的木刻版画,在于版画较多地保存着艺术的“能动”作用。在国家救亡阶段对版画的推进,源于版画自身艺术特性上所保留的“生成性”和主体的“在场性”,是“思理”

和“美化”的具体生成。正如鲁迅强调版画创作的特点,“所谓创作底木刻者,不模仿,不复刻,作者捏刀向木,直刻下去……放刀直干,便是创作底版画首先所必须,和绘画的不同,就在以刀代笔,以木代纸或布”。一方面,刀和木的结合,其“硬气”本就不同于纸笔,刀刻线条象征着力度和金属的硬朗,在木质材料上呈现相应的美感和张力,使“力”从隐形变为显性;另一方面,版画创作要求创作者更为显在的技术能力,包括艺术家的创造力,也包括手工业者的精湛技巧,这在于其不可逆性更高,既需要谨慎精细的构思,合理分布,又要充分考虑到印刷后的画面是反向的,需要逆向思维。正是这种包含在创作过程中的“劳动性”,使版画贴合中国二十世纪救亡和革命思潮,构成日后延安文艺路线中图像叙事的重要部分。

鲁迅本人格外强调版画艺术的“劳动性”,在《介绍德国作家版画展》一文中说:“欧洲的版画,最初也是或用作插画,或印成单张,和中国一样的。制作的时候,也是画手一人,刻手一人,印手又是另一人,和中国一样的,大家虽然借此娱目赏心,但并不看作艺术,也和中国一样,但到十九世纪末,风气变了,许多有名的艺术家,都来自己动手,用刀代了笔,自画,自刻,自印,使它确然成为一种艺术品,而给人鉴赏的量,却比单能成就一张的油画之类还要多。”这种脱胎于手工技艺的艺术形式,天然包含着劳动与文化创造的共时存在,也正因此,版画创作的“劳动”过程同时也是文化的创造过程,而正是这样一种文化的存在形态,构成延安文艺乃至十七年文艺创作的核心,即作为革命形象的劳动者与艺术创作者身份的“同一”。

第二,木刻艺术的传播效果和号召力。

就版画的诞生和传播特质而言,版画本就起源于中国的造纸术和木刻术,民间的绣像小说、木刻年画,都是版画的前身,只是绘者、刻者往往需要分工。普遍认为版画在1430年左右作为艺术形式在欧洲推衍，并且在宗教传播、地理发现、方物记载、科技发展记录上扮演着重要的物质载体。西方十六世纪，作为面向中产阶级的艺术形式，版画艺术的可塑性、灵活性和创新性给了创作者相对自由的选材和创作空间。许多艺术家运用版画创作，使自身从贵族和制订题材的订购者中解脱，表达内心的意志和个性。而相比绘画和雕塑，版画成本相对较低，能满足更多人的需求，其可复制性也使其内容便于推广，因此版画天然带有“大众化”属性和相应的传播实用价值。正如鲁迅在《新俄画选》小引中所言，“当革命时，版画之用最广，虽极匆忙，顷刻能办”，且“在中国这样的国家，比起油画和水彩画来有着更多的普遍力，尤其是中国历史上，不仅传统上，是有着鉴赏水墨画的能力的，所以这黑白的版画一定能够在中国人之间风靡的”。由此，迫切需要用艺术方式表达自身时代关切的中国画家，在鲁迅的号召下，一方面向苏联革命现实主义手法学习，一方面又受到欧洲表现主义版画创作的影响，尝试以反映革命诉求和国人普遍生存状况为主流的图像表达。例如“新兴版画第一人”徐诗荃不仅自身在德国留学，学习木刻和铜版画创作，并帮助鲁迅代购德国版画书籍和原拓；李桦或结合宋元山水特色创作《春郊小景集》，或创作借鉴德国特定风格但情感和力量表现强烈的《怒吼吧中国》《是谁给的命运》；刘仑运用表现主义手法，凸显人物情绪的《前面有咱们的障碍物》；以及郑野夫、陈普之等，鲁迅多次指导他们要在注重表意的同时，重视素描功力，借鉴中国木刻遗产。同时，鲁迅也充分鼓励革命现实题材的版画创作，左翼画家江丰两次被捕，但出狱后依然结合自身的工人出身，在向德国珂勒惠支和比利时麦绥莱勒的学习中，创作《码头工人》《“九一八”日军侵占沈阳城》《到前线去》《罢工》以及之后的《义勇军》《战士》,均是反映中国现实状况和革命意志的重要作品;受到鲁迅称赞的陈铁耕刻画母子二人等待做车夫的爹爹回家的《母与子》;在木刻技术上受到鲁迅赞扬的罗清桢;在具体构图上受到鲁迅指导的陈烟桥;得到鲁迅鼓励和肯定的张望的《负伤的头》、力群的《采叶》;不断致信交流,得到鲁迅悉心指导的黄新波、曹白、陈沃渣、段干青,等等。这些年轻人在动荡和危险中,用刻刀承担民族大义,有收获,但也伴随着流血和牺牲。因此,基于中国革命时期的语境,与其说版画在艺术上取得绝无仅有的成就,不如说木刻创作本身作为一种事实,超越了具体画作,构成中国视觉文化一个悲怆却光荣的历史阶段,相应的视觉形象成为社会精神的代言,一方面真实地感召着更多人投身革命,一方面也奠定中国革命叙事艺术表现手法的群众基础。

因此,相比鲁迅文学作品在传播范围上对受众更高的要求,版画艺术带来的冲击力更为迅速和普及,作者往往面向更为具体的实践和更广大的人民,具有普遍性的意图和情绪也更容易传递。正如相较于左联文学提倡"国防文学",鲁迅对文学的倡导在于"民族革命战争中的大众文学"。同理,与其说鲁迅将版画作为工具,不如说鲁迅更强调版画艺术的"共情"能力。尤其在鲁迅将现代意义上的版画引荐入中国之前,战争伤害成为许多艺术家借用版画表达情感的主题,例如尤其为鲁迅所推介的德国版画家珂勒惠支,其作品在高度艺术性上又具有更为普遍的人类共鸣。而鲁迅认为这是建立在高度的艺术创作技巧而非单一的情感冲动之上,正如他认为"木刻是一种做某用的工具,是不错的,但万不要忘记它是艺术。它之所以是工具,就因为它是艺术的缘故"。更为重要的是,鲁迅文学创作对形象准确性的要求,他尤其强调视觉形象的艺术严谨性,认为木刻形象同样包括深入生活后对世界的观察和思考,需要把握整体构图,需要在交替使用的粗线条和细线条、对光影明暗选择的过程和相应的阴影等特征上,构成视觉冲击力。诸多版画家以清晰明了的内容,展现革命抗争的必要,鲁迅公允地指出艺术性突出或不够理想的诸种原因,但总体而言,版画艺术主题上的斗争形象和悲剧形象分别代表了革命的强烈意志和革命的紧迫性,具有艺术心理学上的共情乃至动员作用。

第三,木刻艺术的革命共情与成就。

正是在图像的劳动性、传播性和共情性中,革命者、战斗者的形象构成了普遍性的图像叙事,木刻艺术使生活本身被高度视觉化。“鲁艺”正是对这一社会精神的继承、转化,并形成更为普遍性的社会语言——1938 年 10 月正式开学的“鲁艺”由毛泽东、周恩来、林伯渠、周扬等联名发起,毛泽东在《创立起源》中说:“培养抗战的艺术工作干部,在目前已是刻不容缓的工作,以‘鲁迅’命名,表示我们要向着他所开辟的道路大踏步前进。”此后,毛泽东多次强调大家“深入生活”,从“鲁艺”这个“小观园”走到前线的“大观园”去,因此即便装备极为简陋,也可以创造出极为丰富的艺术成绩。

其一,美术作为一种视觉艺术,与主体对革命的期许高度重合,以图像叙事的功能和定位也很清晰,即表达相应的视觉语言进行抗战动员。而这些创作往往包含着奔赴延安的文艺创作者在战争环境下对自身命运的选择,美术的创作与内容承载着革命与人的命运。而在原本贫瘠的地带,举办木刻展览,办木刻训练班,筹建木刻工厂——这种用艺术建立起叙事,是人对革命运动展开必要性的彰显,也是对自身正义性选择的确证。而此时的普通群众很大程度上借助“看”实现与世界的关联,在内容上首先选择对健康而有力的革命形象的召唤,从而表现解放区的“新气象”,也是对鲁迅多次强调工人阶级和女性形象应当健康有力的继承。鲁迅曾在多个场合严厉地批判民族资本和商业化带来的女性图画的庸俗，认为："中国一般社会所欢迎的是月份牌，月份牌上的女性是病态的女性，月份牌除了技巧不纯熟之外，它的内容尤其卑劣，中国现在并非没有健康的女性，而月份牌所描写的却是弱不禁风的病态女子，这种病态，不是社会的病态，而是画家的病态，女性仍然要注意基本技术的锻炼，不然不但不能显现新女性之美，反扬其丑，这一点画家们尤其要注意。"

其二，由于图像艺术对自我认知具有促成作用，直观而富有冲击力的艺术作品能够指明个体含混模糊的情绪，并凝结成为行动的力量。而提供特定的视觉信息，强化选择的正义，展现"延安形象"，提供"革命胜利"的信念和幸福景象，是革命的必由。不同于"国统区"依然以揭露压迫和困苦为主导内容，解放区力求表达光明对黑暗必然的合法性，以歌颂性的形象彰显力量与希望，展现一个"新世界"，从而争取更为广泛的支持。而除了从上海到延安，依旧创作诸多杰出作品的力群、江丰、沃渣、张望，还有诸多全身心投入革命的战斗状态中的木刻艺术家古元、王式廓、胡一川、罗工柳等，他们创作并推进形成四十年代中国版画艺术和视觉叙事的高峰，并在此后成为新中国木刻艺术和中国美术的中坚力量。

由此，作为延安形象树立的重要构成，延安版画一方面经由"全国木刻研究会"在全国多省市举办展览，一方面与苏联、英美、日本等多国交流巡展，各国的报刊都展现着由中国版画表达的革命叙事，例如访问延安的美国驻华记者白修德于 1945 年提供给美国《生活》杂志的八幅解放区木刻，一方面将解放区的形象展现给世界，一方面让国内乃至国际关心中国革命和世界无产阶级运动的人备感惊叹和鼓舞。而延安的号召力正是通过面对充满隐喻的图像世界，构建中国现代革命浪漫主义对个体抒情性和英雄主义的召唤，以艺术的形式和需要潜心操练的木刻技艺，促进中国版画艺术的进步，也奠定了很长一段时间内中国版画创作的思想资源、构图意识和创作技巧，包含着本雅明意义上“政治的美学化”，但核心却是出于个体依托于共有的信念进行自我建构的愿望。尽管在此基础上形成的艺术叙事有别于鲁迅对“民族革命战争中的大众”立场的强调，更多集中于革命的政治面向，但就特定历史时期人们的生存选择而言，却带有强烈的自发性，依然在一定程度上包含着自我“育美”的追求。而这一追求，与其说是对鲁迅的“民族革命战争中的大众”立场的悖离，不如说是集体自发选择并投入生命意志的实践，是生命高度投入情感政治，也是生存本身。因此，尽管革命内部本身还有诸多复杂和具体的问题，但当人们讨论艺术是否应当自由时，应当看到：民族国家的立场和相应共情性的感召和实现，依然是图像艺术在二十世纪中国应当尊重的历史向度。

三 追问：鲁迅美学主张的当代意义

二十世纪八十年代以来的中国，伴随着工业现代性和全球化的进程，中国在寻求视觉艺术的本土性和现代性中有许多创造性生成。与此同时，中国的艺术市场展现出欣欣向荣的景象，投资和拍卖如火如荼，市场反馈成为衡量艺术的重要标准，中国艺术也在“全球化”的过程中进入资本流通的环节。但正如王安忆在《我爱比尔》中塑造的画院的上海女学生阿三，在面对西方时产生浪漫的渴慕，将自我的

“现代化”与西方“现代文明”对等，在爱情中不明自我，却最终因为意识形态不得不与美国人比尔分道扬镳。其后，自己的画作经画商包装，有了市场，却又经由来华的法国画廊主马丁指出“你的创作不是画”，从本质上消解了阿三创造艺术的能力。事实上，阿三的困境尽管是新时期中国在“无根”中前行的迷茫，却也应当从现代艺术生产的大逻辑下进行考量，即对艺术本质的追求与艺术市场的运行模式之间产生了巨大的裂隙。马丁对阿三创作的否定并非对个人的否定，而是一种模糊的对艺术应当具有的基本要素的重提。尽管文中的马丁并非艺术家，也无法指明什么是真正的绘画，但他所否定的观念的画作，却包含着二十世纪艺术“景观化”的认知。

回到1938年的《世界图像时代》，海德格尔认为，“从本质上看来，世界图像并非意指一幅关于世界的图像，而是指世界被把握为图像了”。对海德格尔而言，他所批判的“世界的图像化”是指图像封闭了世界“生成”的一面，失去了动态本质，成为“被表现”“被掌控”的对象，而艺术应当通过本真的“显露过程”建立的意义，那些并非能由视觉把握的显现过程，那些现代思维和技术之外的神圣性无可依存。这种以现象学入手的批判，在于点明“非本真的模式桎梏了现代社会的构成与现代人的思维”。可以说，作为视觉文化批评的滥觞，海德格尔侧重批判之处在于，笛卡尔之后，人们放弃事物作为“物自体”的一面时，更容易陷入“静态”表象。相比较而言，本雅明则从文化批判的角度，结合社会的工业技术性原因，强调“灵韵”的失去在于机械复制，认为机械复制使本应该在场的“手”及其相应的艺术主体都被抹去，相应地，可靠的时间和空间感也都不复存在。而居伊·德波的《景观社会》进一步认为，“在现代生产条件蔓延的社会中，其整个的生活都表现为一种巨大的景观积聚。曾经直接地存在着的所有一切,现在都变成了纯粹的表征”。现代工业的传播体制影响人们以一种图像的方式来把握世界,视觉文化的重要性在于其与生活同构,人们不再能真正通过自身的视觉观看和判断。

以工业时代的图像表达为背景,反观中国当代视觉艺术创作,可以看到,新时期以前的图像叙事,承担着特定历史阶段的政治诉求,也构成人们根本的生活和思维方式。这里可以说,特定历史对文艺的诉求,以及文艺工作者对自我的诉求,在更长的时间段内如果不加反思,形成创作的模式,则重新悖离了鲁迅“艺术首先是艺术,才可能是工具”的美学理念,忽略“思理”和“美化”而成为艺术思维的桎梏。但新时期之后,尤其是全球化阶段,从“集体的人”回到个体的人,艺术强调创新,作为艺术的图像该如何表达个性,成为艺术家的诉求。一方面,西方不断有新理论新概念生成,也源源不断提供不同的“概念”及相应的思考路径,并伴随着国内学术领域的响应。但不断引入西方概念,只能得到表象的同一性概括,而纯粹的类比概括无法指向阐释的深度,只完成了借用西方语境和文化标准建立中国艺术的技术性批评;另一方面,二十世纪哲学思潮对“确定性”的放弃和非理性的张扬,导致绘画、雕塑、版画、装置艺术等在寻找自身特色时容易陷入误区,陷入对“景观”的追逐。就中国而言,自新时期以来,尤其是“八五新潮”之后,观念的艺术层出不穷,伴随的却是有利于艺术及其相应审美特性深入发展的相关思考的缺失。此时,中国自身关于艺术本质的思考,是否还有生发的空间,是需要审视的问题。

回到“育美”的实践方法,其重要意义包括重新提供一种美学实践意识上的制衡,尤其在于面对当下丰富的艺术创作事实,一方面要创新,一方面要反思,先确立艺术的自主性,再寻找表达的路径,而非反其道行之。正是在这一意义上,回到鲁迅的艺术观念,可以看到,鲁迅经由自身对中西美术的考察，和在美术设计、书籍装帧中的实践，所形成的美学批评对艺术表达的要求是极为冷静的，其诸多思考对当下的图像艺术表达依然有极大的借鉴意义，尤其是那些在推动版画艺术发展的实践中，阐述的诸多针对当下艺术现实、值得深思的创作观念。

首先，鲁迅以“思理”强调对艺术“意义”的追问。尤其体现在鲁迅对传统文人画作的“假高邈”的反对——据画家刘汝醴记载，鲁迅于1930年在上海中华艺术大学的演讲中，指出“古人作画，除山水花卉而外，绝少画社会实践，他们更不需要画寓有什么社会意义，你如问画中的意义，他便笑你是俗物，这类思想很有害于艺术的发展，我们应当对这类旧思想加以解放”。与此同时，鲁迅明确提出“不以怪炫人”，认为“是要毫无观赏艺术的训练的人，也看得懂，而且一目了然，还有必须注意的是，不可堕入知识阶级，以为非艺术而大众仍不能懂的绝路里”。

就中国当代艺术发展而言，视觉艺术的灵活性和便利性，对“个性”和“气质”要求高，所以更容易被各式观念裹挟。而观念之余，“意义”本身的定位却备受市场规律的束缚，求新求怪，没有深入人性和生活，而观念的图像盛行，既是对康德意义上艺术超越性的遮蔽，也是对中国美学讲求“心声心画”感性渗透的滥用。而鲁迅提出美术的“思理”和艺术的大众化问题，对当下的艺术定位而言，仍然有重新思考的空间。尤其在当代艺术全球化的语境下，艺术家打造中国艺术的影响力，是否盲目追求观念和新奇，形成特色然后自我重复——或许正如鲁迅所言，“……为流行计，特别取了低级趣味之点，那不消说是不对的，这就是采取了坏处。必须令人能懂，而又有益，也还是艺术，才对”。

其次,鲁迅对艺术精当的技法即有严格的要求。主要分为两点:其一,在于认为木刻画家需要拥有对形象的把控能力,并多次从具体画面的比例、结构、逻辑关系上进行分析和指导。例如他认为“木刻必须正确刻画劳动者的形象,刻劳动者而头小臂粗,务须十分留心,勿使看着有‘畸形’之感,一有,便成为讽刺他只有暴力而无智识了”。同时还认为有些人观念中“以为凡革命艺术都应该大刀阔斧乱砍乱劈凶眼睛大拳头,不然即是贵族”。

具体到自身笔下的人物形象,鲁迅在《答〈戏〉周刊编者信》中认为在“看了几个阿Q像,我觉得都太特别,有点古里古怪。我的意见,以为阿Q应该是三十岁左右,样子平平,常常有农民式的质朴愚蠢,但也很沾了些游手之途的狡猾,在上海从洋车夫和小车夫里面恐怕可以找出他的影子来的,不过没有流氓样,也不像瘪三样,只要在头上戴上一顶瓜皮小帽就失去了阿Q。我记得我给他戴的是毡帽,这是一种黑色的半圆形的东西,将那帽边翻起一寸多戴在头上的,上海的乡下恐怕也还有人戴”。事实上,鲁迅尤其强调,不能因为个人观念和想象的过分倾注而忽略了事物最本质的状态,艺术创作固然有抒发主观情感和思考的一面,但真正有价值的艺术应当建立在对世界和人类的普遍理解之上,也因此才具有产生共情、成为经典的可能,而单纯的“畸形”和粗陋理解后的情绪宣泄并非创新,更非深刻。

其二,鲁迅认为作画不应好高骛远,应当以朴素和理性的观念,以有感触的身边之物为训练的开端。鲁迅深知中国木刻画当时的功力还有较大的距离,主要原因在“素描不好”,就进步的方法而言,鲁迅有两个意见,一是多从风景描摹,从细节做起,尤其是年轻人“不管紧要题材,先将技术磨练起来,所以我是主张也刻风景和极平常的社会现象的。而现在的青年艺术家不愿意刻风景,但结果大概还是风景刻的较好，什么缘故呢？我看还是因为和风景熟悉的缘故，至于人物，则一者因为基本练习不够，如素描及人体解剖之类，因此往往不象征或不生动，二者还是为了和他们的生活离开不明底细，凡看有木刻的人物，即使是群像也都是极简单的，就为此要纠正缺点，我看一是要练习素描，二是要随时观察一切”。由此，反观当代美术的创作，尽管不能认为清晰的美学观念就能拨开后现代艺术标准何在的迷雾，但毋庸置疑的是，当代艺术市场对“效率”要求奇高，潜心修炼基本功的环节匆匆掠过。只是，如果书画借着写意和风格能够速成，再经由炒作和包装进入资本流通，大概也确实和艺术没有关系了。

最后，鲁迅对艺术民族性的把握在于：面对历史，要有继承和创新；面对西方，学习的同时，也要有“骨气”。

其一，鲁迅早年一直收集碑帖，且十分肯定传统民间艺术——笺谱、连环画、民间漫画等，又提倡要从传统中汲取经验，尤其是汉代画像砖，认为“新的艺术没有一种是无根无底突然发生的，总承受着先前的遗产，有几位青年以为采用便是投降，但是他们将采用与模仿并为一谈了，中国及日本画入欧洲被人采取便发生了印象派，有谁说印象派是中国画的俘虏呢？”在鼓励和强调继承民族的艺术瑰宝时，鲁迅更感慨“将来的光明必将证明，我们不但是文艺上的遗产的保存者，也是开拓者和建设者”。同时，面对西方艺术，鲁迅一直秉持“拿来主义”，在《致陈烟桥》中，鲁迅说：“我看先生的木刻，黑白对比的力量，已经很能运用了，一面最好是更仔细的观察实状、实物；还有古今的名画，也有可以采取的地方，都要随时留心，不可放过，日积月累，一定很有益的。至于手法和构图，我的意见是以为不必问是西洋风或中国风，只要看观者能否看懂，而采用其合宜者。”

其二，鲁迅认为在向西方学习的同时，也要真实而真诚地对外展现中国形象。鲁迅在 1934 年 1 月给郑振铎的信中说:“寄了一些原版《晚笑堂画传》之类给俄木刻家,《笺谱》出之后,也要寄一部,他们只看中国是一个谜,而知甚少,他们画五六百年前的中国人,也戴红衣帽,且拖着一条辫子站在牌楼之下,而远处则一定有一座塔,岂不哀哉。”

深入自身的传统,但也要走出去——尽管彼时的中国版画在技艺上还有差距,但也不能因此故弄玄虚,对真实的中国的反应,是破除误解的基本逻辑。就当代中国美术而言,刻意打造“中国特色”,反而容易进入“自我中国化”的误区,而时至今日,在诸多后殖民视角下创作的借用观念展现中国元素的艺术作品受到西方追捧,无异于仍然“戴红衣帽,拖一条辫子”供人观赏。

结 语

美首先是关于人类自我向善的建构,革命的动荡年代,鲁迅以“刻刀”的坚硬和坚决,倾注几乎所有心血,深情地推进着“育美”的实践,并在近乎“严厉”的艺术技艺的要求下,让这实践终究成了救国的力量,在中国现代艺术史上留下了“黑白分明”却深刻永恒的印记。

所以,正如蔡元培 1912 年请他自南方进北平,在教育部做了科长,他办的第一个展叫作“全国儿童艺术品展览会”,一个写下童年的“百草园”和“三味书屋”的人,其实未曾无一刻寄希望于人的心灵,而他最终也真的以纯净和热血,以“育美”的方式建构出中国现代美术的表意方式。也因此,鲁迅晚年的所有努力,也便是向着古老的中华民族人们内心的渴望和感动处追索,并鼓励人们用刻刀将那一个个灵魂刻下。而那灵魂,可能是受辱的阿 Q,也可能是戴着银项圈、笑容灿烂的闰土,他想将他们刻下来,对往昔,更对今日——以警醒,以拯救,以铭记,以期望。

新媒介下的城市文化建构

薛　静

城市是现代化进程中重要的公共空间，既是地域文化的诞生地，因不同的地缘因素衍生出多样的风格特色，又是时代精神的承载体，人们在历史长河中的悲欢离合在此上演。而随着媒介革命的到来，城市在网络时代所扮演的角色也逐渐发生变化，从网络空间借鉴现实城市，建社区、搭家园的“拟真”，到现实城市靠赛博风、二次元吸粉的“拟虚”，城市形象的重塑和城市文化的建构有了新的生产机制与评价标准。

一　媒介革命与城市文化

媒介革命并不仅仅是网络为生活提供了便捷，也让人类从社会组织形态到认知思维模式都发生了巨大的改变。中国的互联网 1.0

时代,门户网站信息涌动,论坛聊天各抒己见,网络让知识传播与信息交流的成本大大降低,成为可以摆脱现实桎梏的乌托邦,人们重在强调网络空间与现实生活的不同。到了互联网2.0时代,即时聊天软件取代了传统沟通工具,社交平台如雨后春笋纷纷涌现。人们不再满足于被动接收信息,而是人人都想成为信息的主动发布方、传播方。人们开始追求在网络空间也有宛如现实般自然流畅的体验,在网络中重现现实成为此时的重点。随着智能手机的普及,互联网进入3.0移动时代,借由“移动”的特性,虚拟空间与现实生活的藩篱被打破,当人们获取信息的主要渠道开始从线下转移到线上,现实空间反而需要强调自己与网络空间的无缝对接,来吸引人们重归现实。

对于城市来说,一方面,空间的距离感被不断削弱,原先由千山万水、重重阻隔而形成的异质化,在网络时代已经近乎消失。城市不再是散落在大陆板块上的孤独圆点,而是成为网页文字、图片视频上紧密相连的同类空间。城市之间各自自由生长的时代已经过去,竞争发展的时代正在到来。在全球化对资源的分配调动之中,同一发展水平的城市在物质上的差异已经很小,人们常有“全世界的大都市看起来都是一个样”的感叹,因而,城市文化这种精神上的差异就显得更加重要,成为标定城市不可取代的关键。

另一方面,评价的门槛被不断拉低。随着信息爆炸、硬件普及,越来越多的普罗大众参与到文化的建构与评价之中,互联网技术与资本的流量逻辑放到文化语境下,就是在广度与深度之间,优先选择前者。城市文化的展现窗口,从名人大家的文章著作,变成了微博、抖音的照片视频,城市文化的定义权,从知识精英下沉到人民大众。

2019年年末,根据文旅部发布的报告,“2019年国庆热门城市接待人次、旅游收入与人均花费”表单中,排名前五的重庆、武汉、成都、杭州、西安，除了杭州拥有西湖的自然风光和准一线的经济地位，其他几座城市，既不是 GDP 名列前茅的超级都会，也不算拥有独一无二的秀丽景致，它们之所以拥有超高人气，是因为在社交平台持续走红。这些地方的特色景点、方言段子、民俗喜好屡屡刷屏，成为自带流量的"网红城市"，在年轻群体中形成了新的城市文化形象。这种深入人心、传播到位的城市文化形象，也促使我们反思其形成路径，挖掘新媒介下城市文化的建构方式。

二 古都新颜，如何形象更新

西安作为人文历史悠久的十三朝古都，中华人民共和国成立之后就形成了自己的城市文化形象，作为内陆城市，西安的这一形象也较为保守和稳定。八十年代之后，随着改革开放，许多城市都或多或少产生了一些文化形象的调整，对于西安来说，路遥、贾平凹、陈忠实"陕西三大家"在文坛的崛起，一方面进一步强调了古都的厚重与凝滞，另一方面也将历史长河中属于帝王的一页翻到背面，让这片土地上民众的力量与韧性浮出地表。这两条线索交织而成的西安，对于一般民众来说，就是气魄宏大的兵马俑、华清池、大雁塔，与触手可及的肉夹馍、臊子面、羊肉泡馍。这套城市形象兼具宏观与微观的视角，固然成熟，却有一个隐藏的问题：不具有重读性。三大景点开发年代较早，展示内容多年不变，单向、静止，签到式一轮游。而美食名吃过于日常，不但城内大街小巷随处可见，全国基本上也都有外传，没有形成具有排他性的"正宗"序列与胜他性的"品牌"认知。这些都阻碍了人们重读、重游西安，也就让这个城市的成长与变化无法很好地传递出去。

近几年来，看到抖音等新媒体平台在年轻群体中的普及度和在推广城市文化方面的影响力，西安市政府主动谋求与抖音等平台合作，探索年轻人、新媒体中易于传播的内容与形式。同时引入陕西省政府建立的陕文投集团作为资本力量和实践模板，为实力较弱但文化品牌较好的文化资源注入资金，进行升级改造，为实力较强但品牌陈旧的文化资源进行产业改革，展开市场化、资本化运作。西安的城市文化资源得以盘活，开始了适应新媒体的升级更新。

在内外兼修之下，宏大视角的序列中，加入了陕西历史博物馆，微博知识性大V的介绍与博物馆类官微的互动，让陕博成为具有历史厚重感的文化型网红景点，并且随着各种年度性特展，具有了多次游览的重读性。微观视角的序列中，永兴坊作为仿古文化街区，集合了摔碗酒、毛笔酥、洋芋糍粑、盛家酿皮等地方特色美食。这些新一代特色美食和老一代相比，不是简单的食品，而是具有仪式感、展示性的“过程”：摔碗酒一口闷完，大声吆喝，摔掉酒碗，清脆的响声和如山的碎碗形成了视听奇观；洋芋糍粑的捣糍粑过程也不断邀请游客参与，甚至有活跃气氛的比赛与奖励；毛笔酥造型独特、适合拍照；盛家酿皮在美食网站得分甚高、口口相传。这些具有互动性、参与感的表演展示，也成了美食的一部分，人们品尝之外，不断进行视频、图片、文字的自主传播，参与到对这些美食符号的建构之中，形成了新媒介中的“美食文化”。

化静为动、以变求新，在西安通过新媒体发力的第一年，其旅游总收入就同比增长139%，一度跃居“国内十佳旅游目的地”第三位。网络平台对于西安文化的评价，也逐渐从关注老旅游景点的治理弊端，转为新网红景点的玩法与趣味，对西安这一“古都”的城市形象有了更加正面和年轻的评价。

三 网红城市，谁来定义文化

如果说西安是借助新媒介，由旧名城变身新网红，那么重庆则是完全得益于新媒介，在众多城市中脱颖而出，成为顶级流量。此前，重庆虽然是直辖市，但是城市文化形象一直非常模糊，无论雾都还是嗜辣，都与相邻的成都撞型，而成都不但拥有独一无二的大熊猫，而且在亚文化圈也有自己秘而不宣的特色，就连春熙路和解放碑相比较时，前者都在知名度上压过后者一头。重庆作为一个整体，存在感很强，但具体到细节，则是几近空白。这就让重庆难以建立自己具有不可替代性的文化形象，更遑论文化品牌与文旅效益。

但是随着网络从读图时代进入视频时代，重庆的“山城”特点在连贯的视频拍摄中被展现得妙趣横生，并且得到了“9D 魔幻城市”这样一个极具赛博气质的新名片。在这场搭乘媒介革命洪流，通过静态与动态视觉奇观的网络传播，而建立自身文化形象的翻身仗中，重庆市政府时刻追踪网络热点动态，甘当服务者的角色，配合民众的娱乐方式，而不是强行充当指导者的角色，总是干涉和拔高民众朴素的消遣。例如著名的网红景点“火车穿楼”，城市轻轨因地势原因，形成了穿过一座废旧居民楼的景象，其实是个无法进行任何意义挖掘、非常单纯的新奇景象。但这一视频走红后，政府相关部门迅速在轻轨站点布置景点提示、到达指引，在最适合拍照的区域划出安全线、摄影区、参考图。这种迅速而贴心的配套城市服务，让这一景点的寿命大大延长，数百位游客在轻轨进楼时同时举起手机的景象，成为奇观之奇观。

更重要的是，重庆在城市文化形象的塑造上，充分拥抱网络时代、尊重流行文化，接受新媒介与年轻人的选择。洪崖洞一带的吊脚楼久已有之，但始终不温不火，2005 年政府统一规划、重新修整，安装照明装饰，出色的夜景让洪崖洞声名鹊起，但其真正走红，还是夜景照片在网络流传后，被动漫迷发现与《千与千寻》中的景色十分相似。作为“中国版《千与千寻》”，洪崖洞成为二次元群体的打卡胜地。在近年来的城市规划中，除了配合网红景点积极修建配套设施，以城市作为取景地，通过影视作品塑造城市气质，也成了重要战略。《从你的全世界路过》上映，鹅岭二厂的涂鸦墙走红；《少年的你》上映，皇冠大扶梯成为热门。许多优质国产电影的取景，让重庆成为一座有故事的城市，在靠知名作家、热门小说捧红城市文化的时代过去之后，重庆以影视的镜头，开辟了讲述城市文化的新路径。

将选择权交给大众，这是重庆成为“网红”城市背后的发展逻辑。城市品牌的塑造，固然需要政府的引导、资本的介入，但是作为基础的城市文化，还是需要依靠民众的激荡和生发。相信民众对于城市的想象力与创造力，也就为城市打开了更多的可能性。

在媒介变革中，城市文化建构的主要力量、方式都在发生改变。新媒介下的城市文化、城市品牌，越来越体现出现实空间与网络文化的交融、政府力量与民众趣味之间的沟通。在这种语境下，作为知识精英、文化学者，固守昔日荣光，只会让荣光褪色，倒不如成为这期间的桥梁，观察大众文化看似无序的流行背后的根源与规律，探索城市文化新的建构法则。

作者简介

孟繁华　北京大学文学博士，沈阳师范大学特聘教授，中国文化与文学研究所所长；中国社会科学院、中国人民大学、吉林大学博士生导师，北京文艺评论家协会主席，中国当代文学研究会副会长，中国作家协会小说创作委员会委员，辽宁省作家协会副主席，《文学评论》编委。曾任中国社会科学院文学研究所研究员、博士生导师，当代文学研究室主任。

刘庆邦　1951年12月生于河南省沈丘县。1990年加入中国作家协会，1999年加入北京作家协会。现为中国煤矿作家协会主席，北京作家协会副主席，一级作家。著有长篇小说《断层》《远方诗意》《平原上的歌谣》等九部，中短篇小说集、散文集《走窑汉》《梅妞放羊》《遍地白花》《响器》《黄花绣》等七十余部。作品多次获奖。作品被译成英、法、日、俄、德、意、西、越等外国文字，出版有六部外文作品集。

解玺璋 1953年出生于北京市，籍贯山东省肥城市。1983年毕业于中国人民大学新闻系。1970年参加工作，曾任《北京晚报》《北京日报》副刊、专刊编辑、主编，同心出版社常务副总编辑。高级编辑职称。北京作协第三、四、五、六届理事会理事，理论和批评委员会副主任。中国评论家协会理事，北京文艺评论家协会副主席。1985年加入北京作家协会，2008年加入中国作家协会。业余从事文艺批评，涉猎电影、电视剧、戏剧、文学、图书多个领域，著有《喧嚣与寂寞》《说影》《五味书》《一个人的阅读史》等。已出版《梁启超传》《君主立宪之殇》《张恨水传》《抉择：鼎革之际的历史与人》等。

韩春燕 博士，作家、文学评论家，辽宁文学院院长，《当代作家评论》杂志主编。中国作家协会理论与批评委员会委员，中国作家协会青年工作委员会委员，中国当代文学研究会常务理事，辽宁省作家协会副主席，辽宁省作家协会文学理论与批评委员会主任，辽宁省文艺理论家协会副主席，辽宁省文学艺术界联合会委员。辽宁省宣传文化系统“四个一批”人才。辽宁大学博士生导师，渤海大学、沈阳师范大学兼职硕士生导师，中国海洋大学、西北师范大学客座教授。茅盾文学奖等国内重要奖项和文学排行榜评委。

薛　冰 辽宁大学现当代文学专业在读博士。

周　荣 文学博士（后），主要研究方向为“十七年”文学思潮、当代作家作品评论。已在《文艺争鸣》《小说评论》《南方文坛》《当代文坛》《山东社会科学》《文艺报》《长篇小说选刊》等刊物发表文章三十余篇，出版专著《超拔与悲怆——路翎小说研究》，编著《关切与期待——文学辽军点将录》《现实关怀与中国气派》等多部。承担博士后面上项目、中国作协重点扶持项目、省社科项目等。

徐　刚　1981年生于湖北,北京大学中文系博士毕业。现为中国社会科学院文学研究所副研究员,中国社会科学院大学文学系硕士研究生导师。主要从事中国当代文学史及理论批评研究。兼任中国现代文学馆特邀研究员,社会兼职包括中国当代文学研究会副秘书长,北京文艺评论家协会青年工作委员会委员,入选北京文联首批"首都优秀中青年文艺人才库"。著有《想像城市的方法:大陆"十七年文学"的城市表述》《后革命时代的焦虑》《深圳故事的十二种讲法》《影像的踪迹——当代电影的文化政治阐释》,以及《虚构的仪式:同时代文学片论》等学术专著。主持和参与国家及省部级课题多部,另在《文学评论》《文艺研究》《文艺争鸣》《中国现代文学研究丛刊》等刊物发表论文一百多篇。

谢嘉幸　中国音乐学院教授、博导,音乐研究所原所长,北京人文社科重点《中国音乐研究》基地首席专家,北京文艺评论家协会副主席。

黄会林　北京师范大学资深教授,现任中国文化国际传播研究院院长,影视戏剧研究中心主任。北京师范大学艺术与传媒学院首任院长,中国高校第一位电影学博士生导师。曾任国家教育部艺术教育委员会常务委员、中国高教学会影视教育委员会会长、中国话剧历史及理论研究会副会长等职。在影视艺术与中国文化国际传播领域开创了众多导向性的基础理论和实践案例。多年致力于中国现代戏剧和中国民族化影视理论研究，在文化学术界开启了中国影视学派研究热潮。主编并参与撰写的《中国影视美学丛书》(8册)、《新世纪高等学校教材影视艺术学科基础教程系列》(14册)、《影视受众研究丛书》(8册)等陆续面世，成为当代中国影视研究与教育领域具有里程碑意义的成果。

曾庆瑞 湖北武汉人，汉族，1937年9月出生。中国传媒大学教授、博导。曾任北京文艺评论家协会副主席。大学从教五十年。出版有中国现代文学史论著《曾庆瑞赵遐秋文集》(十八卷，与夫人赵遐秋合作)、《曾庆瑞电视剧艺术理论集》(二十五卷)。

王放放 1979年生于吉林省长春市，北京青联委员、中国电影家协会会员、北京电影家协会理事、中国电影文学学会会员。1998年考入北京大学化学系，并辅修艺术系电影专业，2002年取得化学系和艺术系双学位。毕业后，从事影视工作，担任过场记、导演助理、副导演等职务，并同时参与多部影视剧本的创作。2012年，编剧并执导电影《许海峰的枪》，荣获“第30届意大利米兰国际体育电影节”评委会特别大奖；“2014英国雅典娜艺术奖”最佳男演员奖；2014年，执导了电影《黄克功案件》，获得第九届华语青年影像论坛最佳男演员奖；2015年获中国电影表演协会年会优秀男演员奖。

卢　蓉 中国传媒大学戏剧影视学教授、博士生导师。研究领域为影视叙事学、中美日电视剧比较研究。出版专著《电视艺术时空美学》《电视剧叙事艺术》《中国电视剧的审美艺术》等。中广联“十佳百优”之“百优理论人才”获得者。入选北京市“优秀中青年骨干人才”。连续三届国家广电总局“飞天”电视剧优秀论文一等奖获得者。国家广电总局中国电视艺术委员会特邀剧评专家，第一届新锐互联网影视青创计划评委会主席团成员。北京文艺评论家协会理事，中国电视艺术交流协会理事。

傅　谨　1956年生，浙江省衢州市人。文学博士。现任南京大学文学院教授、博士生导师；中国文艺评论家协会副主席，国务院学科评议组成员。兼任中国戏曲学院学术委员会主任、《戏曲艺术》杂志主编。《戏剧与影视评论》杂志编委会主任。曾任福建师范大学博士生导师，北京大学艺术学院合作培养博士生导师。1987年在杭州大学中文系获文学硕士学位，1991年毕业于山东大学中文系文艺学（美学）专业，获文学博士学位。先后在浙江省艺术研究所、杭州大学、中国艺术研究院工作，历任副研究员、副教授、研究员，2004年应聘为北京市特聘教授，调中国戏曲学院；2013年3月调至南京大学文学院。

张朝霞　山东省无棣县人。文艺学博士、博士后。北京舞蹈学院教育学院副院长，北京舞蹈学院艺术管理专业创始系主任、硕士生导师，教授，中国艺术管理教育学会创始副会长、学术委员会副主任，中国人民大学文化产业研究院特聘研究员，教育部高等学校第七届公共事业管理类教指委委员，北京舞蹈家协会理事，北京文艺评论家协会理事。发表有《搭乘创意产业快车、培育高端艺术管理人才——开放式艺术管理核心课程研究》《新媒体舞蹈艺术源流与特质探析》等二十余篇学术论文；主持有国家文化和旅游部（原文化部）科技创新重点项目《北京地区群众性舞蹈多元混融效应的评价建模与分析》、北京市教委科研项目《高新技术在表演艺术领域的应用》、北京市创新能力提升项目《中国舞蹈创意产业发展报告及对策研究》等十余项重点科研项目;出版有《演出经营与管理》《文化传播学》《新媒体舞蹈概论》《舞蹈管理：现状与趋势》《艺术机构暨项目影响力研究报告》《中国舞蹈创意产业发展调查报告》等十余部著述。

颜　榴　湖南人。中央美术学院艺术史博士。中国国家话剧院研究员,《国话研究》主编。青年剧评家,著有《京华戏剧过眼录》(2011),《云剧场的大门：1997—2017 北京话剧观微》(2019);主编《唯有赤子心——孙维世诞辰九十一周年纪念》(2012)。翻译著作有《色彩手册》(2016)。2007 年获北京市文联“繁荣首都文艺事业作出突出贡献者”荣誉称号,2014 年入选《文艺新观察》“新批评家”,2015 年入选首都优秀中青年文艺人才库首批人员。获奖有：北京市文联第四届文艺评论二等奖(2005),首届、第五届(2006、2014)“中国戏剧奖·理论评论奖”,中国话剧艺术研究会第九届“话剧金狮奖·戏剧评论奖”榜首(2014);北京文艺评论推优活动优秀作品(2017、2018 年度)。国际戏剧评论家协会(IATC)中国分会理事,中国演出行业协会艺术普及教育委员会副主任,上海市剧本创作中心、湖南艺术研究院文艺评论特聘专家,国家艺术基金 2019 年度项目评委。

胡　薇　中央戏剧学院戏剧文学系教授,博士生导师。北京市文艺人才“百人工程”培养人选。国际戏剧评论家协会(IATC)中国分会理事、中国电影文学学会理事、中国话剧理论与历史研究会常务理事、中国少数民族戏剧学会理事、中国青年志愿者协会理论研究工作委员会委员、北京文艺评论家协会戏剧专业委员会副秘书长等。创作大型话剧《启功》、《桥魂》、民族歌剧《音·为爱》等舞台剧作品;《麻辣婆媳》《人命关天》等影视作品;论著《野豌豆》《传统,影响未来》《改编热潮下的危机》,合著《剧种·剧目·剧人》等。曾获国际戏剧评论家协会(IATC)中国分会第一届"国际戏剧评论奖"、中国文艺评论 2016 年度优秀作品(即:第一届"啄木鸟杯")、第九届中国话剧金狮奖、第八届全国戏剧文化奖、第四届及第五届中国戏剧奖、全国第九届群星奖、北京文艺评论 2017 年度优秀作品等。

于　洋　中央美术学院教授,中国画学研究部主任,国家主题性美术创作研究中心副主任,美术史博士,艺术学博士后。兼任北京文艺评论家协会美术书法摄影艺委会秘书长、北京青年艺术发展促进会会长,中国传媒大学、东北师范大学特聘博士生导师,中国美术家协会会员、中国文艺评论家协会会员。在国家级权威核心期刊等发表学术论文两百余篇,出版专著、合著多部。入选国家"万人计划"青年拔尖人才,获教育部霍英东教育基金高校青年教师奖、中国文艺评论家协会年度优秀论文奖"啄木鸟杯"、"历史与现状"首届青年艺术理论成果评选优秀论文奖、教育部高校科研人文社科优秀成果奖等。研究领域集中于中国近现代美术史论、中国画学研究、主题性美术研究,兼及当代美术批评与展览策划。

徐　秋　1962 年 9 月 23 日出生于北京,1978 年加入铁道兵文工团,从事杂技表演,2000 年调入中国杂技家协会,曾任中国文联杂技艺术中心副主任,《杂技与魔术》杂志副主编。现为中国文艺评论家协会理事,北京文艺评论家协会理事。论文《魔术是不是艺术?》被评为“北京文艺评论 2018 年度优秀作品”。

索　谦　1950 年生。1978 年考入北京师范大学经济学系,获经济学学士学位。北京市文学艺术界联合会原驻会副主席、党组副书记。发起并直接领导了“2005·北京文艺论坛”,历任 2005—2010 年论坛组委会秘书长。

杨庆祥　1980 年生。中国人民大学文学院副院长、教授、博士生导师。著名诗人,批评家。出版有思想随笔《80 后,怎么办?》,诗集《我选择哭泣和爱你》,评论集《社会问题与文学想象》等。作品被翻译成多种语言。曾获第三届唐弢青年文学研究奖、第十届《上海文学》奖、《人民文学》诗歌新锐奖、《十月》青年作家奖、第四届冯牧文学奖等。担任茅盾文学奖、老舍文学奖评委。

张颐雯　毕业于北京联合大学文理学院历史系。1994 年参加工作,在《北京文学》杂志任编辑,现为《北京文学》原创编辑部主任,副编审。1993 年开始发表作品,2010 年加入北京市作家协会。曾在《山花》《青年文学》《东方》《红岩》《广州文艺》《人民日报》等报刊发表理论、评论、散文多篇,编辑《全球华语小说大系·官场职场卷》等多本图书。获得第十二、十三、十四、十五届《小说月报》百花奖责任编辑奖,北京市政府文学艺术奖责任编辑奖。责编的作品曾获得《小说月报》百花奖、《小说选刊》双年奖、蒲松龄文学奖、老舍文学奖、老舍散文奖、萧红文学奖、毛泽东文学奖、福建省百花文艺奖等多种刊物奖和省部级文学奖。

党　宁　中国戏曲学院舞美系舞台设计教研室教授。

张　杨　中国戏曲学院舞美系舞台设计讲师。

亦　可　作家，中国法学会会员，蒙古文书法家协会会员，十月文学院培训部主任。多篇文章发表于《中国文化报》《中国图书传媒商报》《出版商务周报》《东方文化周刊》等，参与编纂《成吉思汗大典》《中国二人台通典》等，著有个人文集《阳光早茶》等。

张　冲　北京电影学院电影学系副教授，硕士研究生导师，博士，《北京电影学院学报》责任编辑，北京电影家协会会员，北京电影学院学科群建设团队成员，获2011年北京市中青年骨干教师称号。

周南焱　诗人、作家，媒体从业者。现任职于《北京日报》社。在《北京文学》《天涯》《山花》《南方文坛》等杂志发表过多篇小说、诗歌、散文及批评文章，在《人民日报》《北京日报》《文汇报》《新京报》等知名报刊上发表过数百篇文化时评、影评、书评及散文随笔。著有诗集《北极星为谁指路》等著作。

高永亮　中国传媒大学国家传播创新研究中心副研究员、硕士生导师，文学博士、艺术学博士后，“首都优秀中青年文艺人才库”首批入选人员，北京文艺评论家协会青年工作委员会委员、北京师范大学中国文化国际传播研究院研究员、北京电影家协会会员。主要从事电影学、艺术学、传媒文化、传媒理论研究与教学。出版专著《网络传播消费主义现象批判》，合著《中国艺术学科体系建设研究》《新中国六十年北京文艺·电影卷》《中国电影国际传播年度报告》等十余部，参与《中国大百科全书·传播学卷》《新闻传播学大辞典》等辞书编纂，在核心期刊及各类期刊发表论文三十余篇。参与完成国家社科基金项目、中宣部委托项目、教育部哲学社会科学重大课题攻关项目等各级各类科研项目十余项。

李亚祺 中国社会科学院大学人文学院博士后，北京大学中文系当代文学方向博士，主要进行当代文学和文学阐释学研究。

薛 静 清华大学新闻与传播学院助理研究员，人文学院写作中心教师，北京大学中文系当代文学博士。主要从事文创产业、大众文化、网络文学与新媒体等方向的研究。在各类学术期刊发表论文三十余篇，专著、合著、参与编撰的著作共十余本，两度受邀担任国际学术会议分组主席。曾获得国家奖学金、北大校长奖学金、学术创新奖，以决赛评委总分第一荣膺北京大学“学术十杰”，并获得现场观众票选“最佳人气奖”。在澎湃新闻、香港端传媒、《中国青年报》等媒体发表文艺评论三十余篇，其中《〈芈月传〉：你们对强女人的想象与理解果然匮乏得令人难堪》《妇女节：我们选择和贬义词“三八”站在一起》《从〈奋斗〉到〈欢乐颂〉：十年之间，时代精神已变》等，均反响热烈，并被广泛转载。

图书在版编目(CIP)数据

"2019·北京文艺论坛"论文集/北京市文学艺术界联合会编. —桂林: 广西师范大学出版社, 2021.7
ISBN 978-7-5495-7082-9

Ⅰ. ①2… Ⅱ. ①北… Ⅲ. ①文艺评论-中国-当代-文集 Ⅳ. ①I206.7-53

中国版本图书馆 CIP 数据核字(2021)第 085231 号

"2019·北京文艺论坛"论文集
"2019·BEIJING WENYI LUNTAN"LUNWENJI

出 品 人: 刘广汉
责任编辑: 魏 东
助理编辑: 程卫平
装帧设计: 李婷婷

广西师范大学出版社出版发行
(广西桂林市五里店路9号 邮政编码:541004
网址:http://www.bbtpress.com)
出版人:黄轩庄
全国新华书店经销
销售热线: 021-65200318 021-31260822-898
山东韵杰文化科技有限公司印刷
(山东省淄博市桓台县桓台大道西首 邮政编码: 256401)
开本: 690mm×960mm 1/16
印张: 20.75 字数: 230 千字
2021 年 7 月第 1 版 2021 年 7 月第 1 次印刷
定价: 98.00 元